4

北大清华名师演讲录

两校名师讲堂编委会　编

图书在版编目（CIP）数据

北大清华名师演讲录（4）/ 两校名师讲堂编委会编.
—北京：北京大学出版社，2014.10
ISBN 978-7-301-24889-8

Ⅰ.①北… Ⅱ.①两… Ⅲ.①名人–演讲–中国–当代 Ⅳ.①I267

中国版本图书馆CIP数据核字（2014）第225033号

书　　　　名：	北大清华名师演讲录（4）
著作责任者：	两校名师讲堂编委会　编
责 任 编 辑：	于铁红
标 准 书 号：	ISBN 978-7-301-24889-8/C·1052
出 版 发 行：	北京大学出版社
地　　　　址：	北京市海淀区成府路205号　100871
网　　　　址：	http://www.pup.cn　新浪官方微博：@北京大学出版社　@培文图书
电 子 信 箱：	pkupw@qq.com
电　　　　话：	邮购部 62752015　发行部 62750672　编辑部 62756934　出版部 62754962
印　　刷　　者：	北京市松源印刷有限公司
经　　销　　者：	新华书店
	787毫米×1092毫米　16开本　16印张　250千字
	2014年10月第1版　2014年10月第1次印刷
定　　　　价：	45.00元

未经许可，不得以任何方式复制或抄袭本书之部分或全部内容。
版权所有，侵权必究
举报电话：010-62752024　电子信箱：fd@pup.pku.edu.cn

学术委员会与编辑委员会

学术委员会

顾　　问：沈克琦　杜建寰　钱振为

主　　任：崔明德　王　杰　岑章志

副 主 任：房绍坤　张广波　王吉法　江林昌　韩晓玲
　　　　　孙祥斌　郭善利　张　伟　邓昌亮　刘　涛
　　　　　雷　虹　孙基男　李志华　刘立新　高秀芹
　　　　　周　彬　孙云茂

编辑委员会

主　　编：房绍坤

副 主 编：江林昌（常务）雷　虹　李志华　高秀芹

编　　委：孙云茂　刘立新　孙基男　周　彬　张立明
　　　　　孙　进　张国平　马　群　姜丽岳　贺　毅
　　　　　赵海峰　陈　颖　郭春香　周雪莹　祝建军
　　　　　刘春雷　孙立民　马　兴　代　生　李秀亮

办 公 室：张立明　孙　进

目 录

001　近年出土文献与中国文明的早期发展 _ 李学勤

009　中国文明起源与形成研究需要注意的几个问题 _ 李伯谦

018　词义和词义分析 _ 蒋绍愚

048　怎样把古反切折合成现代汉语普通话读音 _ 张渭毅

083　清华简与古代文史研究 _ 刘国忠

094　陆机与士族文学 _ 孙明君

121　中国法律文化与当代法制建设 _ 武树臣

132　未生效合同及其法律效果之辨 _ 崔建远

150　刑事诉讼法再修订漫谈 _ 汪建成

165　双亲分子相变研究新进展 _ 尉志武

188　社会计算有效性的影响因素 _ 金兼斌

204　数字图书馆及其发展趋势 _ 李广建

221　体育与力学二三事 _ 武际可

230　多靶点药物应用和研究 _ 李学军

241　模式识别——从石油勘探到生物信息学 _ 张学工

247　编后记

近年出土文献
与中国文明的早期发展

李学勤

◎李学勤，1933年生于北京，就读于清华大学哲学系。1952至1953年在中国科学院考古研究所工作。1954年起，在中国科学院（后属中国社会科学院）历史研究所工作，1985至1988年任副所长，1991至1998年任所长。中国社会科学院学术委员会成立后，任第一、二届委员。现任中国社会科学院古代文明研究中心主任，历史研究所兼任研究员，清华大学文科高等研究中心主任、历史系教授、国际汉学研究所所长，兼任多所大学教授，国务院学位委员会历史学科评议组组长，"夏商周断代工程"首席科学家、专家组组长，中国先秦史学会理事长，中国钱币学会副理事长、学术委员会主任，国家文物鉴定委员会委员等。2001年获"九五国家重点科技攻关计划突出贡献者"称号，2002年获"全国杰出专业技术人才"称号。自上世纪70年代后期起，多次在欧美亚澳及港台地区任教讲学，任英国剑桥大学克莱尔学院客座研究员，日本关西大学、澳大利亚国立大学、美国加州大学伯克利分校、泰国华侨崇圣大学（伯克利）、美国达特茅斯学院、新竹清华大学、韩国明知大学名誉教授或客座教授等。1986年被推选为美国东方学会荣誉会员。1997年当选国际欧亚科学院院士。主要著作有《殷代地理简论》《东周与秦代文明》《新出青铜器研究》《比较考古学随笔》《周易经传溯源》《简帛佚籍与学术史》《走出疑古时代》《古文献丛论》《四海寻珍》《夏商周年代学札记》《重写学术史》《中国古代文明十讲》《中国古代文明研究》等20余部及学术论文近500篇，有的已有英、日、韩译本，多种作品获奖。

时间：2010 年 11 月 9 日
地点：烟台大学逸夫报告厅

名师演讲

"出土文献"这个词，最近十几年在学术界逐渐通行，其特点是与"传世文献"相对举。"传世文献"是指从古时传抄递印下来的文献，一般来说就是各种古籍，而"出土文献"指的是通过地下发掘得到的文献，属于考古文物的范围。"出土文献"就广义来讲，时代跨度可以很长，甚至下及明清，但习惯上多偏重秦以前（或稍延到汉初）以古文字书写的材料，本文所论即采用这种狭义的解释。

出土文献可以划分为三个大的历史段落

中国学者历来对出土文献非常重视，但能对有关研究做出理论性探讨的，应首推王国维先生。大家知道，王国维 1925 年秋在清华讲授《古史新证》，提出著名的"二重证据法"。他说："吾辈生于今日，幸于纸上之材料外，更得地下之新材料。由此种材料，我辈固得据以补正纸上之材料，亦得证明古书之某部分全为实录，即百家不雅驯之言，亦不无表示一面之事实。此二重证据法，惟在今日始得为之。"[1] 他所谓"纸上之材料"，即传世文献，"地下之材料"固然可包括各种考古文物，然而从他讲课中说"地下之材料仅有二种：（一）甲骨文字，（二）金文"，这些实际就是出土文献。通过以出土文献来印证补正传世文献，

---

[1] 王国维：《古史新证》，清华大学出版社，1996 年版，第 2 页。

开辟研究中国古史的新途径，乃王国维"二重证据法"的真谛。

当然，在王国维的时代，出土文献的种类和数量都还有限，特别是现代考古学在中国的田野工作可以说尚未开始。这种工作能够大规模铺开，是在新中国建立之后，尤其是改革开放三十年来，出土文献被大量发现，其繁多丰富，远出前人所能预想，这也使得遵循"二重证据法"研究中国古史有了广阔的用武之地。

我们要讨论的中国古史，不是漫无边际地从中国这块大地上人类的出现讲起，而主要是指中国文明由萌芽形成到其早期发展的历史。传统上一般认为中国有五千年的文明史，这是以司马迁《史记》等传世文献关于炎帝、黄帝的记载为依据的。现在看来，自炎黄以下，不妨划分为三个大的历史段落：

第一个段落是炎黄到尧舜，即所谓"五帝时代"。大家公认，这属于传说时期，然而如王国维所言，"传说之中，亦往往有史实为之素地，二者不易区别，此世界各国之所同也"。[1]

第二个段落是夏朝到西周，这属于近年学者讲的原史时期（protohistory）。其间又可以商代盘庚迁殷划一界限，其后由于有甲骨文、金文，我们运用"二重证据法"的机会更多。

最后的段落是东周到秦的统一，由于存在大量传世文献，已属于严格意义的历史时期，但出土文献的意义仍然不可低估。

出土文献三大段落在中国文明的历史中的作用

王国维在1925年时曾称他当时的时代为"发现时代"，今天我们所处的时代更可称为"大发现的时代"。出土文献的整理研究，一定会在新世纪里发挥越来越明显的作用，使我们对中国早期文明的认识不断深入和更新。

---

[1] 王国维：《古史新证》，清华大学出版社，1996年版，第1页。

下面，我们就试举一些例子，说明出土文献对于研究上述三大段落中国文明的历史会起怎样的作用。

1973年冬，湖南长沙马王堆三号汉墓出土帛书中的《黄帝书》，有学者认为即《汉书·艺文志》著录的《黄帝四经》，是战国时黄志之学的经典性文献。篇中说："昔者黄宗（即黄帝），质始好信，作自为象，方四面，傅一心……践位履参，是以能为天下宗。吾受命于天，定位于地，成名于人，唯余一人，□乃配天，乃立王、三公；立国，置君、三卿。"[1] 这是说黄帝时始称王，同时设立诸侯，与《史记·五帝本纪》有关记载相合，都表明传说中黄帝的时代是文明的初现，称黄帝为"人文初祖"是适当的。

炎黄的传说也见于传世文献《逸周书》的《尝麦解》，近期的研究证明该篇文句多近于西周较早的金文[2]。篇中记有炎帝、黄帝以及蚩尤的事迹，可见这些传说的古远。其以黄帝刑杀蚩尤论证法律的起源，也可见当时人认为黄帝时已有国家制度。

相对于黄帝来说，有关尧舜的文献神话色彩要淡薄得多。上海博物馆1994年入藏的战国楚简《容成氏》和《子羔》两篇，都强调舜出身民间，没有什么感应神迹；1993年湖北荆门郭店一号楚墓竹简《穷达以时》、2008年清华大学入藏的战国竹简《保训》，对舜的描述也是如此。《古史新证》批评疑古派学者，主张尧舜是实有人物，可能是有道理的。

王国维、郭沫若论述夏禹，只能引用春秋时的秦公簋和齐侯镈、钟。2002年出现了一件西周中期的青铜器遂公盨，改变了这种局面。这件盨有98字的铭文，开头说："天命禹敷土、随山浚川"，与《尚书·禹贡》"禹敷土，随山刊木，奠高山大川"，及《禹贡序》"禹别九州，随山浚川"惊人地相合，提供了大禹治水传说在出土材料中的最早例证[3]。

---

[1] 马王堆汉墓帛书整理小组：《经法》，文物出版社，1976年版，第45页。

[2] 李学勤：《古文献丛论》，上海远东出版社，1996年版，第87—95页。

[3] 李学勤：《中国古代文明研究》，华东师范大学出版社，2005年版，第126—136页。

在殷墟甲骨文的研究证明了《史记·殷本纪》所载商王世系基本真实可信之后，许多人都期待同书《夏本纪》的夏王世系也能以类似方法证实。殷墟甲骨乃商王室遗物，占卜的是当时大事，自然很难涉及被商朝取代的夏朝人物。实际上夏朝的史影，在甲骨文中还是存在的。

例如在甲骨文祭祀卜辞里，祖先总是或以上甲为首，或以大乙（汤）为首，同时伊尹的地位也极重要，这显然是因为大乙是代夏的第一位先王。如果没有夏朝和伐桀之事，这种现象怎样解释呢？至于上甲以及上甲的父亲王亥，为汤的六世、七世祖先，实际就是生活在夏朝的人物。

上面已经说过，殷墟甲骨文主要是反映商朝后期，即迁殷以后的历史文化面貌，而且多数卜辞是以商王为主体的。近年研究指出，殷墟甲骨里也有若干不是以商王为主体的所谓非王卜辞，以1991年花园庄东地H3所出内容最为丰富，拓宽了对当时历史状况探索的眼界。

殷墟甲骨分期的深入研究已经证明，已发现的约13万片有字甲骨，几乎没有可以确定是早于商王武丁的，并且属于武丁早年的卜辞带有种种粗糙原始的特点。因此，想在更早的商朝遗址中发现内容丰富的甲骨文，恐怕是不大可能的。1953年在郑州二里岗找到的一片早于殷墟的刻字肋骨[1]，字数寥寥，也表明这一点。

商朝末年开始有文字较多的青铜器铭文，即金文，但字数最多的，如日本白鹤美术馆所藏嚣卣，也不过49个字。然而周朝一开始，金文便呈现显著加长的趋势，例如1963年陕西宝鸡贾村塬出土的何尊，作于周成王五年，铭文即有122个字。尽管近年发现了若干珍贵的西周甲骨文，但对研究西周所起作用最大的，还是金文。

1995年开始实施的国家重点科技攻关项目"夏商周断代工程"，为了推断西周共和以上年代，制订了"西周金文历谱"。这份历谱的特点，是强调以青铜器的考古学类型学研究作其基础。通过历谱，可以把大量金文材料排比系联起来，

---

[1] 陈梦家：《解放后甲骨的新资料和整理研究》，《文物参考资料》1954年第5期。

结果发现，西周历史上有四个时期，能够确定的金文较多：

第一个是周朝初年，武王死后三监叛乱，周公摄政的时期。这段时间的金文，许多可与传世文献联系对照，如《尚书大传》载："周公摄政，一年救乱"，有记伐纣子武庚的大保簋；"二年克殷"，有记周公夷平殷都的何尊；"三年践奄"，有记伐盖（奄）的禽簋和冈刼尊、卣；"四年建侯卫"，有记封卫国的遽簋；"五年营成周"，有上文提到的记建成周的何尊，等等，不能缕述。

第二个是周昭王晚年。古本《竹书纪年》及《吕氏春秋》《水经注》等书记载了昭王十六年伐楚，至十九年南巡，死于汉水的史事，有令簋、令尊与令方彝、中方鼎、中甗、中觯，以及近年出现的静方鼎、
𣪕，等等，很多青铜器，足以证实这一段令人惊异的历史。

第三个是西周中期的周恭王之世。能够排在恭王时的青铜器特别多，人物互相系联，历日彼此调谐，是其他时期少有的。

最后是西周晚期的周厉王、宣王时期。这个时期有关的传世文献较多，特别是《诗》，有不少重要诗篇，可与虢季子白盘、兮甲盘等等金文一一对照。总的说来，厉王史事更多依靠金文，宣王史事则更便于运用"二重证据法"来研究。

商朝后期到西周，甲骨文、金文这些出土文献，与传世书籍结合考察的结果，是使我们充分认识到当时中国已经处于早期文明的发达阶段，过去有些学者对之估计过低，是不够准确的。等到进入东周（包括春秋、战国），文明的发展开始走向高峰。春秋时的出土文献，仍以各国金文为主，战国时这方面最重要的发现，则是竹简和帛书。

竹简（在没有竹子的地方是木简）和帛书是我国纸的发明和普遍应用以前的书写载体。由甲骨文知道，至少在商朝已经大量使用简了。至于丝织品的帛书，最早使用的证据是在春秋晚期。

战国简帛大致可分为书籍和文书两大类，而书籍对古代文明历史的研究更加重要。这种战国时期原本书籍最早为现代学者所见，是1942年发现的长沙子弹库帛书，但由于那时楚文字还没有被人们充分认识，其内容很长时间未能得到解读。1950年代以后，陆续有楚国竹简出土，同时楚文字释读的水平也逐步提高。1993年湖北荆门郭店一号楚墓发现的竹简和1994年上海博物馆入藏的竹简，主要是儒、道两家的著作，有非常高的学术价值，有关研究已经使孔孟之间或老庄之间的学术史得到改写，其影响至为深远。

2008年7月，清华大学经校友捐赠入藏一批战国竹简，计2388枚，内容主要是经史一类的书籍。经过初步观察，发现有多篇《尚书》，有的见于传世本而文句颇多不同，有的曾为传世文献引用但久已佚失，还有些是秦汉以来从未有人知道。又发现有一种编年体史书，很有些像《纪年》，所记史事自周初直至战国早期，对传世文献有很重大的修正和补充。此外的珍异内涵还有不少，有待深入探讨[1]。

（本文已发表于《光明日报》2009年11月5日）

（孙进根据录音整理）

---

[1] 李学勤、刘国忠：《清华简：先秦历史悬疑有待揭开》，《社会科学报》2009年6月11日。

中国文明起源与形成研究需要注意的几个问题

李伯谦

◎李伯谦,北京大学考古文博学院教授、博士生导师,教育部人文社会科学重点研究基地北京大学中国考古学研究中心主任、古代文明研究中心主任,兼任中国考古学会常务理事、中国殷商文化学会副会长。曾任北京大学考古学系主任兼北京大学赛克勒考古与艺术博物馆馆长。参加和主持过河南偃师二里头、安阳小屯殷墟、山西曲沃晋侯墓地等多处遗址的发掘。出版有《中国青铜器文化结构体系研究》等著述。曾多次应邀赴美、英、德、法、日、韩等国和港澳台地区进行学术交流。目前正参与主持国家"十五"科技攻关重大项目"中国文明探源工程预研究"课题的工作。

时间：2011 年 12 月 10 日
地点：烟台大学逸夫报告厅

中国文明起源与形成研究，从上世纪 20 年代开始提出以来，迄今已有 80 多年的历史。回顾这一过程，可谓硕果累累，成绩卓著。但我感到，在研究过程中，在诸如课题的提出、采用何种理论做指导、如何运用考古材料与文献材料、如何对待国外的理论与方法、如何处理相关学科之间的关系、如何对待前辈学者的成果等问题上，多多少少都存在着不同的认识。这些不同的认识，有些经过讨论，接近了，统一了，有些至今仍然存在着。我认为，存在不同认识是正常现象，并不可怕。通过开诚布公的讨论及时解决，对于推进课题的深入开展，更具积极意义。现仅就以下几个问题略述管见，请批评指正。

一、关于该课题的提出

"中国文明起源与形成研究"课题的提出，最早要追溯到上世纪 20 年代。在此之前，"自从盘古开天地，三皇五帝到于今"大一统传统古史观，笼罩学术界长达两千多年。上世纪 20 年代初，经过新文化运动洗礼的以顾颉刚为首的北京大学学生，在学术界掀起了"古史辨"运动，他们疑古史、疑古书、疑古人，顾颉刚提出的以往的古史是"层累地造成的古史"的论断，像重磅炸弹一样将绵延两千多年的古史体系炸得粉碎，为李玄伯提出的"走考古学之路重建中国上古史"扫清了道路。顾颉刚是旧史学体系的破坏者，也是新史学体系建设的倡导者。他在 1923 年 7 月 1 日《读书杂志》第 11 期上发表的《答刘、胡两先生书》中提出的"打破民族出于一元的观念"、"打破地域向来一统的观念"、"打破古史人化的观念"、"打破古代为黄金世界的观念"建设信史的四项标准，对于现在的古史研究，对于中国文明起源与形成研究，仍具有指导意义。在 1924 年李玄伯得到顾颉刚第一个支持的"走考古学之路重建中国上古史"的号召发出之后，第一个付诸实践的是刚刚由美国留学归来的李济博士。1926 年他对山西夏县西阴村的发掘，1928 年他以中央研究院历史语言研究所考古组组长身份主持开始的对河南安阳小屯殷墟的发掘，标志着以田野调查发掘为特征的中国现代考古学的诞生。李济被尊为中国现代考古学之父，确为实至名归。在回顾中国文明起源与形成研究历史的时候，在对有关人和事进行评价的时候，充分肯定李济先生的贡献是完全应该的；但同时我们也要看到顾颉刚和"古史辨"运动支持者、参与者们作为先行者所做基础工作的功劳。其实，放在大的社会背景下来看，"中国文明起源与形成研究"课题的提出，是时代使然，是集体的创造，与之相关的胡适、钱玄同、李玄伯、顾颉刚、傅斯年、李济等，只是其中的代表人物而已。

二、如何处理考古材料与文献材料的关系

著名考古学家夏鼐先生在谈到考古学与文献历史学（或曰狭义历史学）关系时，曾将它们比喻为车之两轮，缺一不可。考古调查发掘的遗迹、遗物乃至遗迹现象，是人们在社会历史发展进程中生产、生活的遗留，具有无可比拟的真实性，弥足珍贵。文献材料，包括在特定历史时期人们创制的文字以及当时或以后用文字书写的各种文稿、档案和各种书籍，是人们智慧的结晶，对于研究历史来说，更是不可或缺的。接近真实的历史，正是通过对考古材料、文献材料的综合研究才能得出来的。但是我们也必须看到，它们对研究历史的重要性是因时而异的。法国历史学家曾将人类社会历史划分为三大阶段，即史前、原史、历史。史前是指没有文字也没有文献记载的原始社会时期，大体与考古

学上的旧石器时代、新石器时代相当；原史是指文字已经发明或正在发明且已有了一些当时的文字实录或后人追记的史籍、由原始社会向国家社会过渡或初期国家时期，大体与考古学上的铜石并用时代、青铜时代相当；历史，是指一般由考古学上的早期铁器时代开始的所谓成文历史时代。史前时期，没有文字，也缺少后世的追记（最多有一些相关的神话传说资料），研究这段历史，当然就主要依靠考古材料了。从原史时期开始，文字数据、文献的重要性日益凸显，尽管研究原史时期历史，主要还靠考古发掘，但文字及文字材料的发现以及后世的有关追记，却大大扩大了信息来源。进入成文历史时期，文献记载日益丰富，文献材料和考古材料作为历史研究车之两轮的作用，更加明显。

中国是史学大国，历来有修史传统。秦汉以降，正史、野史、方志、笔记，加上富含历史史料的儒、释、道经典及其注疏，文献典籍可谓汗牛充栋、目不暇接。在此文化背景下产生的史学家，自然以文献为中心，以文献研究为正途。即使宋代出现的金石学，也是以"证经补史"为己任，成为文献史学的附庸。清末民初，甲骨文、敦煌经卷、汉晋木简等的出土，大大开阔了人们的眼界，公认的史学大师王国维提出"二重证据法"，其所指地下出土之新史料也仅限于文字材料。上世纪20年代，以田野调查发掘为特征的现代考古学传入中国，以北京猿人、仰韶彩陶、小屯殷墟等为代表的一系列重要发现，在学术界引起极大震动，但在强大的以文献为中心的史学传统影响下，不少人仍把考古发现的新材料当做文献的附庸，当做文献的注脚，甚至直到现在，也不能说这种现象已全然不存在。但情况正在起变化，随着考古成果大量涌现和国外考古学理论、方法的传入，根据我的观察，在考古界的同行中间，似乎又产生了另一种苗头，认为考古是考古，文献是文献，考古只能做社会学研究，而不能做具体的历史学研究，尤其对原史时期更是如此；不主张考古和文献结合，因为在他们看来，文献多为晚出，是根本靠不住的。

我认为，这两种倾向皆有偏颇，都是不对的。只有正确处理两者的关系，才能将历史研究引入正确的轨道。在我看来，文献材料，尤其是后世追记的材料，只能作为研究的线索，而不能作为研究的根据。作为线索是否可信，是否符合历史的真实，最后都要靠考古上的发现、考古研究的结果做出回答，做出裁断。而且在使用这些文献之前，都要经过可信性研究，梳理其流传经过，考察其产生背景，分析其所记内容是否合理，以决定对其是否采用，在多大可信度上采用。二里头文化为夏文化的推定，郑州商城为商汤亳都的推定，晋的始封地在晋南不在太原的推定，等等，都是在文献可信性研究基础上，将考古与文献结合进行综合研究，最后得出正确结论的佳例。

三、如何理解马克思主义

马克思主义理论丰富多彩，博大精深，不仅是中国民主主义革命和社会主义革命与建设的指导思想，对我们进行科学研究也有重要指导意义。马克思主义理论有两个重要特点，一个是分层次，一个是与时俱进。与时俱进的特点，大家比较了解，马克思主义基本原理与中国革命实践相结合产生的毛泽东思想，指导了中国革命和建设的胜利，大家体会比较深刻。但对分层次的特点，好像知者不多。实际上，马克思主义理论，既包括世界观、人生观，也包括对某一领域研究总结出来的带有规律性的认识。马克思主义理论对科学研究的指导，不能像过去理解的那样，凡是马克思主义经典作家们说过的话，都是金科玉律，而根本不问一问是在什么情况下、针对什么问题说的话，一律照搬，这是错误的教条主义态度。尤其要指出的，过去还特别强调马克思主义立场，这对搞革命甚至搞建设可能是对的，但对搞研究来说，显然是不能预设立场的。根据我自己的体会，在马克思主义理论宝库中，对于指导科学研究，最重要的是唯物论、辩证法，这是帮助我们观察问题、分析问题最根本的方法。至于那些针对具体问题的论断，只能经过分析，看其有无道理，有无参考意义，再决定弃取，这才是实事求是的科学态度。拿文明和国家起源研究来说，过去我们一直都把恩格斯的《家庭、私有制和国家的起源》当做最高理论指导，如果从其基本思想而言，是有指导意义的；但就其总结的古希腊、古罗马与古日耳曼人国家起源、形成的途径和规律而言，并不具有普遍意义，至少对中国来说是如此。我非常佩服列宁说过的话，马克思主义活的灵魂在于具体问题具体分析。在对待马克思主义理论指导地位问题上，我们既反对遇"马"必反的倾向，也反对到处贴标签对科学研究带来不少弊端的教条主义态度。

在这里，我想顺便谈谈曾被批判得一无是处的胡适提出的"大胆假设，小心求证"的研究方法问题。过去说这是唯心主义，现在来看，能否将它上升到唯物、唯心誓不两立的高度，是可以讨论的。如果将"大胆假设"理解为随意假设、胡乱假设，当然是该批评的，但如果是在有了一定眉目或一定可能情况下大胆提出，然后细心论证以求得确解，就是无可厚非的。在研究实践中，"大胆假设，小心求证"是很重要的一个过程，因为有了大胆假设，才能调动你去搜集材料、小心求证的积极性，才有可能使问题得到解决。现在是应该客观地心平气和地对待这个问题的时候了。

四、如何对待西方考古学理论与方法

1978年党的十一届三中全会确定的改革开放路线，打开了与国外交流的大门，国外考古学理论与方法，以极快的速度和规模被介绍到国内，在长期与外隔绝的考古学界产生了较好影响。在这方面，1984年美国科学院院士、著名考古学家张光直教授在北京大学所作的《考古学专题六讲》，起到了很好的带头作用，欧美考古学界关于文明起源理论、聚落考古方法等都是由那次讲座才为国内考古学界所熟知。张光直不仅自己带头，还有计划地介绍了四五位不同领域的著名学者来华讲学，同时邀请宿白、邹衡、俞伟超等先生赴美国介绍中国考古学的成就和现状，在中国和西方考古学之间架起了交流的桥梁。随着国外考古学理论、方法的大量传入，在如何对待这些理论、方法的问题上，中国考古学界出现了不同的态度。一种是不加分析，全部照搬；一种是不问青红皂白，一概排斥。显然，这两个极端都是不对的。正确的态度应该是，在分析的基础上加以取舍，一概照搬、一概排斥都是错误的。例如，在研究文明、国家起源问题上，如何对待美国人类学家赛维斯提出的酋邦理论就是一个很好的例证。如果依赛维斯酋邦理论，认为酋邦是在平等的原始社会与不平等的国家社会之间存在的一种仍然保持氏族制外壳和血缘的纽带，但实际上社会已经分层的具有过渡性质的社会政治组织形式，那是符合实际情况的。但它是否是世界各地普遍经过的一个阶段，这个阶段的外在特征是否完全一致，是否一定要画在氏族制度大框框之内，结合中国古代的情况是可以讨论的。像对待酋邦理论一样，对待任何外国传来的理论、方法，都要秉持分析的态度，只有这样，才能达到去粗取精、去伪存真，壮大自己、发展自己的目的。

五、如何看待科技手段与方法在考古学上的作用

根据我自己的理解，在某种意义上，可以认为考古学是关于古代的信息科学。如果这一理解没有大错，那么运用各种可以运用的科技手段和方法，通过调查发掘古代人类活动遗留下来的遗迹、遗物乃至遗迹现象，获取古代社会信息并加以解析，认识、发现古代社会的发展规律便是考古学的根本任务。其实，以田野调查、发掘为特征的现代考古学，就是与自然科学方法、手段结合而产生的，被誉为现代考古学两大理论支柱或基本方法的地层学，是借鉴地质学的地层学形成的，类型学是借鉴古生物学的分类学形成的。自从上世纪20年代现代考古学传入中国以来，迄今已有80多年的历史。在其发展历程中，随着学科本身的发展和自身的要求，有越来越多的自然科学手段和方法应用于考古活动与研究中。尤其是改革开放以来，随着国外考古学方法的传入和自然科学的发展，考古学应用自然科学手段、方法的广度和深度与日俱增，固守传统考古学程序和方法的考古工作者已越来越不适应，于是怎样看待这种新形势，怎样处理考古与科技考古的关系，便有了不同的认识。一种意见，似乎认为科技手段运用多了就冲击了考古学的主体地位，改变了考古学的性质；另一种意见，似

乎认为科技考古才是真正的科学的考古。显然这两种认识都是不全面、不正确的。在我看来，考古学的主体地位和性质，是由考古学的目的决定的，目的没有变，其主体地位不会变；科技手段和方法采用越多，所获信息和解析出来的信息越多，就越能接近达到考古学认识古代社会、发现其演变规律的目的。当然，我也不赞成科技考古才是真正科学的考古的说法，这种说法模糊了考古学的根本目的和任务，混淆了目的和手段的区别。科技手段、方法再先进，运用得再多，它也只能解决和回答技术层面的问题，而不能解决和回答社会科学层面的问题。面对考古学上科技手段、方法采用越来越多的新形势，不是要强调考古与科技的"分"，而是要强调二者的"合"。这里所说的"合"是融合，像早先地质学的地层学为考古学借用、古生物学的分类学为考古学借用，分别成为考古学的两大理论支柱、两大基本方法那样的"合"。什么时候达到了这样的境界，原先属于哪个学科已经不重要了，因为此时它已完全融入了考古学，成为考古学的有机组成部分了。当然，这时的考古学尽管目的未变，但面貌肯定也将大为改观了。

六、如何对待前辈学者的学术成果

学术研究是接力赛，前辈学者的研究成果，常常是后来研究者赖以起步的基础和起点。尊重前辈学者的成果，继承发扬前辈学者的成果，是后来研究者应该秉持的基本态度。实践证明，也只有如此，才能使后来研究者的研究达到新的高度。但同时也要看到，事物都是发展变化着的，学术研究也不会停留在一个地方不再前进，后来者在继承前辈学者成果的前提下，对其中有部分的否定、修正、补充是正常的，否则学术就不会有新的发展、新的提高。在这个问题上，狂妄自大、不尊重前辈学者的学术成果，不加分析地一味否定，当然是错误的；但为了维护前辈学者的学术地位，对年青学者依据新的发现和新的方法对前辈学者的论断提出质疑持否定态度，也是不可取的，而且也不是有远大眼光的前辈学者所乐见的。

在中国古代文明起源、形成研究上，苏秉琦先生无疑是贡献最大最多的权威。他提出的中国文明起源与发展的"多元一体"模式，文明起源与形成研究的"古文化、古城、古国"三大步骤，古代国家形态演进的"古国、方国、帝国"三大阶段，古代文明起源的"原生型、次生型、续生型"三类型，以及作为文明起源"满天星斗说"根据的考古学文化区系类型体系等一系列重要论断，早已成为学术界的共识，是年青一代进行相关研究取之不尽、用之不竭的灵感源泉。但这不等于说，苏先生的观点没有可讨论之处，例如对六大区系的划分、黄河中游文明是次生型文明等观点都存在不同意见。其实苏先生本人，生前从不认为自己的观点是不能讨论的。恰恰相反，他十分乐意听到不同意见，尤其是反对意见，因为他很清楚，只有了解不同的观点，他才能想方设法使自己的观点更完整、更圆满，更能去说服别人。苏先生的胸怀像海一样宽阔，他对待不同意见的豁达态度以及对不同观点正面交锋的积极支持，永远值得我们学习。

以上所谈几个方面，有的和文明起源与形成研究直接相关，有的则是当前考古研究面临的共性问题。我的认识未必都正确，提出来只是希望引起大家的注意。如果这些见解有助于对某些模糊认识的澄清，有利于考古学科的健康发展，我的目的就达到了。

（本文已发表于《中国历史文物》2009年第6期）

（孙进编校）

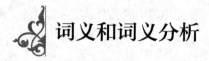

词义和词义分析

蒋绍愚

◎蒋绍愚，浙江富阳人，1962年毕业于北京大学中文系，毕业后留校任教。北京大学中文系教授、博士生导师、国家级有突出贡献专家、国家级教学名师。曾任北京大学中文系学术委员会主任、北京大学汉语语言学研究中心主任、国际中国语言学学会理事、教育部高等学校中文教学指导委员会委员。

主要研究方向为近代汉语研究、汉语历史词汇学、古典诗歌语言研究。主要著作有《古汉语常用字字典》（获首届中国辞书奖一等奖）、《古汉语词汇纲要》（获首届国家教委全国高等院校人文社会科学研究优秀成果二等奖）、《唐诗语言研究》（获第二届全国古籍优秀成果二等奖）、《近代汉语研究概况》《蒋绍愚自选集》《汉语词汇语法史论文集》《古代文史哲名篇比较阅读》《近代汉语研究概要》《近代汉语语法史研究综述》《近代汉语语法资料汇编》《古代汉语》《王力古汉语字典》，以及译著《中国语历史文法》等。在《中国语文》《语言研究》《语言教学与研究》《古汉语研究》等刊物发表学术论文百余篇。

时间：2013 年 7 月 12 日
地点：烟台大学逸夫报告厅

名师演讲

一、什么是词义——两次分类

什么是词义？这个问题众说不一，张志毅、张庆云的《词汇语义学》介绍了 12 种词义说，其中对我国影响较大的是"反映说"。"反映说"认为："词义是对象、现象或者关系在意识中的一定反映。"这当然不错。问题在于，所谓"反映"，究竟是机械的反映，还是能动的反映。

不同语言的词是不同的，这是人人都能看到的事实。但不同究竟在哪里？一种很普遍的看法是：反映同一事物的词，意义都是相同的，只是词的读音不同。就像各种糖果，里面的糖是一样的，只是包裹的纸不同。为什么这样看呢？因为，既然词义是客观事物的反映，那么，反映同一事物的词义，当然相同。

但是，这种看法与事实不符。应该说，词义是人们在能动地认知世界的过程中"两次分类"的结果。使用不同语言的人们，"两次分类"是不同的。如果拿糖果作比喻，就像各种糖果，不仅仅是包裹的纸不同而已，里面的糖也有不同。

什么是"两次分类？下面加以说明。

（一）第一次分类

世界上万事万物极其繁多，人们认识世界，给事物命名，不可能一个一个地给予名称，而只能是一类一类地给予名称。这种"类"怎么分？当然有客观事物的依据，只有性质相同或相近的，至少是有某些共同点的，才能成为一类。但同时，分类与人的主观认识也有关系。很多事物的类别，不是事物自己分好了，然后反映到人的意识中的，而是人们根据客观事物的性质加以分类的，人们的认识不同，分类就有可能不同。

在各种语言中（或同一种语言的不同历史时期中），把一些事物、动作、性状归为一类，成为一个义元（semantic unit），把另一些归为另一类，成为另一个义元。这种分类，在不同语言中，或同一种语言的不同历史时期中，可以是不同的。这就是"第一次分类"。

下面举几个例子：

粗粗地看，似乎汉语的"书"、英语的"book"和日语的"本（ほん）"词义相同。其实不然。英语"book"的意义是："a collection of sheets of paper fastened together as a thing to be read, or to be written in."包括汉语所说的"本子"，如：exercise book, note book. 日语的"本"包括杂志。也就是说，汉语把书、本子、杂志分为三类，英语把书和本子归为一类，把杂志作为另一类（magazine），而日语把书和杂志归为一类，把本子作为另一类（ノート）。这就是分类的不同。

	书	本子	杂志
汉语　书	√		
英语　book	√	√	
日语　本（ほん）	√		√

颜色词也是分类的一个好例子。阳光透过三棱镜，可以呈现一个光谱，这个光谱里的各种颜色，其实是有连续性的，它本身没有分成类，分类是人为的，而且人们的分类并不相同。古代汉语分为五色，现代汉语一般分为七色，英语一般分为六色，而菲律宾的Hanunoo语分为三色：在"赤—橙"区域的是（ma）rara，在"黄—绿"区域的是（ma）latuy，在"蓝—紫"区域的是（ma）biru。

汉语	赤	橙	黄	绿	青	蓝	紫
英语	red	orange	yellow	green	blue		purple
Hanunoo 语	(ma) rara		(ma) latuy		(ma) biru		

其他表事物的词语也有分类问题。如：在上古汉语中，生物外表的东西分为两类，人身上的是"肤"，兽和树身上的是"皮"。在英语中也分为两类，但分类不同：人和兽身上都是"skin"，树身上是"bark"。而现代汉语中分为一类，人、兽和树都是"皮"（但在某些场合仍用"肤"，如"润肤露"）。

	人皮	兽皮	树皮
古代汉语	肤	皮	
现代汉语	皮		
英语	skin		bark

又如：上古汉语中人称"肌"，兽称"肉"，分为两类。英语中也分为两类，但分法不同，长在人和兽身上的是"flesh"，供人们食用的兽肉是"meat"。而现代汉语中只有一类，都叫"肉"。

古代汉语	肌	肉
现代汉语	肉	
英语	flesh	flesh
		meat

表一般性状的形容词也有分类的不同：古代汉语中横向的距离用"长—短"，纵向的距离用"高—下/卑"，人的身体和横向的同一类，也用"长—短"。现代汉语中横向的距离用"长—短"，纵向的距离用"高—低/矮"（这是词汇替换），人的身体和纵向的同一类，用"高—矮"。英语横向的距离用"long—short"，纵向的距离用"high—low"，人的身体矮的和横向的同一类，也用"short"，高的另成一类，用"tall"。

	现代汉语	古代汉语	英语
横向的距离	长—短	长—短	long—short
纵向的距离	高—低	高—下／卑	high—low
人的身高	高—矮	长—短	tall—short

表动作的词也有分类问题。如：人们往身上穿戴衣物的动作，上古汉语中分为三类，往头上套叫"冠"（去声），往身上套叫"衣"（去声），往脚上套叫"履"。中古汉语中合为一类，都叫"著／着"。现代汉语又分为两类：头上叫"戴"，身上脚上叫"穿"。

	上古汉语	中古汉语	近现代汉语
头上	冠	著／着	戴
身上	衣		穿
脚上	履		

（二）第二次分类

第一次分类的结果，形成一个一个的义元（semantic unit）。义元有的可以单独成词，或是原生词，如上述"皮"、"肤"、"肌"、"肉"、"高"、"卑"等；或是派生词，如上述"冠"和"衣"。有的要和别的义元结合而成一个词（多音词），如上述"着"和"穿"。如果是派生词和多音词，在第一次分类之后就要有第二次分类：和原有的哪个词，和哪些别的义元联系在一起？这种联系也源于人们认知中的分类：第一次分类所形成的各个小类（义元），哪些和哪些联系得比较紧密，可以合为一类？事物、动作、性状之间的联系，人们可以从不同的角度去认识，所以第二次分类的结果也是在各种语言中（或同一种语言的不同历史时期中）有所不同。

如：上古汉语中的"冠 v"、"衣 v"是"冠 n"、"衣 n"的派生词，说明当时人们的意识中这些有关穿着的动作和动作的对象密切相关。中古汉语中的表穿着的"著／着"和"附着"义的"著／着"结合成一个多音词，说明当时人们意识中把这个穿着动作和"附着"义联系在一起，认为穿着就是把衣帽鞋等附着于身体。在近代、现代汉语中，表穿着的"穿"和"穿过"义的"穿"结合成一个多音词，说明当时人们意识中把这个穿着动作和"穿过"义联系在一起，认为穿着就是把胳膊和腿穿过衣袖和裤腿，或把脚穿到鞋里。人们是从不同角度来看待动作/事物之间的联系的，这就形成了第二次分类；而第二次分类的不同，就形成了词汇系统的不同。穿着义动作第二次分类的不同图示如下：

上古汉语

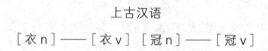

中古汉语

近现代汉语

这样的例子很多。如：古代汉语一昼夜叫"一日"，现代汉语一昼夜叫"一天"。同样是一昼夜的时间单位，在古代汉语中和"日"（太阳）归为一类，在现代汉语中和"天"（天空/天气）归为一类，图示如下：（至于为什么"一昼夜"能和"天空/天气"相联系，我曾有文章讨论，在此从略。）

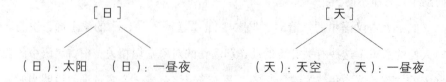

15分钟是一刻。这个时间单位,在汉语中和"刀刻"的"刻"结合成一个多音词,在英语中和表示"四分之一"的"quarter"结合成一个多音词。这是因为,中国古代是用有刻度的日晷或有刻度的漏壶来计时的,所以人们用刻度的"刻"来表示这个时间单位。英语中"一刻"是一小时的四分之一,所以用表示四分之一的"quarter"来表示这个时间单位。(中国古代一天分为十二时辰,一天是一百刻,所以,"刻"和时辰没有很清楚的分数关系。)

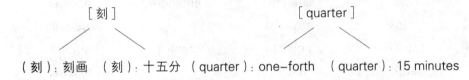

建造房屋,不同时期的汉语用不同的词。最早用"筑(室)",秦汉以后用"盖(屋)",用"起(屋)",用"造(房)"。这是从不同的角度为这一过程命名。"筑"是用杵把土夯实,这是古代黄河流域建造房屋的基础工作。"盖"是着眼于建造房屋的最后一道工序:把屋顶盖上。"起"是着眼于从平地起屋。"造"本是一个泛义动词,很多器物的制作都叫"造",很晚才用于建造房屋,而且开始是"筑造"、"建造"连用。"筑室"的"筑"和"用杵夯土"的"筑"构成一个词的两个义位,"盖房"的"盖"和"覆盖"的"盖"构成一个词的两个义位,"起屋"的"起"和"兴起"的"起"构成一个词的两个义位,"造房"的"造"和"制造"的"造"构成一个词的两个义位。图示见下。

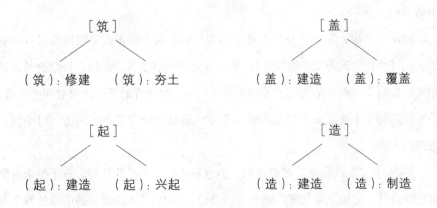

Cruse, A. D. "Lexical semantics" 比较了英语和法语中与感觉（视觉、听觉、味觉、嗅觉、触觉有关的一些词，讲述了这些词的关系的异同。(p.85) 这也是一个两次分类的例子。为了看得更清楚，我们可以列表如下：

have experience	pay attention to	have experience	pay attention to
英语		法语	
see	look at watch	voir	regarder
hear	listen to	entendre	ecouter
taste1	taste2		gouter
smell1	smell2	sentir1	sentir2
feel1	feel2		toucher

人们在认知过程中，每种感官都有向外界发出的动作（pay attention to）和从外界得到的感觉（have experience）。但英语和法语中，这些方面的词汇分布却有所不同。在视觉领域里，英语发出的动作有"look at"和"watch"二类，法语只有"regarder"一类。在味觉、嗅觉、触觉领域里，英语的感觉分为"taste"、"smell"、"feel"三类，法语只有"sentir"一类，即尝到、嗅到、触到都叫"sentir"。这是第一次分类的不同。英语的"taste"、"smell"、"feel"三个词都兼表动作（尝、嗅、触）和感觉（尝到、嗅到、触到），即"taste"、"smell"、"feel"三个词都有两个义项。而法语表示"嗅"这个动作的sentir和兼包"尝到"、"嗅到"、"触到"三种感觉的"sentir"是同一个词，即"sentir"有两个义项。这是第二次分类的不同。

两次分类中，第一次分类形成了不同语言中各个所指大体相同而又有差异的义元（表现为词的义位的差异），第二次分类形成了各个词的义位结合关系的差异。这两个方面，都构成了各种语言（或同一种语言的不同历史时期的语言）的不同的词汇系统。研究汉语历史词汇学，就是要研究汉语不同历史时期词汇系统的不同。

"两次分类"的说法是我提出的，但这种思想不是我的首创，有不少语言学家已经说过。比如，布龙菲尔德在《语言论》中说："不同语言的信号的最小单位，也就是语素，实际价值可以有很大的悬殊，这是很明显的事实。即使在系属上很亲近的语言也是如此。德国人用 reiten 表示骑在动物上，而用 fahren 表示骑在其他东西上，如乘车。而英语只用一个词 ride 来表示……甚至很容易确定和分类的事物在不同语言里也会有十分不同的处理。"（如称谓词、数词）。(pp.350—351)"虽然所有语言都有转义，但是具体的意义的转移，在具体语言里决不可以随便乱套。无论在法语或德语里都不能说"the eye of a needle"或者"an ear of grain"。所谓" the foot of a mountain"在任何欧洲语言里都很自然，可是在美诺米尼语里，而且无疑在其他许多语言里，却是荒谬的。"(p.180)

二、概念化和词化

"概念化"和"词化"是跟词和词义密切相关的两个问题，下面分别讨论。

（一）概念化（conceptualization）

概念化，指的是客观世界的万事万物及其关系在人的意识中形成一个一个的概念。概念的形成过程是人们能动地认知客观世界的过程。词义是反映概念的，所以 R. W. Langacker 说："意义等于概念化。""The MIT Encyclopaedia of Cognitive Sciences"说："意义可以被描述为概念化：词所表达的意义是被激活了的存在于说话者或听话者心中的概念。"这里所说的"意义"指的是语段、句子、词组和词语的意义，但主要是词语的意义。可见，概念化和词义的关系十分密切。

有一种较普遍的看法，认为概念化形成的结果——概念是全人类共同的，只是人们用语言反映概念的方式不同。这种看法对不对呢？实际情况不是这样。R. W. Langacker 说得好："概念化的过程可以理解为一个搭积木的过程：选择不同的积木，有次序地分步搭建在一起，形成一个整体。选择的积木不同或者搭建的顺序不同，最后的整体外观自然不同。"（Langacker R. W. 2001："Dynamicity in grammar"，译文转引自李福印《认知语言学概论》，北京大学出版社，2008 年，第 348 页。)

戴浩一（2002）说："每一个语言有不同的概念化。""概念系统中的最重要的概念化当然是词汇，其次才是各种句式所代表的概念化。"我基本上同意他的看法。不过，我认为这样说会更准确一点："每一个语言的概念化是不完全相同的。"这样的表述，意思是：作为概念化的结果，人们在意识中形成了一个一个的概念，这些概念又属于若干不同的概念范畴（或概念场）。其中一些重要的概念和重要的概念范畴（概念场）、概念要素，确实是全人类共同的；但是：(1) 有一些概念是只有某个民族或某个时代才有的。(2) 不同民族、不同时代，概念的形成方式和形成的概念可能是不同的，一些概念在概念场中的分布也可能不同。(3) 一些概念的层级结构，也不是全人类完全一样的。

下面对这三点分别加以说明。

(1) 有些概念不是人类共同的，只有某些民族或某些时代才有。

如：古代汉语中有一些反映某种打击动作的概念[1]，在现代生活中没有这种动作了，也就是说，没有这些概念。如：

笞 《说文》："击也。"《新唐书·刑法志》："汉用竹。"

《说文》："挟，以车軶击也。"

我们还可以想象，在那些没有见过竹子、没有见过车軶的民族的意识中，也不会有这些概念。有一些打击动作从古到今都存在，但存在某种动作，并不等于存在某种概念。如：

挨 《说文》："挨，击背也。"

在古代汉语中有"挨"这个字表达这种"击背"的动作，说明古人意识中有这个概念。而在现代，尽管这个动作还存在，但它和"打后脑勺"、"打肩膀"、"打膝盖"一样，只是一种动作，而没有成为一个概念。概念都是概括的，不可

---

[1] 严格地说，概念是存在于人们的意识中的，而不是存在于语言中的。但在某个语言社团成员的意识中有某个概念，在这个语言社团成员所使用的语言中就会有相应的词。为了表达的方便，我们在行文中有时会说"某某语言中有/没有这个概念"。

能每一个具体的打击动作都成为一个概念。也许有人会说："'打后脑勺'已经有了一定程度的概括（指打击的对象是所有人的后脑勺），为什么不是一个概念？要概括到什么程度才能成为一个概念？"这个问题不能一概而论，同一种动作，在某个时代的某个语言社团中可以是一个概念，而在另一个时代或另一个语言社团中就可能不是一个概念。大体上说，如果一种动作在某个时代的某个语言社团中比较常见，引起了人们的注意，因而用一个词或一个固定词组（如"打屁股"）来表达它，那么，这就是一个概念；反之，就不是一个概念。

反过来说，在现代汉语中的一些概念，在古代也可能没有。如：

掴，抽，揍。

这都是对人体某种特定部位或用某种特定方式的打击动作。这种打击动作，古代也是有的，但没有成为一种概念。道理和上面所说的现代没有"击背"的概念一样。

英语中一些"打击"概念，在说汉语的人的意识中没有。如：

birch（用桦树条打）。

truncheon（用警棍打）。

conk（打头）。

spank（用手掌打屁股）。

说汉语的人群中也有桦树条，也可能有用桦树条打人的事发生，但那是很少见的，"用桦树条打"不是一个概念。"打屁股"在汉语中是一个概念，但那是作为一种刑罚，是用棍棒打，和"spank"的概念不同；"用手掌打屁股"的事情有，但在汉语中没有成为一个概念。

（2）不同民族、不同时代概念的形成方式和形成的概念可能是不同的，概念在概念场中的分布也可能不同。

概念形成有哪些不同的方式？这个问题是需要深入研究的。就我们现在所看到的，有（A）、（B）两式。下面先从具体事例的分析出发，然后再加以概括。

（A）式

先看在"打击物体使之发声"这个概念场中，现代汉语、上古汉语、英语有哪些概念，它们在概念场中怎样分布。请看下面的表：

现代汉语	敲 [门/窗/钟/鼓]				
上古汉语	考/敂（叩）[门/关/钟/金石]			击/伐/鸣 [鼓]	
英语	tap [door/window]	knock [door/window]	bang [door/window]	strike [bell]	beat [drum]

从上表可以看出，在"打击物体使之发声"这个概念场中，现代汉语、上古汉语、英语的概念不同，它们在概念场中的分布也不同。

上古汉语表达这种动作不用"敲"这个词，《说文》："敲，横擿也。""毃，击头也。"

上古汉语用来表达"打击物体使之发声"这种动作的是"敂"（常写作"叩"或"扣"）或"考（攷）"。《说文》："考，敂也。""敂，击也。"如"叩门"、"叩关"、"叩钟"、"考钟"、"考金石"等。

上古汉语中绝不说"叩鼓"或"考鼓"，而只说"击鼓"、"伐鼓"、"鸣鼓"，或者单说一个"鼓"。（《诗经·唐风·山有枢》："子有钟鼓，弗鼓弗考。"这应当理解为"弗鼓鼓，弗考钟"。）

英语中，如果对象是门窗等，一般的敲击是"knock"，轻叩是"tap"，重击是"bang"：He knocked the window.

He tapped the window with a stick.

He banged on the door until it was open.

如果对象是钟，所用的词是"strike"；如果对象是鼓，所用的词是"beat"。

To strike the bell.

To beat the drum.

在现代汉语中，上述上古汉语和英语中表达各种不同的敲击的概念都不存在，只有一个统一的概念"敲"。上述各种不同的敲，要用"敲"这个字加上不同的修饰语或宾语来表达。

这些字（概念）实际上只涉及了"打击"和"力度"、"对象"、"结果（发声）"

四个要素，打击动作的其他要素（如工具、方式、速度等）并没有涉及。如果把其他的各个要素都考虑在内，"打击物体使之发声"还可以分成很多小类，在客观世界中其发出的声音都不会相同，如果人们把每一个发出不同声音的打击动作都看做独立的一类，每一类都形成一个独立的概念，那么，仅就"打击物体使之发声"这一大类而言，其中就包含多得数不清的概念，也就需要用多得数不清的词来表达，这么庞大的一个概念系统和词汇系统，对于人类的思维和语言交际会是一个不堪负荷的沉重负担。只能分得粗一点，分成两类、三类或一类；在这种比较粗的分类过程（或者说"认知过程"）中，就只能考虑某些维度，而其他的维度就必须忽略不计。但是，究竟哪些维度应该考虑，哪些维度应该忽略不计，这却没有一定之规，而是各个语言社团约定俗成的。上古汉语中考虑的是打击的对象这个维度，英语中考虑的是打击对象和力度这两个维度，现代汉语对象和力度都不考虑。正因为如此，所以，在上古汉语、现代汉语和英语中表示"打击物体使之发声"的概念各不相同，它们在概念场中的分布也不相同。

这种概念的形成方式是：把同一个范畴中的相近或相关的事物、动作、性状放在一起，分为一类，从而形成一个概念；把另一些相近或相关的事物、动作、性状放在一起，分为另一类，从而形成另一个概念。在不同的语言中，或在同一语言的不同历史时期中，其分类可能是不同的，因而形成的概念也就不同。我们称之为概念形成方式（A）。

（B）式

下面是另一种概念形成的方式。

古代汉语中有这样一些词：

牻，騜。

《说文》："牻，白牛也。""騜，一曰马白额。"这一组词的概念形成方式都是把"物（牛/马）"和"色（白色）"两个概念要素结合在一起，形成一个概念。到现代，这些白色的牛，白额的马依然存在，但牻、騜这些概念不存在了，人们在指称这些兽类都用"白的牛"、"白额的马"这样的方式，也就是说，把"物

(牛/马)"和"色(白色)"两个概念要素分开,分别作为不同的概念,然后放在一起说。这是古今概念形成方式的不同,以此形成的概念也不同。

羔,驹,狗,貘,犊。

《说文》:"羔,羊子也。""驹,马二岁曰驹。"《尔雅》:"未成豪,狗。"《玉篇》:"貘,熊虎之子也。"《尔雅》:"牛,其子犊。"郭璞注:"今青州呼犊为犋。"

这一组概念的形成方式和上一组相同,是把"物(羊/马/犬/熊虎/牛)"和"性状(幼小)"两个概念要素结合在一起,形成一个概念。两个其中"貘"现代不用了,"狗"的词义改变了,古代的"貘"要说成"小熊/小虎",古代的"狗"要说成"小狗"。"羔"、"驹"和"犊"还保留到现代,但一般不单说,而说成"羊羔"、"马驹"、"牛犊"。这说明在现代人的意识里,已经习惯于把物和性状分开,作为不同的概念。在指称这些幼小的动物时,尽管"羔/驹/犊"已经包含了物,但还要把"羊/马/牛"作为单独的概念,加在前面重复地说。这也很好地说明古今概念形成方式的不同。

《尔雅·释山》:"山高而大,崧。山小而高,岑。锐而高,峤。卑而大,扈。小而众,岿。……大山,宫。小山,霍。小山别,大山鲜。……多小石,磝。多大石,礐。多草木,岵。无草木,峐。……石戴土谓之崔嵬,土戴石砠。"

如果像现代那样,把"物"和"形"分开,作两个概念,然后用"形"+"山"来指称各种各样的山,就不会有这么多的山的名称。但古代的概念形成方式就是把"形"和"物(山)"结合在一起,形成一个一个的概念,那样,山的名称就必然很多。这是由古代概念形成的方式决定的。

这是另一种概念形成的方式:在两个不同的范畴中,把两个不同而又有关联的对象(事物和性状,或动作和对象)或是放在一起,形成一个概念,或是拆成两份,形成两个概念。我们称之为概念形成方式(B)。

前面说过,R. W. Langacker 把概念化(概念形成)的过程比喻为搭积木,"选择的积木不同或者搭建的顺序不同,最后的整体外观自然不同"。上述两种不同的概念形成方式,是两种不同的"搭积木"的方法:方式(A)是把同一范畴的"积木"分成不同的类加以集合,因分类的不同而形成不同的概念。方式(B)是把不同范畴的"积木"或分或合，因分合的不同而形成不同的概念。除此以外还有没有别的概念形成方式，这是需要深入研究的。下一节将会看到，美国语言学家伦纳德·塔尔米（L. Talmy）所说的"词化"，实际上是又一种不同的概念形成方式。

(3) 不同语言概念系统的层级结构也不完全相同。

戴浩一（2002）说："英语要用全然不同的词语来表达基本词汇，如 bicycle（自行车），bus（公共汽车），car（轿车），truck（卡车）；trout（鳟鱼），salmon（鲑鱼），flounder（比目鱼），eel（鳗鱼）。而中文的基本层次词汇如'汽车'、'鲑鱼'，是以高层次词汇（车、鱼）为中心（head）创造出来的复合词。"但他说的是现代汉语。"车"类和"鱼"类，古代汉语和英语基本一样：

古代汉语		英语	
车	鱼	vehicle	fish
轩、轺、辇、辎	鲔、鲂、鲤、鲔	bicycle, bus, car, truck	trout, salmon, flounder, eel

不过，有一点不同：古代汉语中"轩、轺、辇、辎"可以单说，也可以加上个"车"字；"鲔、鲂、鲤、鲔"可以单说，也可以加上个"鱼"。而英语是只能单说，不能加类名的。

汉语和英语概念结构层次的不同有更好的例子：

表"书写工具（笔）"的概念场，汉语分为两层：上位是"笔"，下位是"毛笔、铅笔、钢笔、圆珠笔、粉笔"等。英语分为三层，上位缺项，中间一层是"writing brush, pen, pencil, chalk"等，最下一层是"pen"又分为"fountain pen, ballpoint, quill"等。

汉语	英语
笔	0
毛笔、铅笔、钢笔、圆珠笔、粉笔	writing brush, pen, pencil, chalk
	fountain pen, ballpoint, quill

表"桌子"的概念场，汉语和英语都分为两层。但相当于汉语"桌子"的一层，

英语缺项。汉语可以说"屋子里有两张桌子，一张是书桌，一张是餐桌"。这句话要翻译成英语就无法表达："There are two _____ in the room, one is a desk, the other is a table." 在_____处填不上一个词。

汉语	英语
桌子	0
书桌，餐桌	desk, table

在上面两个表中，英语用"0"表示的地方，叫做"lexical gap"，我把它译成"缺项"。"缺项"是各种语言里都存在的，但不同语言缺项的情况不一样。这反映了不同语言的概念系统层级结构的不同。

（二）词化（lexicalization）

Lexicalization 有两个意思：(1) 由词组凝固为词。(2) 由不同的语义要素（semantic elements）构成不同的词。前者习惯上把它译为"词汇化"，为了与之区别，我们把后者叫做"词化"。后者是本节要讨论的内容。

1. 提出"词化"理论的是美国语言学家 L. Talmy。他在自己的论著中（1985，1991，2000）都谈到这个问题。下面作一简单的介绍。

塔尔米（1985）说：本章讨论语义与表层表达间的系统性关系。我们从以下几个方面来看这个问题。首先，假设我们能在语义与表层表达范畴内分别分离出单独的要素。语义要素如"位移（motion）"、"路径（path）"、"物体（figure）"、"背景（ground）"、"方式（manner）"、"动因（cause）"；表层要素如"动词（verb）"、"介词（adposition）"、"从句（sub-ordinate clause）"，我们将其称为"卫星（satellite）"。其次，我们要分析语义要素如何通过表层要素来表达。语义要素与表层要素并非一一对应的关系。一个复合的语义要素可以通过一个单一的表层要素来表达，一个单一的语义要素也可以通过复合的表层要素表达出来。第三，不同类型的语义要素可以通过同一类型的表层要素来表达，与此相同，同一类型的语义要素可以通过不同类型的表层要素来表达。我们发现了一系列类型模式和普遍原则。(P.57)

L. Talmy 把"位移事件（motion event）"分解为六种"语义要素（semantic elements）"："位移（motion）"、"路径（path）"、"物体（figure）"、"背景（ground）"、"方式（manner）"、"动因（cause）"。几个语义要素可以融合（conflate）到一个语言形式（词）里。

他根据各种语言主要动词所融合（conflate）的语义要素的不同，归纳出位移动词三种不同的"词化模式（lexicalization patterns）"。主要的两种是：

（1）"位移＋方式"或"位移＋动因"模式，"位移"和"方式/动因"要素融合在一个动词之中。如英语的"The bottle floated into the cave."［float：moved (Motion) ＋floating (Manner)］

（2）"位移＋路径"模式，"位移"和"路径"的要素融合在一个动词之中。如西班牙语"La bolella entró a la cueva flotando."［entró：moved (Motion) ＋into (Path)］

他用大量的例证说明了印欧语中的罗曼语（特别是西班牙语）是后一种模式，除此以外的印欧语（如英语）是前一种模式。

可以对比西班牙语和英语的下列例句：

Spanish：

La bolella salió de la cueva flotando.
La bolella se fué de la orilla flotando.
La bolella cruzó el canal flotando.
El hombro entró a la sotano corriendo.
El hombro volvió a la sotano corriendo.
El hombro bajó a la sotano corriendo.

English：

The bottle floated out of the cave.
The bottle floated away from the bank.
The bottle floated across the canal.
The man ran into the cellar.
The man ran back to the cellar.
The man ran down to the cellar.

（flotando：floating. corriendo：running）

英语也有一些位移动词包含"位移＋路径"，如"enter, exit, pass, return, cross"等。但那些动词都是借自罗曼语的。

L. Talmy 认为语言可以根据位移事件（motion event）的核心特征即位移的路径的编码方式分为两大类型：

动词框架语言（Verb-framed language）：路径（path）通过主要动词（位移融合路径）来表达，如罗曼语。

卫星框架语言（Satellite-framed language）：路径（path）通过一个与动词相关联的要素（不同的虚词、前缀、介词）来表达，如英语。

他认为上古汉语是 Verb-framed language，现代汉语普通话是 Satellite-framed language。

L. Talmy 的词化理论影响很大，很多语言学家赞同他的理论，也有很多语言学家对他的理论提出补充或修正。汉语究竟属于哪一种类型？这个问题也引起了广泛的讨论。因为这不属于本文的研究范围，所以在这里不谈。

这里主要讨论 L. Talmy 的词化理论对于词汇（特别是汉语历史词汇）的研究有什么意义。

我认为，对我们最有启发的是：L. Talmy 的词化理论提出了一种可操作的跨语言的词义分析方法，以及跨语言的词义结构、词义系统的比较方法。具体地说，有下面两点：

（1）同一范畴的词（无论何种语言的词）可以分解为若干语义要素（semantic elements）。如：同属于"位移"范畴的词，可分解为"位移（motion）"、"路径（path）"、"物体（figure）"、"背景（ground）"、"方式（manner）"、"动因（cause）"六种语义要素。实际上，这些语义要素只是一些"维度"，这些"维度"的"值"在不同的词里是不同的。如在上述西班牙语和英语对照的六个例句里，"路径（path）"这一语义要素的"值"分别是 [out], [away], [across], [into], [back], [down]；"方式（manner）"这一语义要素的"值"分别是 [running], [floating]。某一范畴的词究竟可以分解为多少语义要素，这个问题是可以讨论的。如"位移"范畴的词的语义分析，除了 L. Talmy 提出的六个语义要素外，还有的学者认为应该增加一个"deixis"或"direction"（指向）的语义要素。

通过这样的分析，我们可以看到同一范畴的词的共性和特性。如："位移"范畴的词，都可以分解为"位移（motion）"、"路径（path）"、"物体（figure）"、"背景（ground）"、"方式（manner）"、"动因（cause）"六种语义要素，而各种语义要素的取值的不同，就形成了这些词各自的特点和彼此之间的语义差别。

（2）这些语义要素和词不是一对一的关系。几个语义要素可以以不同方式融合在一个词里，如英语的"float"，"run"等词融合了"位移（motion）"和"方式（manner）"两个语义要素；西班牙语也可以是一个语义要素单独表现为一个词，如英语中的"out"，"into"等词，都只有"路径（path）"这一语义要素。

语义要素的融合，在不同语言的词里是不同的。同是表示"位移事件"，在罗曼语中是"位移（motion）"和"路径（path）"两个语义要素融合为一个词，"方式（manner）"这一语义要素由另一个词来表达。而在英语中是"位移（motion）"和"方式（manner）"两个语义要素融合为一个词，"路径（path）"这一语义要素由另一个词来表达。

这种差异不是两种或几种语言里个别词的差异，而是系统的差异。所以 L. Talmy 在调查世界多种语言的基础上，归纳出三种不同的"词化模式（lexicalization patterns）"。对他提出的"词化模式"也有不同的看法，有的学者提出了其他的词化模式。这也是可以讨论的。但是用几种"词化模式"来概括不同语言里的语义要素和词的不同对应关系，这种方法对于研究各种语言词义结构类型的差异有很重要的意义。

本节前面说了"概念化"，这里又说了"词化"。这两者是什么关系呢？

"概念化"的第（1）、（3）两个问题和"词化"无关。第（2）个问题（概念的形成问题）和"词化"密切相关，但两者观察问题的角度不同。"概念化"主要是关注从外部世界到意识层面的"概念"的问题，而"词化"主要是关注从意识层面的"语义要素"到词的问题。但"概念"和"词"密切相关，所以两者讨论的问题实质上是密切相关的。比如，由"位移（motion）"和"方式（manner）"两个语义要素融合成英语中的位移动词（如"float"，"run"等），是"词化"的问题。但从另一个角度看，也可以说是人们把客观世界中存在的"位移"和"方式"作为概念形成的材料，把两者结合而形成了"float"，"run"等概念。这也是一种概念形成的方式，但这种方式既不同于上面所说的方式(A)（因分类的不同而形成不同的概念），也不同于上面所说的方式（B）（因分合的不同而形成不同的概念），而是另一种概念的形成方式：因"位移"、"方式"、"路径"等要素组配（融合）的不同而形成不同的概念。不过，这是仅就 L. Talmy 的位移动词的"词化模式"而言的。如果扩大一点，把 L. Talmy 关于语义要素和表层要素的关系（见上文所引 L. Talmy1985,p.57）看作"词化"理论的精髓，那么，上文所说的概念形成方式（B）（即下面要讨论的"从综合到分析"），如果从如何成词的角度看，也可以包括在"词化"的范围之内。

应该说，"词"比"概念"更容易把握，所以，对汉语的研究来说，讨论"词化"的问题也许更为切近实际。

L. Talmy 的词化理论主要是考察共时平面上不同语言的词的语义结构的类型特点，但这一理论也可以用于同一种语言的不同历史时期的词的语义结构的类型特点。对于汉语这样一种有悠久历史的语言，这样的考察尤其有价值。下面就来讨论这个问题。

2. 从综合到分析

汉语词汇和词义的历史演变有一个很突出的特点：很多古代汉语的词的词义，在现代汉语中都要用词组来表达。如"沐"要说成"洗头"，"骊"要说成"黑马"。也就是说，同样的语义，古代汉语是把"动作"和"事物"、"事物"和"性状"这两者综合在一起，用一个词表达；现代汉语是把"动作"和"事物"、"事物"和"性状"这两者分开，各自独立成词，并用它们组成词组来表达。古代汉语和现代汉语的这种差异和发展，就是通常所说的"从综合到分析"。

这种现象，如果用 L. Talmy 的词化理论可以说得更清楚：古代汉语的词，很多是由两个（或几个）语义要素融合而成的。在现代汉语中，这些语义要素分别取得了独立的表达形式（词或词组）。那些古代汉语的词所表达的语义，要用现代汉语中这些词或词组组合成一个更大的语言单位来表达。

下面，参照 L. Talmy 的理论，把一些古代汉语中"综合"的词，按照其融合的语义要素的不同，分成若干词化模式。这仅仅是举例，这些"综合"的词究竟有哪些词化模式，还需要进一步研究。

(a) 动作 + 方式

瞻，《说文》："瞻，临视也。"段注："今人谓仰视曰瞻。" 　　向上看

顾，《说文》："顾，还视也。" 　　回头看

睨，《说文》："睨，衺视也。" 　　斜看

睇，《说文》："睇，小衺视也。" 　　悄悄地斜看

窥，《说文》："窥，小视也。" 　　从小孔中看

(b) 动作 + 对象

沐，《说文》："沐，濯发也。" 　　洗头

沫（颒），《说文》："颒，洒面也。" 　　洗脸

盥，《说文》："盥，澡手也。" 　　洗手

洗，《说文》："洗，洒足也。" 　　洗脚

澣（浣），《说文》："澣，濯衣垢也。" 　　洗衣

(c) 动作 + 主体

集，《说文》："群鸟在木上也。" 　　一群鸟停在树上

骤，《说文》："马疾步也。" 　　马快跑

(d) 动作 + 背景

跋，《毛传》："草行曰跋。" 　　在草上走

涉，《毛传》："水行曰涉。" 　　蹚着水走

(e) 性状 + 事物

骊，《说文》："骊，马深黑色。" 　　黑马

羖，《说文》："羖，夏羊牡曰羖。" 　　黑公羊

畬，《说文》："畬，三岁治田也。" 　　已垦种三年的田

旟，《尔雅》："（旌旟）错革鸟曰旟。" 　　画着疾飞的鸟的旗帜

三、概念要素分析法

"概念要素分析法"是对词的语义构成进行分析的一种方法。这种分析法还不成熟,还存在不少问题。用这种方法来分析词义,还只是一种尝试。本节对"概念要素分析法"作一简单介绍,并举出一个应用的实例。

(一)义素分析法

在讨论"概念要素分析法"之前,先要说到"义素分析法"。这在上个世纪后半叶的词汇、词义研究中是比较盛行的,我的《古汉语词汇纲要》和一些论文也用了这种方法。

"义素"是根据某种语言中处于同一语义场中的词汇的比较而得出的。最简单也最典型的例子是把英语的"boy"、"girl"、"men"、"women"加以比较而得出三个义素:[human] / [±male] / [±adult]:

man	Woman	+adult
boy	girl	-adult
+male	-male	

这对某种语言的词义分析有些用处。但如果要做跨语言的比较和研究,"义素"就显得无能为力。因为,不同语言义素可能不同。如:各种语言都有亲属称谓词,但情况是很不相同的。比如,英语不区分长幼,所以汉语中的"哥哥"和"弟弟"、"伯伯"和"叔叔"在英语中不分;父系和母系也不大分,所以汉语的"侄儿"和"外甥"在英语中不分。而分析汉语的亲属称谓就必须有[±长]之类的义素,如:

兄	姐	+长
弟	妹	-长
+男	-男	

有些民族的亲属称谓更加复杂。如:美洲印第安 iroquois 部落 Seneca 语中,有些称谓不但和对象的辈分、性别有关,而且和说话者的性别有关。要对这些

亲属称谓词进行分析，凭借英语中分析得出的义素就更是不够了。

he：awak：男性称自己的儿子和兄弟的儿子。(son+ nephew，儿子＋侄儿)

女性称自己的儿子和姐妹的儿子。(son+ nephew，儿子＋外甥)

Heye：wo：te：男性称自己姐妹的儿子。(nephew，外甥)

Hehsoneh：女性称自己兄弟的儿子。(nephew，侄儿)

（见 Leech, Geoffrey 1981）

所以，要做跨语言的词汇、词义的分析比较，需要采用另一种方法。我们不妨试用"概念要素分析法"。

（二）概念要素分析法

"概念要素分析法"的做法是把处于同一个概念域中的不同民族的不同概念加以比较，从中分析出共同的概念要素，其目标是要使这些概念要素能用以构成和区分多种语言中的词和词义。当然，这是不容易做到的。因为世界上民族和语言如此之多，要找出共同的概念要素很不容易。而且，概念要素如何确定，有没有一套可行的、客观的操作方法，这也是一个未解决的难题。但我们看到，L. Talmy 为位移事件确定了六个语义要素，用以分析、比较与位移有关的多种语言的词和词义，取得了公认的成效。尽管有学者认为这六个语义要素之外还应该增加一个，但这种用语义要素来分析词和词义的方法，并没有人加以否定。既然 L. Talmy 把"语义要素"用于位移事件取得了成效，我们可以试着把与之相仿的"概念要素分析法"用于别的事件或概念域，并在研究的过程中使这种方法逐步完善。任何一种语言研究方法都是在语言研究的过程中逐步完善起来的。

下面，我们就这样试着做。

首先要说明什么是"概念要素"。

在每一个概念域中，都存在一个由各种维度交叉而构成的多维网络。比如，"打击"这个概念域，除"动作：打击"这一维度之外，还有六个维度，即：(a) 打击的工具，(b) 打击的方式，(c) 打击的对象／部位，(d) 打击的力度，(e) 打击的速度，(f) 打击的目的／结果。

每一维度都包含若干或多或少的节点，如"力度"方面有"轻／重"两个节点。而"工具"方面就包含相当多的节点，如"鞭／棍／刀斧"等等。在不同的节点上，同一维度有不同的值。几个维度的节点以不同的组合方式交会在一起，形成一个一个不同的交会点，一个概念域中的不同概念就处在这个多维网络的不同交会点上；而那些组合在一起的若干维度上的节点，就是构成某个概念的概念要素。

可以看出，这里说的"概念要素"，比 L. Talmy 说的"语义要素"还要细一点。L. Talmy 说的"语义要素"相当于这里所说的"维度"，"维度"上的"节点"才是一个概念及其相应的词的概念要素。

我们可以用"概念要素"来分析词的词义结构。

1. 现代汉语的"夯"的词义结构：

［动作：打击］+［对象：物］+［工具：重物］+［方式：连续向下］+［力度：重］+［目的：使结实］

英语中和"夯"相当的词是"tamp"，其意义是"to pack down tightly by a succession of blows or taps"，但使用的工具通常不是重物，而且其力度是重或轻。

tamp 的词义结构：

［动作：打击］+［对象：物］+［工具：非重物］+［方式：连续向下］+［力度：重／轻］+［目的：使结实］

2.《说文》："疻，殴伤也。"朱骏声《说文通训定声》："凡殴使皮肤起青黑而无创瘢者为疻，有创瘢者为痏。"

其概念要素是"［动作：打击］+［对象：人］+［工具：拳／棒］+［方式：连续／单击］+［力度：强］+［结果：皮肤青肿但没有破］"。强调动作。

英语中和"疻"相当的词是"bruise"，意思是"to injure by blow that discolors skin without breaking it or any bone"。

其概念要素是"［结果：皮肤青肿但没有破］+［动作：打击］+［对象：人］+［工具：拳／棒］+［方式：连续／单击］+［力度：强］"。强调结果。所以，可以说："she bruised her knee"。

(三)用"概念要素分析法"分析词义举例

以往对词的释义主要用同义词替代的方法。这种方法有它的优点:简明、直观,容易明白。但有的词义没有同义词,就只能在某种上下文中找一个临时能替换的词来解释,所以,就只能是随文释义。

比如,"投"这个词,在《汉语大词典》中立了十九个义项,各个义项大致都用同义词来释义。现将《词典》抄录如下(例句有删节):

[1]掷;扔。《左传·成公二年》:"齐高固入晋师,桀石以投人。"[2]向下跳。《汉书·扬雄传》:"乃从阁上自投下。"[3]掷入,投进去。韩愈《鳄鱼文》:"以羊一猪一,投恶溪之潭水。"[4]仆倒;跌落。《左传·昭公十三年》:"王闻群公子之死也,自投于车下。"[5]投射。巴金《家》二三:"他向克明这面投了一瞥憎恨的眼光。"[6]置放;弃置。《孙子·九地》:"投之亡地然后存,陷之死地然后生。"韩愈《平淮西碑》:"蔡之卒夫,投甲呼舞。"[7]迁置;贬徙。《礼记·乐记》:"下车而封夏后氏之后于杞,投殷之后于宋。"郑玄注:"举徙之辞也。"《建炎以来系年要录·建炎元年七月》:"今绍已投岭外。"[8]投靠,投奔。《世说新语·赏誉下》:"卫玠避乱,从洛投敦。"[9]投宿。杜甫《石壕吏》诗:"暮投石壕村,有吏夜捉人。"[10]投赠。《诗·卫风·木瓜》:"投我以木瓜,报之以琼琚。"[11]呈交;寄。《唐语林·补遗三》:"有举子投卷。"[12]合;投合。《楚辞·大招》:"二八接舞,投诗赋只。"王逸注:"投,合也。"[13]犹靠近。王安石《送程公辟守洪州》诗:"九江右投贡与章,扬澜吹漂浩无旁。"[14]挥。参见"投袂"。[15]用。《老子》:"兕无所投其角,虎无所措其爪。"《盐铁论·世务》引此,投,作"用"。[16]投壶。《礼记·少仪》:"侍投则拥矢。"参见"投壶"。[17]骰子。《古文苑·班固〈弈旨〉》:"夫博悬于投,不专在行。"[18]介词。(1)犹到,待。《后汉书·独行传·范式》:"投其葬日,驰往赴之。"(2)犹向。《史记·淮阴侯列传》:"足下右投则汉王胜,左投则项王胜。"[19]姓。

词典主要是供读者查检，服务于这一目的，像上面这样排列义项和释义，是很合适的。但如果要对"投"的词义做准确的说明和系统的研究，则上述的义项设立和释义还有欠缺。我们不妨换一种方法，用"概念要素分析法"来分析和考察"投"的词义，这是一件十分细致的工作。我在2006年的《汉语词义和词汇系统的历史演变初探——以"投"为例》一文中对此有较详细的分析，在这里只能说一个大概。

我们可以把"投"在古代文献中出现的纷繁的意义归纳为十项：[1]投掷。[2]扔掉。[3]放逐。[4]放置。[5]致送。[6]身体向下运动。[7]投奔、投靠。[8]投宿。[9]到（某时）。[10]肢体或头快速运动。然后把这些意义用几个维度加以分析：核心要素、运动的驱动者（施事）、运动的主体（对象）、运动的途径、运动的方式、运动的起点、运动的终点、运动的目的。各个概念要素的汇总，就是这个义项比较准确的意义。

如 [1] [投1A] 的概念要素是：[核心要素：运动] + [施事：人] + [对象：物] + [路径：空中，距离较长] + [方式：快速，抛物线] + [起点：手] + [终点：他人/处所]

[1] [投1A] 的词义是：人使物在空中长距离地做快速的抛物线运动，从人的手中到达他人或别的处所。

其他意义也可以照样做。这样就列出下面的表格：

"投"的各个义位总表

	义位	意义	核心要素	施事	对象	路径	方式	起点	终点	目的
[1]	投[1A]	投掷	运动	人	物	空中，距离较长	快速，抛物线	手	他人/他处	-
[2]	投[1B]	扔掉	运动	人	物	空中，距离较短	快速直线	手	地上	舍弃
[3]	投[1C]	放逐	位移	君主	臣民	-	-	朝廷	边裔	抛弃

	义位	意义	核心要素	施事	对象	路径	方式	起点	终点	目的
[4]	投[1D]	放置	位移	人	物	-	-	自身处	他处	-
[5]	投[1E]	致送	关系改变	人	物	-	-	自身	他人	赠与
[6]	投[2A]	身体向下运动	运动	人	自身	空中	快速	原处	他处	-
[7]	投[2B]	投奔投靠	关系改变	人	自身	-	-	原来的依附者	新的依附者	-
[8]	投[2C]	投宿	位移后停留	人	自身	地面	-	原处	他处	留宿
[9]	投(某时)	到(某时)	时间推移	-	时间	时段	-	原来的时点	新的时点	-
[10]	[投3]	肢体或头快速运动	运动	人/动物	肢体或头	空中,距离较短	快速直线	原处	下方/前方	-

表中的[1]是基本意义。[2]的各语义要素和[1]很相近,只是多了一个义素:[目的:舍弃]。[3]是[2]的隐喻,以舍弃物比喻放逐人。[4]也是人使物移动,只是并非远距离、快速移动,而是把物放置某处。[5]也是把物送致他人处,和[4]的语义要素很近,只是多了一个要素[目的:赠与]。所以这五项意义联系较紧,可以合并成一个词,写作[投1],分为五个义项。[6]是人使自身运动到达某处。[7]是[6]的隐喻,以处所的改变比喻人际关系的改变(投靠)。[8]是人使自身从地面位移到他处而停止(投宿)。[9]是空间运动投射为时间运动(到某时)。这四个义项联系较紧,可以合并为一个词,写作[投2]。[9]和前面的都不同,是人(动物)使自己的肢体运动,所以另作一个词,写作[投3]。

经过这样的分析和整理,各个义项的词义都可以用概念要素加以清晰、准确地描写,各个意义之间的联系也看得很清楚,可以据此看到词义演变的脉络。

这是用概念要素分析法分析词义的长处。

概念要素分析法的另一个长处是：如果有些义项的意义不能用同义词来解释，仍然可以通过概念要素的分析，做出比较清楚的说明。比如：在《汉语大词典》中，有两个义项：[2] 向下跳。《汉书·扬雄传》："乃从阁上自投下。"[4] 仆倒；跌落。《左传·昭公十三年》："王闻群公子之死也，自投于车下。"其实这两个义项都是表中的 [6] [投 2A] 身体向下运动。在《汉语大词典》中另有两个义项：[14] 挥。参见"投袂"。[15] 用。《老子》："兕无所投其角，虎无所措其爪。"《盐铁论·世务》引此，投，作"用"。这也是不准确的。"投袂"就是"甩袖子"，"投角"就是"用角顶"。不过这是随文解释。其实这两个义项就是表中的 [10]，其概括的意义是"肢体或头快速运动"。表中这些义项的解释都是根据概念要素分析法得出的。在词典编写中，虽然义项的解释仍应以同义词解释为主，但在无法用同义词解释时，也可以用这样的解释法来解决问题。

总之，用概念要素分析法分析词义，第一，可以比较准确地描写和概括词义。第二，可以比较清楚地看到词义之间的联系。第三，可用于跨语言或不同历史时期的词义的比较。

但概念要素分析法还是不完善的，还需要进一步探索和研究，在使用中使之逐步完善。

（马兴编校）

参考文献

[1] 戴浩一. 概念结构于非自主性语法：汉语语法概念系统初探. 当代语言学（1）. 2002

[2] 蒋绍愚. 两次分类. 中国语文（5）. 1999

［3］ 蒋绍愚. 汉语词义和词汇系统的历史演变初探——以"投"为例. 北京大学学报（4）. 2006

［4］ 蒋绍愚. 打击义动词的语义分析. 中国语文（5）. 2007

［5］ 蒋绍愚. 词汇、语法和认知的表达. 语言教学与研究（4）. 2011

［6］ 张志毅，张庆云. 汉语词义学. 北京：商务印书馆，2001

［7］ 李福印. 认知语言学概论. 北京：北京大学出版社，2008

［8］ Cruse, D. A 1986/2009 *lexical Semantics*, Cambridge University press. 世界图书出版公司。

［9］ Jackendoff, Ray, 1990, Semanti Structures, The MIT Press.

［10］ Leech, Geoffrey, 1981, *Semantics (2nd edition)*, Richard Clay Lid.

［11］ Talmy L., 1985, *Lexicalization patterns : semantic structure in lexical form*," Language Typology and Syntactic Description", Timothy shopen, ed. Vol 3. Cambridge University Press.

［12］ Talmy L., 1991, *Path to realization : a typology of event conflation*, Proceedings of the Berkeley Linguistics Society 17. pp. 480–519. BLS.

［13］ Talmy L., 2000a, *Toward a cognitive semantics (volume 1) : Concept structuring systems*, Cambridge, MA：MIT Press.

［14］ Talmy L., 2000b, *Toward a cognitive semantics (volume 2) : Typology and process in concept structuring*, Cambridge, MA：MIT Press.

怎样把古反切折合成现代汉语普通话读音

张渭毅

◎张渭毅,文学博士,北京大学中文系副教授。致力于汉语音韵学、中国语言学史和以《集韵》为代表的隋唐宋汉语韵书的教学与研究。曾多次应邀赴韩国、日本等国家、港台地区讲学和访问研究。

著有专著《中古音论》,发表学术论文《论〈集韵〉折合字音的双重语音标准》《〈集韵〉异读研究》《〈集韵〉研究概说》《二十世纪的汉语中古音研究》《论〈群经音辨〉对〈集韵〉的影响》《〈集韵〉重纽的特点》《〈集韵〉的反切上字所透露的语音信息》《从威妥玛的〈语言自迩集〉看19世纪中期的北京语音》《1950—2004年国内中古音研究综述》《论〈集韵〉异读字与〈类篇〉重音字的差异》《论采用"散点多线式"框架构建和描写汉语语音史的必要性和可行性(上)》《论反切起源问题》《论〈广韵〉异读字在上古音研究中的地位》《再论〈集韵〉与〈礼部韵略〉之关系》《论知组、庄组、章组声母在近代汉语早中期的演变类型》《中古音分期新论》《〈集韵〉五论》《近二十多年来韩国学者在中国发表的汉语音韵学论著述评》等四十多篇。主编音韵学学术论文集《汉声——汉语音韵学的继承与创新》，校点整理章太炎的《国故论衡》。负责主持并完成了国家社会科学基金青年项目《〈集韵〉的综合研究》。论文《魏晋至元代重纽的南北区别和标准音的转变》获得2004年度中国社会科学院青年语言学家奖金一等奖。

时间：2012 年 9 月 20 日
地点：烟台大学逸夫图书馆报告厅

一、古反切为什么要经过折合才能读出正确的今音来

众所周知，反切是音韵学中最重要的注音法。有了反切，才有了韵书、字母和韵图，音韵学才开始成为一门独立的学科。如果我们认为反切产生于东汉末年，那么，至今反切的发明和运用已经有了近 1800 年的历史。反切的研究，成为一门专门的学问，大体上有以下五个方面的内容：

（1）反切的起源问题；

（2）反切与等韵图的关系；

（3）反切的整理，包括整理反切的方法，反切所反映的音类、音系的共时研究和历时研究；

（4）反切的改良；

（5）反切的应用。

其中，反切的应用是我们关注的重要话题。我们学习音韵学一个重要目的，就是希望能够掌握反切规律，读出古反切的现代汉语普通话读音来，从而解决古书中的注音问题，并且为做好现代汉语普通话语音的规范工作服务。

怎样读出古反切的现代汉语普通话读音呢？前修时贤已经做过不少研究，迄今已经发表了不少的专著、工具书和论文。现将有代表性的参考文献列举如下：

（1）王力：专著《汉语音韵》，第三章《反切》，第六章《等韵》，中华书局 1963 年初版；又收入《王力文集》第五卷，山东教育出版社，1986 年；

（2）李荣：论文《〈广韵〉的反切和今音》，《中国语文》，1964年4期；

（3）殷焕先：专著《反切释要》，山东人民出版社，1979年；

（4）丁声树编著、李荣参订：工具书《古今字音对照手册》，中华书局，1981年新1版；

（5）林序达：专著《反切概说》，四川人民出版社，1982年；

（6）许梦麟：专著《反切拼读入门》，河南人民出版社，1985年；

（7）唐作藩：专著《音韵学教程》，第三章专论《广韵》与现代汉语普通话语音的对应规律，北京大学出版社，1987年初版，2002年修订版；

（8）郭锡良：工具书《汉字古音手册》，北京大学出版社1986年初版，商务印书馆2010年增订本；

（9）何九盈：专著《古汉语音韵学述要》，第二章《反切和韵书》，浙江古籍出版社1988年初版，中华书局2010年修订版；

（10）林涛：工具书《〈广韵〉四用手册》，唐作藩校订，中国广播电视出版社，1992年；

（11）李葆嘉：工具书《〈广韵〉反切今音手册》，上海古籍出版社，1997年；

（12）曹先擢、李青梅：工具书《〈广韵〉反切今读手册》，语文出版社，2005年；

（13）鲁国尧、吴葆勤：论文《四声、三十六字母、〈广韵〉韵目今读表》，《古汉语研究》，2011年第3期。

以上论著，虽然内容的侧重点各不相同，但是在把古反切折合成今音（一般指现代汉语普通话读音，下同）及其相关的各方面，对于初学者来说，都有重要的参考价值。同时，这也是本文的主要参考文献。下面就结合音韵学教学的实践，讲一讲怎样把古代反切折合成现代汉语普通话的读音。

要读出古反切的现代汉语普通话读音来，首先必须搞清楚反切的原理。

反切是用两个汉字拼读出另一个汉字的注音方法。被注音的字叫做被切字，反切由两个字构成，古人直行书写，第一个字叫做反切上字，第二个字叫做反切下字。在古代韵书、字书和音义书中，我们经常可以看到某字，某某反；或某字，某某切。比如被切字"记"这个字：梁朝顾野王所撰的字书《玉篇》残卷："记，居意反";陈隋唐初陆德明所著的音义书《经典释文》:"记,纪吏反";隋朝陆法言所著的韵书《切韵》:"记,居吏反";宋陈彭年、丘雍等所撰的韵书《广韵》和宋丁度等所撰的韵书《集韵》:"记,居吏切"。这里"反"、"切"两字同义。

反切的基本原理可以用两句话来概括:反切上字取声母,反切下字取韵母和声调。也就是说,反切上字决定被切字的声母,反切下字决定被切字的韵母和声调。因此,反切跟被切字的语音关系是:反切上字的声母跟被切字的声母相同,反切下字的韵母和声调跟被切字的韵母和声调相同,很少有例外。

下面列举的古反切,一般采用《广韵》的反切,《广韵》以外的反切注明出处。先列出古反切,再列出反切上字、反切下字,最后列出被切字;为了表现古反切与现代汉语普通话语音的关系,用汉语拼音方案注出反切上字的声母、下字的韵母和声调以及被切字的现代汉语普通话读音,为方便起见,分别用 1、2、3、4 标记阴平、阳平、上声和去声,反切省略"切"字。下同。

反切	上字及其声母的拼音	下字及其韵母的拼音和声调	被切字及其拼音
徒郎	徒 t	郎 ang2	唐 tang2
荒乌	荒 h	乌 u1	呼 hu1
土鸡	土 t	鸡 i1	梯 ti1
郎段	郎 l	段 uan4	乱 luan4
香衣	香 x	衣 i1	希 xi1
女良	女 n	良 iang2	娘 niang2
渠云	渠 q	云 yun2	群 qun2
神至	神 sh	至 i4	示 shi4

以上古反切和被切字,用现代汉语普通话来读,反切上字的声母跟被切字的声母相同,反切下字的韵母跟被切字的韵母和声调相同,可以很顺利地拼读出这个反切所注被切字的读音来。也就是说,古反切(包括反切上字和反切下字)与被切字的语音关系,古今是一致的。如果古反切都能够这样顺利地拼切出现代汉语普通话的读音来,就没有必要讲怎样把古反切折合成今音了。

事实上,由于古今语音的演变,古代的语音系统跟现代汉语普通话的语音系统不同,古反切按照现代汉语普通话读音去拼读,往往不能顺利读出,甚至读不出这个反切所注被切字当初应该拼出的读音来。在现代汉语普通话里，古反切上字的声母、下字的韵母和声调跟被切字的读音关系，我们可以归纳成以下八种情况。

（1）反切上字的声母、下字的韵母和声调跟被切字的声母、韵母和声调都一致，可以顺利拼读出被切字的读音来，如：

反切	上字及其声母的拼音	下字及其韵母的拼音和声调	被切字及其拼音
居影	居 j	影 ing3	警 jing3
苦哀	苦 k	哀 ai1	开 kai1
胡桂	胡 h	桂 uei4	慧 hui4
弥邻	弥 m	邻 in2	民 min2
徒红	徒 t	红 ong2	同 tong2
郎古	郎 l	古 u3	鲁 lu3
奴代	奴 n	代 ai4	耐 nai4
如顺	如 r	顺 un4	闰 run4
直正	直 zh	正 eng4	郑 zheng4
薄浩	薄 b	浩 ao4	抱 bao4
雨元	雨 0（零声母）	元 üan2	袁 yuan2
云久	云 0（零声母）	久 iou3	有 you3
乌光	乌 0（零声母）	光 uang1	汪 wang1
哀都	哀 0（零声母）	都 u1	乌 wu1

（2）现代汉语普通话里，反切上字的声母跟被切字的声母不一致，反切下字的韵母和声调跟被切字的韵母和声调一致，如：

反切	上字及其声母的拼音	下字及其韵母的拼音和声调	被切字及其拼音
皮命	皮 p	命 ing4	病 bing4
其遇	其 q	遇 ü4	惧 ju4
古孝	古 g	孝 iao4	教 jiao4
七安	七 q	安 an1	餐 can1
似羊	似 s	羊 iang2	详 xiang2
徒浪	徒 t	浪 ang4	宕 dang4

反切	上字及其声母的拼音	下字及其韵母的拼音和声调	被切字及其拼音
昨劳	昨 z	劳 ao2	曹 cao2
直容	直 zh	容 ong2	重 chong2
语求	语 0（零声母）	求 iou2	牛 niu2
许归	许 x	归 uei1	挥 hui1

（3）现代汉语普通话里，反切下字的韵母跟被切字的韵母不一致，反切上字的声母、反切下字的声调跟被切字的声母和声调一致，如：

反切	下字及其韵母的拼音	上字及其声母的拼音，下字及其声调	被切字及其拼音
伯加	加 ia	伯 b　加 1	巴 ba1
尺亮	亮 iang	尺 ch　亮 4	唱 chang4
府远	远 üan	府 f　远 3	反 fan3
力主	主 u	力 l　主 3	缕 lü3
书冶	冶 ie	书 sh　冶 3	捨 she3
舒吕	吕 ü	舒 sh　吕 3	暑 shu3
陟柳	柳 iou	陟 zh　柳 3	肘 zhou3
方问	问 un	方 f　问 4	粪 fen4
于憬	憬 ing	于 0（零声母）　憬 3	永 yong3
余六	六 iou	余 0（零声母）　六 4	育 yu4

（4）现代汉语普通话里，反切下字的声调跟被切字的声调不一致，反切上字的声母、反切下字的韵母跟被切字的声母和韵母一致，如：

反切	下字的拼音和声调	上字声母和下字韵母的拼音	被切字及其拼音
卑吉	吉 2	卑 b　吉 i	必 bi4
仓红	红 2	仓 c　红 ong	怱 cong1
锄弓	弓 1	锄 ch　弓 ong	崇 chong2
胡口	口 3	胡 h　口 ou	厚 hou4
户公	公 1	户 h　公 ong	洪 hong2
空旱	旱 4	空 k　旱 an	侃 kan3
卢达	达 2	卢 l　达 a	剌 la4
鲁甘	甘 1	鲁 l　甘 an	蓝 lan2
莫结	结 2	莫 m　结 ie	蔑 mie4
奴冬	冬 1	奴 n　冬 ong	农 nong2

（5）现代汉语普通话里，反切下字的声调跟被切字的声调一致，反切上字的声母和下字的韵母跟被切字的声母和韵母不一致，如：

反切	下字及其声调	上字声母和下字韵母的拼音		被切字及其拼音
薄红	红 2	薄 b	红 ong	蓬 peng2
持遇	遇 4	持 ch	遇 ü	住 zhu4
锄驾	驾 4	锄 ch	驾 ia	乍 zha4
而止	止 3	而 0（零声母）	止 i	耳 er3
疾二	二 4	疾 j	二 er	自 zi4
汝移	移 2	汝 r	移 i	儿 er2
士限	限 4	士 sh	限 ian	栈 zhan4
市流	流 2	市 sh	流 iou	雠 chou2
渠用	用 4	渠 q	用 iong	共 gong4
所追	追 1	所 s	追 uei1	衰 shuai1

（6）现代汉语普通话里，反切下字的韵母跟被切字的韵母一致，反切上字的声母和下字的声调跟被切字的声母和声调不一致，如：

反切	下字及其韵母的拼音	上字声母的拼音和下字的声调		被切字及其拼音
古灵	灵 ing	古 g	灵 2	经 jing1
胡雅	雅 ia	胡 h	雅 3	下 xia4
户兼	兼 ian	户 h	兼 1	嫌 xian2
巨斤	斤 in	巨 j	斤 1	勤 qin2
皮列	列 ie	皮 p	列 4	别 bie2
蒲八	八 a	蒲 p	八 1	拔 ba2
其辇	辇 ian	其 q	辇 3	件 jian4
食川	川 uan	食 sh	川 1	船 chuan2
鱼纪	纪 i	鱼 0（零声母）	纪 4	拟 ni3
似兹	兹 i	似 s	兹 1	词 ci2

(7) 现代汉语普通话里，反切上字的声母跟被切字的声母一致，反切下字的韵母和声调跟被切字的韵母和声调不一致，如：

反切	上字及其声母的拼音	下字韵母的拼音和声调	被切字及其拼音
尺良	尺 ch	良 iang2	昌 chang1
吕张	吕 l	张 ang1	良 liang2
商鱼	商 sh	鱼 ü2	书 shu1
食列	食 sh	列 ie4	舌 she2
王分	王 0（零声母）	分 en1	云 yun2
相然	相 x	然 an2	仙 xian1
许荣	许 x	荣 ong2	兄 xiong1
职流	职 zh	流 iu2	周 zhou1

(8) 现代汉语普通话里，反切上字的声母、反切下字的韵母和声调跟被切字的声母、韵母和声调都不一致，如：

反切	上字及其声母的拼音	下字韵母的拼音和声调	被切字及其拼音
巨支	巨 j	支 i1	祇 qi2
疾之	疾 j	之 i1	慈 ci2
士佳	士 sh	佳 a1	柴 chai2
所矩	所 s	矩 ü4	数 shu3
武罪	武 0（零声母）	罪 uei4	每 mei3
宅加	宅 zh	加 ia1	茶 cha2
求晚	求 q	晚 uan3	圈 juan4
七何	七 q	何 e2	蹉 cuo1
蒲口	蒲 p	口 ou3	部 bu4
私兆	私 s	兆 ao4	小 xiao3
侧劣	侧 c	劣 ie4	茁 zhuo2
息夷	息 x	夷 i2	私 si1
毗忍	毗 p	忍 en3	髌 bin4

除了第一种情况外，以上所列举的第二至第七种情况，用现代汉语普通话拼读古反切，由于反切上字的声母、下字的韵母和声调跟被切字的不完全一致或不一致，都不能顺利地拼切出古反切的今音来，必须对这些古反切的读音进

行折合。

所谓折合，就是按照等量关系进行转换。把古反切折合成现代汉语普通话读音，就是按照古今字音的演变规律、反切用字（包括上字、下字）和被切字的古今对应关系和古今声、韵、调结合关系的对应规律，把古反切的语音关系合理地转换成现代汉语普通话的语音关系，用现代汉语普通话拼读出古反切的读音来。

古反切和被切字的语音关系，在造反切之初和用反切之时，应该是完全一致的。可是，随着语音的演变，到了现代汉语，古反切和被切字的语音关系发生了变化，用现代汉语普通话读古反切，就读不出或不能顺利地拼读成古反切当初所注的被切字的读音。因此，古反切只有经过折合，才能正确拼读出古反切所注被切字的今音来。

从古到今，古反切和被切字的语音关系不一致的原因，总的说来，可以归结为古今语音的变化，具体说来，可以归纳为以下四条。

(1) 语音系统发生了变化。

古代汉语的语音系统不同于现代汉语的语音系统。以中古音的代表韵书《广韵》为例，《广韵》音系有清、浊两套声母，浊声母包括全浊声母和次浊声母。到了现代汉语普通话音系里，全浊声母消失了，一部分次浊声母（疑、于、以、明母 [宋人 36 字母的微母]、日母字的一部分）变为零声母。如果用现代汉语普通话读《广韵》这些全浊声母、次浊声母，就会出现古反切的今音跟被切字的今音不一致的情形。又如《广韵》有"平上去入"四个声调，现代汉语普通话入声消失了，平声分化为阴平、阳平两类，全浊上声变成去声，入声派入阴平、阳平、上、去四声。如果用现代汉语普通话声调去拼读古反切，一定会出现古反切今音跟被切字今音不一致的情况。

(2) 反切用字（上字、下字）和被切字的古今对应关系发生了变化。

以《广韵》为例，反切上字的声母见 [k]（方括号里标注该声母中古音拟音的国际音标，下同）、溪 [kʻ]、群 [g]、晓 [x]、匣 [ɣ]（以上 5 个声母组成见组或见系声母）和精 [ts]、清 [tsʻ]、从 [dz]、心 [s]、邪 [z]（以上 5

个声母组成精组或精系声母），这两套声母都可以跟带 i、iu 介音的三等、四等反切下字的韵母结合，在现代汉语普通话里，合流为一套声母 j [tɕ]、q [tɕʻ]、x [ɕ]，这叫做"不分尖团"。如果用现代汉语普通话的 j [tɕ]、q [tɕʻ]、x [ɕ] 去读《广韵》三、四等韵里见组和精组反切上字的声母，就不大容易分清这两组《广韵》声母，必然出现反切上字声母今读与被切字声母今读不一致的情况。

（3）汉语音节的声、韵、调结合关系发生了变化。

古反切的声、韵、调结合关系，反映的是特定的古代汉语音系的声、韵、调结合关系。以《广韵》为例，按介音分类，《广韵》韵母分开口、合口两类，到了现代汉语普通话，分化为开口呼、齐齿呼、合口呼和撮口呼四类，《广韵》的开口变成现代汉语普通话的开口呼、齐齿呼，《广韵》的合口变成现代汉语普通话的合口呼、撮口呼。变为齐齿呼和撮口呼的《广韵》韵母有 i、iu 介音，在《广韵》都可以跟知组声母知 [t]、彻 [tʻ]、澄 [d]、庄组声母庄 [tʃ]、初 [tʃʻ]、崇 [dʒ]、生 [ʃ]、俟 [ʒ] 和章组声母章 [tɕ]、昌 [tɕʻ]、船 [dʑ]、书 [ɕ]、禅 [z] 结合。而现代汉语普通话里，《广韵》知组、庄组和章组声母合流为一套卷舌声母 [tʂ]、[tʂʻ]、[ʂ]，不能跟带 i、ü 介音的韵母结合，如果用今读 zh、ch、sh 声母的反切上字跟后来变成齐齿呼、撮口呼的《广韵》反切下字拼切，就无法读出反切的今音来。

（4）反切用字（上字、下字）和被切字的读音发生了变化。

随着古反切用字（上字、下字）和被切字读音的变化，反切跟被切字的语音一致关系也发生了变化，用现代汉语普通话去读，就出现不一致的情况。如《广韵》庄组声母字，到了现代汉语普通话里，多数变成卷舌声母 zh、ch、sh，少部分变为舌尖前音声母 z、c、s，跟今读 z、c、s 的《广韵》精组声母合流。如果用现代汉语普通话 z、c、s 去读《广韵》的庄组声母反切上字，就容易跟今读 z、c、s 的《广韵》精组声母的反切上字相混，往往得不到被切字的准确读音。如《广韵》"阻"、"侧"、"邹"、"仄"、"簪"（以上庄母反切上字），"测"、"厕"（以上初母反切上字），"崱"（崇母反切上字），"色"、"所"（以上生母反切上字），俟（俟母反切上字）等 11 个反切上字，都属于《广韵》庄组声母，现代汉语普通话声母分别读 z、c、s，可是拼切出来的古反切所注被切字的声母却今读 zh、ch、sh，例如：

反切	上字声母	上字声母的今读拼音	被切字及其今读拼音
邹滑	邹：庄母	z	茁 zhuo2
阻限	阻：庄母	z	醆 zhan3
阻顽	阻：庄母	z	跧 zhuan1
测八	侧：庄母	c	札 zha2
侧减	侧：庄母	c	斩 zhan3
侧卖	侧：庄母	c	债 zhai4
测隅	测：初母	c	刍 chu2
测角	测：初母	c	娖 chuo4
色庄	色：生母	s	霜 shuang1
色句	色：生母	s	捒 shu4
所八	所：生母	s	杀 sha1
所庚	所：生母	s	生 sheng1
所禁	所：生母	s	渗 shen4

怎样把古反切折合成现代汉语普通话读音呢？这需要掌握古今语音演变规律，并在大量做练习的基础上，总结出把古反切折合成今音的规律。下面我们从声调规律、声母规律和韵母规律三个方面举例阐释。

二、声调规律

把古反切折合成今音，在声调方面有四条规律。

（1）反切下字是平声字，反切上字的清浊决定被切字今读阴平还是阳平。反切上字是古清声母字，被切字今读阴平；反切上字是古浊声母字，被切字今读阳平。

反切下字决定被切字的声调。但是，声调的分化是以声母的清浊为条件的。中古汉语的声调有"平、上、去、入"四个，平声不分阴、阳，为平声被切字注音的反切，反切下字既可以是后代的阴平字，也可以是后代的阳平字。但是，至晚在元朝，随着全浊声母的消失，大都话的平声分化为阴平、阳平，分化的条件是，古属浊声母（包括全浊、次浊声母）的平声字变读阳平，古属清声母（包括全清、次清声母）的平声字变读阴平。现代汉语普通话以北京音为标准音，继承了元代大都话的这个音变事实。因此，折合下字是平声的古反切时，如果反切上字古读浊声母，被切字在现代汉语普通话读阳平；如果反切上字古读清声母，被切字在现代汉语普通话读阴平。下面细分四种情况，分别举例。为方便起见，反切省略"切"字，《广韵》反切和被切字之间用分隔号隔开，用拼音注今音，分别用1、2、3、4标记阴平、阳平、上声和去声。下同。

第一种情况，反切上字是古清声母字，反切下字今读阴平，被切字今读阴平：

当经——丁 ding1　　都甘——担 dan1　　多官——端 duan1

古冬——攻 gong1　　素姑——苏 su1　　呼光——荒 huang1

苦刀——尻 kao1　　苦官——宽 kuan1

第二种情况，反切上字是古清声母字，反切下字今读阳平，被切字今读阴平：

苦寒——看 kan1　　息林——心 xin1　　九鱼——居 ju1

口含——龛 kan1　　去羊——羌 qiang1　　他红——通 tong1

乌玄——渊 yuan1　　苏来——鰓 sai1

第三种情况，反切上字是古浊声母字（包括全浊声母字和次浊声母字），反切下字今读阳平，被切字今读阳平：

力求——刘 liu2　　莫郎——茫 mang2　　那含——南 nan2

如乘——仍 reng2　　胡郎——航 hang2　　渠遥——翘 qiao2

徒红——同 tong2　　巨良——强 qiang2

第四种情况，反切上字是古浊声母字（包括全浊声母字和次浊声母字），反切下字今读阴平，被切字今读阳平：

鲁刀——劳 lao2　　莫经——冥 ming2　　奴低——泥 ni2

如招——饶 rao2　　胡安——寒 han2　　渠京——擎 qing2

徒甘——谈 tan2　　蒲奔——盆 pen2

(2) 反切上字是古全浊声母字，反切下字是上声字，被切字今变读去声。反过来，反切下字是古全浊声母的上声字，今变读去声，如果反切上字不是古全浊声母字，被切字仍读上声。

大约从唐末起，全浊声母的上声字，开始变作去声，次浊声母和清声母的上声字，没有变读为去声，仍然读上声。古全浊声母的反切上字跟读上声的反切下字拼合，被切字变读去声，现代汉语普通话继承了这个音变事实，如：

胡讲——项 xiang4　　昨早——皂 zao4　　侯古——户 hu4
昨宰——在 zai4　　　徒礼——弟 di4　　　徐吕——叙 xu4
直陇——重 zhong4　　直主——柱 zhu4　　常枕——甚 shen4
慈忍——尽 jin4　　　慈庾——聚 ju4　　　徂果——坐 zuo4
平表——藨 biao4　　 胡果——祸 huo4　　胡本——混 hun4
胡口——厚 hou4　　　其九——舅 jiu4　　　其两——犟 jiang4
其谨——近 jin4　　　其吕——巨 ju4　　　时忍——肾 shen4
徒古——杜 du4　　　徒敢——噉 dan4　　徒感——禫 dan4
徒果——堕 duo4　　　直几——雉 zhi4　　直里——峙 zhi4
时止——市 shi4

反切上字是古清声母（包括全清、次清声母）的字和次浊声母字，反切下字是古全浊声母的上声字，虽然反切下字后来变作去声，但是因为反切上字不是全浊声母字，不符合被切字变读去声的声母条件，当初被切字被注音之时，它的声调跟反切下字的声调都属于上声，所以，被切字今仍然读上声。

据此，古清声母和次浊声母的字作反切上字，今读去声的古全浊上声字作反切下字，被切字今不读去声，应该读上声。这一点很容易搞错，初学者要特别注意。如：

公户——古 gu3　　　康杜——苦 ku3　　　呼晧——好 hao3
空旱——侃 kan3　　　博抱——宝 bao3　　昌善——阐 chan3
尺氏——侈 chi3　　　初限——巉 chan3　　都晧——倒 dao3
古旱——笴 gan3　　　古限——简 jian3　　呼后——吼 hou3

呼罪——悔 hui3　　苦骇——楷 kai3　　苦浩——考 kao3
苦后——口 kou3　　他浩——讨 tao3　　良士——里 li3
奴亥——乃 nai3　　莫下——马 ma3　　卢晧——老 lao3
莫旱——满 man3　　莫杏——猛 meng3　奴晧——脑 nao3
奴罪——馁 nei3　　女氏——旎 ni3　　匹婢——庀 pi3
普幸——皏 peng3　　人善——橪 ran3　　如亥——疓 nai3
如甚——荏 ren3　　鱼巨——语 yu3　　於骇——唉 ai3
于纪——矣 yi3　　乌后——呕 ou3　　武道——媢 mao3

以上反切下字"户"、"杜"、"晧"、"旱"、"士"、"亥"、"下"、"浩"、"巨"、"杏"、"纪"、"罪"、"氏"、"甚"、"限"、"后"等，《广韵》读上声，因为它们是全浊声母字，所以后代变读去声，但是在《广韵》作反切下字属于上声。以上的反切上字"公"、"康"、"呼"、"空"、"他"、"苦"、"初"、"乌"、"於"、"呼"、"都"、"普"等在《广韵》是清声母，"良"、"奴"、"女"、"莫"、"如"、"人"、"鱼"、"于"、"武"等字在《广韵》是次浊声母，都不是全浊声母字，它们作《广韵》的反切上字，跟以上读上声的反切下字结合，因为不满足全浊上声变去声的条件，所以被切字后代不变去声，仍然读上声。

下面我们以《广韵》全浊声母为纲，把《广韵》读全浊声母上声（简称全浊上声）、在现代汉语普通话变读去声的反切下字列举出来，共计55字，如下：

并母：婢、伴、辨、抱（属宋人 36 字母的并母），奉、妇、范、犯（属宋人 36 字母的奉母）

定母：动、杜、弟、道、簟

澄母：豸、雉、但、篆、兆、丈、朕

群母：纪、巨、矩

从母：罪、在、尽、薺、静、渐

崇母：士

禅母：氏、是、视、市、肾、善、甚

匣母：项、户、蟹、骇、贿、亥、旱、限、泫、岘、晧、浩、下、杏、幸、

涬、后、厚

初学者要特别注意,《广韵》中的这 55 个属于全浊上声的反切下字,虽然后代变读去声了,但是它们在《广韵》里跟古清声母和古次浊声母的反切上字拼切时,所注的被切字的读音在现代汉语普通话里仍然读作上声,不读去声。

(3) 反切下字是古入声字,反切上字是古全浊声母字,被切字今读阳平。

自元朝起,在古大都话里,古入声调消失了,古全浊声母的入声字变读阳平调。以北京音为标准音的现代汉语普通话继承了这个音变事实,古全浊声母的入声变为阳平。

胡葛——曷 he2　　神蜀——赎 shu2　　昨木——族 zu2
徒谷——独 du2　　其立——及 ji2　　　渠列——杰 jie2
徒协——牒 die2　　户括——活 huo2　　常列——折 she2
常只——石 shi2　　除力——直 zhi2　　胡狄——檄 xi2
胡结——缬 xie2　　疾叶——捷 jie2　　巨乙——姞 ji2
情雪——绝 jue2　　秦力——塈 ji2　　　渠力——极 ji2
渠玉——局 ju2　　是执——十 shi2

(4) 反切下字是古入声字,反切上字是古次浊声母字,被切字今读去声。

自元朝起,古大都话里,古次浊声母的入声字变读去声,现代汉语普通话继承了这个音变事实。

人质——日 ri4　　卢则——勒 le4　　余律——欲 yu4　　莫勃——没 mo4
奴荅——纳 na4　　女力——匿 ni4　　莫结——蔑 mie4　　鱼厥——月 yue4
尼质——暱 ni4　　离灼——略 lüe4　　力质——栗 li4　　力竹——戮 lu4
良涉——猎 lie4　　林直——力 li4　　卢各——落 luo4　　美笔——密 mi4
弥毕——蜜 mi4　　莫狄——觅 mi4　　莫拨——末 mo4　　尼辙——聂 nie4

怎样辨认反切上字的清、浊呢?或者说,怎样辨别哪些反切上字是古清声母字,哪些反切上字是古浊声母(包括全浊声母和次浊声母)字呢?对于初学者来说,如果所操的方言是吴语、老湘语等,这些方言保留着古全浊声母、次浊声母,利用自己的方言就可以分辨反切上字的清、浊。而对于那些来自没有古全浊声母的方言区的初学者而言，利用《广韵》声母与现代汉语普通话声母的对应规律，有四个简便的办法可以辨别大多数古浊声母的反切上字，也可以看做四条规则。

规则一：现代汉语普通话里，除了 m、n、l、r 和零声母的字以外，声母送气的，声调读阳平的塞音、塞擦音反切上字和读阳平的擦音反切上字，一般来自中古的全浊声母字。

《广韵》有 472 个反切上字，其中 138 个反切上字，代表 10 个全浊声母。记住此规则，可以掌握近一半的古读全浊声母的反切上字，这些今读阳平的反切上字有 67 个，如下：

并母 12 个：蒲、裴、皮、毗、平、便（以上属于宋人 36 字母的并母），

扶、符、房、防、浮、冯（以上属于宋人 36 字母的奉母）；

定母 5 个：徒、唐、同、陀、堂；

澄母 4 个：除、持、迟、驰；

群母 7 个：渠、其、求、奇、衢、强、狂；

从母 7 个：徂、才、藏、前、慈、秦、情；

邪母 7 个：徐、祥、详、辝、辞、随、旬；

崇母 8 个：锄、鉏、床、雏、鶵、查、豺、崇；

船母 4 个：食、神、实、乘；

禅母 8 个：时、常、承、植、殖、臣、尝、成；

匣母 5 个：胡、侯、何、黄、怀。

规则二：现代汉语普通话声母是 m、n、l、r 和读阳平的零声母字，以及读 er 音节的字，一般来自古次浊声母字，据此可以轻易分辨《广韵》大多数次浊声母的反切上字，有以下三个要点：

第一，今读 m、n、l、r 声母的反切上字，分别属于《广韵》的明母、泥母、来母和日母的反切上字，都是中古次浊声母字，例如：

1）今读 m 的明母反切上字有：莫、模、谟、慕、母、摸、弥、明、绵。

2）今读 n 的泥母反切上字有：奴、乃、那、诺、内、妳（以上属于宋人

36字母泥母），女、尼、拏、秾（以上属于宋人36字母娘母）。

3）今读 l 的来母反切上字，如：卢、力、郎、良、落、吕、鲁、里、来、林、洛、勒等。

4）今读 r 的日母反切上字有：如、人、汝、仍、儒。

第二，现代汉语普通话读阳平的零声母字，来自中古的次浊声母字，《广韵》分别属于明母、疑母、于母、以母和部分日母，在《广韵》里，这些声母不是零声母。因此，《广韵》的反切上字中，那些在现代汉语普通话里读阳平的零声母字，分别代表《广韵》的次浊声母明、疑、于（喻三）和以母（喻四），分别举例如下：

1）《广韵》明母（宋人36字母微母）反切上字，如：亡、无、文。

2）《广韵》疑母反切上字，如：吾、鱼、宜、研、吴、俄、虞、疑、愚。

注意："牛"、"拟"两字作反切上字，今声母虽读 n，但在《广韵》中属于疑母。"牛"、"拟"作反切上字，被切字的声母今读零声母，如：牛具——遇 yu4，牛谨——听（此字不是"聼"的 简化字）yin3, 牛倨——御 yu4, 拟皆——娾 ɑi2 等。

3）《广韵》于母（喻三）反切上字，如：于、王、为、云、雲、筠、韦。

注意："荣"字作反切上字，今声母虽读 r，但《广韵》是于母。"荣"字作反切上字，被切字的声母今读零声母，如：荣美——洧 wei3。

4）《广韵》以母（喻四）反切上字，如：羊、余、餘、夷、予、营、移。

第三，现代汉语普通话读 er 音节的零声母字，一律来自《广韵》的日母字。因此，今读 er 音节的《广韵》反切上字，都代表日母，如：而、儿、耳。

"而"、"耳"作反切上字，被切字的今读声母大多为 r，如：而主——乳 ru3, 耳由——柔 rou2, 而容——容 rong2, 而振——刃 ren4, 而锐——芮 rui4, 而琰——冉 ran3, 而陇——宂 rong3 等。

规则三：凡是现代汉语普通话读上声的字，一般不是中古全浊声母字，而是来自中古清声母（包括全清声母和次清声母）字或次浊声母字。据此，《广韵》反切上字中今读上声的字，不属于全浊声母。

规则四：现代汉语普通话读阴平的字，一般不是中古浊声母（包括全浊声母和次浊声母）字，而是来自中古清声母（包括全清声母和次清声母）的字。

三、声母规律

把古反切折合成今音，声母方面的规律有四条。

（1）反切下字是古平声字，反切上字是古全浊塞音、塞擦音声母字，被切字声母的今读要送气；反切下字是古仄声字，反切上字是古全浊塞音、塞擦音声母字，被切字声母的今读不送气。总结为两句话：下字平声，上字读古全浊声母，被切字今读送气声母字；下字仄声，上字读古全浊声母，被切字今读不送气声母字。

我们知道，中古的平声，后来分化为阴平、阳平。因此，反切下字读平声，不管今读阴平还是阳平，反切上字如果是古全浊塞音、塞擦音声母字，那么被切字今读送气声母字。

中古的仄声字，包括上声、去声和入声，到了现代汉语普通话，古上声、去声仍然是仄声，古入声则变为阴平、阳平、上声和去声，即所谓"入派四声"。现代汉语普通话里，派入今读上声、去声的古入声字，仍然为仄声，比较容易判断。而派入今读阴平、阳平的古入声字，往往被初学者误断为古平声字，把古反切折合成今音时，在被切字声母是否送气方面容易发生错误。

把古反切折合成现代汉语普通话读音时，以上所述可以具体归纳为四种情况，分别举例如下。

第一种情况，反切下字今读阴平或阳平，反切上字是古全浊塞音、塞擦音声母字，被切字今读送气塞音、塞擦音声母字，如（反切后括注《广韵》的声母，下同）：

徂尊（从）——存 cun2　　度侯（定）——头 tou2

是征（禅）——成 cheng2　　疾盈（从）——情 qing2

巨娇（群）——乔 qiao2　　蒲巴（并）——爬 pa2

渠幽（群）——虬 qiu2	锄针（崇）——岑 cen2
士尤（崇）——愁 chou2	徒登（定）——腾 teng2
徒年（定）——田 tian2	直深（澄）——沈 chen2

第二种情况，反切下字今读上声或去声，反切上字是古全浊塞音、塞擦音声母字，被切字今读不送气塞音、塞擦音声母字，如：

持遇（澄）——住 zhu4	锄祐（崇）——骤 zhou4
疾亮（从）——匠 jiang4	巨救（群）——旧 jiu4
薄故（並）——步 bu4	毗义（並）——避 bi4
其辇（群）——件 jian4	渠运（群）——郡 jun4
慈夜（从）——褯 jie4	床据（船）——助 zhu4
徒耐（定）——代 dai4	直照（澄）——召 zhao4

第三种情况，反切下字今读阴平，但是来自《广韵》的入声，反切上字是古全浊塞音、塞擦音声母字，被切字今读不送气塞音、塞擦音声母字，且声调今读阳平，如：

| 蒲八（並）——拔 ba2 | 秦悉（从）——疾 ji2 | 蒲拨（並）——钹 bo2 |
| 才割（从）——囋 za2 | 唐割（定）——达 da2 | 秦昔（从）——籍 ji2 |

根据上文第三条声调规律，以上被切字的声调今读阳平。

第四种情况，反切下字今读阳平，但是来自《广韵》的入声，反切上字是古全浊塞音、塞擦音声母字，被切字今读不送气塞音、塞擦音声母字，且声调今读阳平，如：

在爵（从）——嚼 jue2	徒协（定）——牒 die2
徒活（定）——夺 duo2	昨结（从）——截 jie2
蒲结（並）——蹩 bie2	渠竹（群）——臄 ju2

根据上文第三条声调规律，以上被切字的声调今读阳平。

初学者怎样辨别这类今读阴平、阳平的古入声反切下字呢？大而言之，就是初学者怎样分辨《广韵》的入声字。如果初学者所操的方言里有入声，自然可以轻易辨别。对于那些方言里没有入声的初学者来说，根据《广韵》入声与现代汉语普通话声调的对应规律，可以总结为五条简单的规则，据此可以分辨绝大多数《广韵》的入声字：

规则一：现代汉语普通话里，声母读 b、d、g、j、zh、z 的阳平字，一般来自《广韵》的入声。

规则二：现代汉语普通话里，zhuo、chuo、shuo、ruo、za、ca、sa、fa、bie、pie、mie、die、tie、nie、lie 等 15 个音节，都来自《广韵》的入声韵，当然，这些音节的阴平、阳平调，也都来自《广韵》的入声。

规则三：现代汉语普通话里，üe 韵母的字，除了"瘸"、"靴"两字外，一般来自《广韵》的入声韵，当然，今读阴平、阳平的 üe 韵母的字，一般也来自《广韵》的入声。

规则四：现代汉语普通话里，读 zi、ci、si、er 音节的字，一般不是《广韵》的入声字。今读阴平或阳平调的这些音节，一般来自《广韵》的平声字。

规则五：现代汉语普通话里，韵母读 uai、uei 的字（"率"、"帅"、"蟀"等字除外），一般不是《广韵》的入声字。今读阴平或阳平调的这些音节，一般来自《广韵》的平声字。

（2）反切下字的韵母今读齐齿呼或撮口呼，反切上字的声母今读 g、k、h 或 z、c、s，被切字的今声母分别改读 j、q、x。

《广韵》见系声母见 [k]、溪 [kʻ]、群 [g]、晓 [x]、匣 [ɣ] 五母和精系声母精 [ts]、清 [tsʻ]、从 [dz]、心 [s]、邪 [z] 五母，大约在 18 世纪中期的北方话里，在齐齿呼、撮口呼韵母之前，合流并变读为舌面前音声母 j [tɕ]、q [tɕʻ]、x [ɕ]，即所谓"尖团音合流"。现代汉语普通话继承了这个音变事实，对于《广韵》反切而言，今读 g、k、h 的、来自《广韵》见、溪、群、晓、匣五个声母的反切上字，或者今读 z、c、s 的、来自《广韵》精、清、从、心、邪五个声母的反切上字，如果反切下字今读齐齿呼或撮口呼，那么被切字的今声母分别改读 j、q、x，分以下两种情况。

第一种情况，反切上字的声母今读 g、k、h，反切下字的韵母今读齐齿呼或撮口呼，被切字的今声母分别改读 j、q、x，如（反切后括注《广韵》的声母，下同)：

古电（见）——见 jian4	古玄（见）——涓 juan1
古了（见）——皎 jiao3	苦坚（溪）——牵 qian1
苦泫（溪）——犬 quan3	口交（溪）——敲 qiao1
古岳（见）——觉 jue2	古颜（见）——姦 jian1
狂兖（群）——蜎 juan4[1]	呼典（晓）——显 xian3
火迥（晓）——诇 xiong3[2]	呼教（晓）——孝 xiao4
胡甸（匣）——现 xian4	胡涓（匣）——玄 xuan2
户经（匣）——刑 xing2	

第二种情况，反切上字的声母今读 z、c、s，反切下字的韵母今读齐齿呼或撮口呼，被切字的今声母分别改读 j、q、x，如：

子泉（精）——镌 juan1	祖稽（精）——齑 ji1
子贱（精）——箭 jian4	仓经（清）——青 qing1
此缘（清）——诠 quan1[3]	苍先（清）——千 qian1
徂奚（从）——齐 qi2	慈演（从）——践 jian4
在良（从）——墙 qiang2	私箭（心）——线 xian4
苏吊（心）——啸 xiao4	私吕（心）——谞 xu3[4]
似宣（邪）——旋 xuan2	似鱼（邪）——徐 xu2
似面（邪）——羡 xian4	

(3) 反切下字的韵母今读开口呼或合口呼，反切上字的声母今读 j、q、x，如果反切上字来自《广韵》见溪群晓匣声母，那么被切字的今声母分别改读 g、k、h；如果反切上字来自《广韵》精清从心邪声母，那么被切字的今声母分别改读

---

[1] 现代汉语普通话"蜎"字读 yuan1，源自《广韵》於缘切。
[2] 现代汉语普通话"诇"字读 xiong4，源自《广韵》休正切。
[3] 现代汉语普通话"诠"字读 quan2，是声旁"全"quan2 类化的结果。
[4] 现代汉语普通话"谞"字读 xu1，源自《广韵》相居切。

z、c、s，分以下两种情况。

第一种情况，反切上字的声母今读 j、q、x，来自《广韵》见溪群晓匣声母，反切下字的韵母今读开口呼或合口呼，被切字的今声母分别改读 g、k、h，如：

举韦（见）——归 gui1　　　居往（见）——broadcast guang3
居伟（见）——鬼 gui3　　　丘追（溪）——岿 kui1
去为（溪）——亏 kui1　　　丘愧（溪）——喟 kui4
渠放（群）——诳 guang4[1]　求往（群）——狂 guang4
巨王（群）——狂 kuang2　　虚郭（晓）——霍 huo4
许干（晓）——顸 han1　　　许归（晓）——挥 hui1
下浪（匣）——吭 hang4[2]　 下各（匣）——涸 he2
下快（匣）——话 hua4

第二种情况，反切上字的声母今读 j、q、x，来自《广韵》精清从心邪声母，反切下字的韵母今读开口呼或合口呼，被切字的今声母分别改读 z、c、s，如：

即委（精）——觜 zui3　　　将遂（精）——醉 zui4
借官（精）——钻 zuan1　　七冈（清）——仓 cang1
七安（清）——餐 can1　　　七乱（清）——窜 cuan4
疾置（从）——字 zi4　　　　秦醉（从）——萃 cui4
疾容（从）——从 cong2　　 先代（心）——赛 sai4
息郎（心）——桑 sang1　　 相锐（心）——岁 sui4
徐醉（邪）——遂 sui4　　　旬为（邪）——随 sui2
祥容（邪）——松 song1

怎样分辨今读 j、q、x 的、来自《广韵》见溪群晓匣和精清从心邪两组不同声母的反切上字呢？有两个办法：

办法一：利用方言。有的方言里，来自《广韵》见溪群晓匣和精清从心邪

---

[1] 现代汉语普通话"诳"字读 kuang1，是声旁"匡"kuang1 类化的结果。
[2] 现代汉语普通话"吭"字读 hang2，源自《广韵》胡郎切。

声母的字，分别读成不同的声母，可以据此分辨两类字的声母。

办法二：记住今读 j、q、x 的，《广韵》精清从心邪五个声母的反切上字，计 27 个，其中有 13 个很常用，在字下画横线标示出来，需要重点记忆，如下：

精母反切上字：即、将、醉；

清母反切上字：七、千、亲、取、迁、青；

从母反切上字：秦、疾、匠、前、情；

心母反切上字：先、息、相、胥、辛、须、写、悉；

邪母反切上字：徐、详、祥、旬、夕。

以上五组反切上字，声母今读 j、q、x，来自《广韵》精清从心邪五个齿头音声母。除此之外，声母今读 j、q、x 的反切上字都来自《广韵》见溪群晓匣五个牙喉音声母字。

初学者只要记住了以上 27 个反切上字，再用排除法，其他今读 j、q、x 的《广韵》反切上字，就可判断为来自《广韵》的见溪群晓匣声母字了。

(4) 反切上字的声母今读 f，或反切上字来自《广韵》明母、今读零声母的合口字，反切下字是唇音字，要根据反切下字的声母今读重唇或者今读轻唇，来决定被切字的声母应该读重唇还是读轻唇。

《广韵》的唇音声母只有帮 [p]、滂 [pʻ]、并 [b]、明 [m] 四个，至迟在晚唐时期，唇音分化为重唇音声母帮 [p]、滂 [pʻ]、并 [b]、明 [m] 和轻唇音声母非 [pf]、敷 [pfʻ]、奉 [bv]、微 [ɱ] 两套。所谓重唇音声母，指双唇音声母。所谓轻唇音声母，指唇齿音声母。在现代汉语普通话里，中古重唇声母帮、滂、并、明变为 b、p、m，中古轻唇声母非、敷、奉变为 f，中古微母字变成介音为 u 的零声母字。《广韵》唇音声母不分重唇和轻唇，只有一套。因此，后代读重唇声母的被切字和后代读轻唇声母的被切字，《广韵》既可用重唇声母字作反切上字，也可以用轻唇声母字作反切上字。后代读重唇声母的被切字，《广韵》用轻唇声母字作反切上字；后代读轻唇声母的被切字，《广韵》用重唇声母字作反切上字；这种现象叫做"类隔"，这类反切叫做"类隔切"。《广韵》的多数唇音反切，其反切上字的重、轻唇状况，跟被切字的重、轻唇状况一致，这种现象叫做"音和",这类反切叫做"音和切"。

把《广韵》唇音音和切折合成现代汉语普通话读音,是比较容易的,但是《广韵》还有不少唇音类隔切,把它们折合成现代汉语普通话读音时,需要按照反切下字的声母今读重唇或者轻唇的情况来确定被切字的声母,分以下四种情况。

第一种情况,反切上字的声母今读轻唇 f,反切下字的声母今读重唇 b、p、m,被切字的声母今读重唇 b、p。如:

方免——犏 bian3　　　方庙——裱 biao4[1]　　府眉——悲 bei1
甫明——兵 bing1　　　芳辟——僻 pi4　　　　 芳灭——瞥 pie1
敷悲——丕 pi1　　　　芳逼——揊 pi4　　　　 房密——弼 bi4
扶冰——凭 ping2　　　符兵——平 ping2　　　 扶板——阪 ban3

第二种情况,反切上字的声母今读轻唇 f,反切下字的声母今读轻唇 f,被切字的声母今读轻唇 f,如:

方乏——法 fa3　　　　方副——富 fu4　　　　甫烦——蕃 fan1
方肺——废 fei4　　　 芳非——霏 fei1　　　　芳未——费 fei4
敷粉——忿 fen3[2]　　敷方——芳 fang1　　　 房法——乏 fa2
扶富——复 fu4　　　　符方——房 fang2　　　 符非——肥 fei2

第三种情况,反切上字是"武"、"亡"、"文"、"无"、"望"、"巫"等来自《广韵》明母(宋人36字母微母),今读零声母的合口字,反切下字的声母今读轻唇 f,被切字今读零声母的合口字。如:

无贩——万 wan4　　　无匪——尾 wei3　　　 无非——微 wei1
无沸——未 wei4　　　无分——文 wen2　　　 文弗——物 wu4
文甫——武 wu3　　　 巫放——妄 wang4　　　武夫——无 wu2
武方——亡 wang2　　 武粉——吻 wen3　　　 望发——袜 wa4

第四种情况,反切上字是"武"、"亡"、"文"、"无"等来自《广韵》明母

---

[1] 现代汉语普通话"裱"字读 biao3,源自《集韵》彼小切和俾小切。
[2] 现代汉语普通话"忿"字读 fen4,源自《广韵》敷问切。

（宋人 36 字母微母），今读零声母的合口字，反切下字的声母今读重唇 b、p、m，被切字的声母今读重唇 m。如：

武板——曫 man3　　武悲——眉 mei2　　武兵——明 ming2
武瀌——苗 miao2　　武并——名 ming2　　亡辨——免 mian3
文彼——靡 mi3　　　无鄙——美 mei3

四、韵母规律

把古反切折合成今音，韵母方面的规律有 10 条。

（1）反切上字的声母今读 zh、ch、sh、r，反切下字的韵母今读齐齿呼或撮口呼，被切字的韵母今读开口呼或合口呼，分两种情况。

第一种情况，反切上字的声母今读 zh、ch、sh、r，反切下字的韵母今读齐齿呼，被切字的韵母今读开口呼，如：

陟邻——珍 zhen1　　章艳——占 zhan4　　庄陷——蘸 zhan4
知演——展 zhan3　　丑鸠——抽 chou1　　初教——抄 chao4[1]
直陵——澄 cheng2　　敕久——丑 chou3　　时艳——赡 shan4
式连——羶 shan1　　书九——首 shou3　　舒救——狩 shou4
如列——热 re4　　　如延——然 ran2　　　汝阳——穰 rang3
人又——鍒 rou4[2]

第二种情况，反切上字的声母今读 zh、ch、sh、r，反切下字的韵母今读撮口呼，被切字的韵母今读合口呼，如：

职缘——专 zhuan1　　知庾——拄 zhu3　　直鱼——除 chu2
职悦——拙 zhuo1　　　楚居——初 chu1　　床据——助 zhu4

---

[1] 现代汉语普通话"抄"字读 chao1，源自《广韵》楚交切。

[2] 现代汉语普通话"鍒"字读 rou2，源自《广韵》而由切。

丑缘——猭 chuan1　　　尺绢——钏 chuan4　　　山员——栓 shuan1

书玉——束 shu4　　　　伤鱼——书 shu1　　　　食聿——术 shu4

如匀——晌 run2　　　　人绢——瞁 ruan4　　　伤遇——戍 shu4

神与——杼 shu4

(2) 反切上字的声母今读 b、p、m、l、n、j、q、x，韵母为齐齿呼或撮口呼，反切下字的声母今读 zh、ch、sh、r，且韵母今读开口呼或合口呼，被切字的韵母今读齐齿呼或撮口呼，分三种情况。

第一种情况，反切上字的声母今读 b、p、m，且韵母为齐齿呼，反切下字的声母今读 zh、ch、sh、r，且韵母今读开口呼，被切字的韵母今读齐齿呼，如：

必刃——傧 bin4　　　　皮证——凭 bing4[1]　　毗忍——膑 bin4

毗召——骠 biao4　　　必至——痹 bi4　　　　界政——摒 bing4

匹正——聘 ping4　　　弥正——詺 ming4

第二种情况，反切上字的声母今读 j、q、x、l、n，且韵母为齐齿呼或撮口呼，反切下字的声母今读 zh、ch、sh、r，且韵母今读开口呼，则被切字的韵母今读齐齿呼，如：

即刃——晋 jin4　　　　疾政——净 jing4　　　居忍——紧 jin3

居正——劲 jing4　　　巨成——颈 qing2[2]　　巨支——衹 qi2

七稔——寝 qin3　　　　七然——迁 qian1　　　其拯——殑 jing4

千仲——赹 qiong4　　　丘召——趬 qiao4　　　丘之——抾 qi1

渠容——蛩 qiong2　　　去战——谴 qian4[3]　　去智——企 qi4[4]

息正——性 xing4　　　下斩——嫌 xian4　　　相然——仙 xian1

---

[1] 现代汉语普通话"凭"字读 ping2，源自《广韵》扶冰切。

[2] 现代汉语普通话"颈"字读 jing3，源自《广韵》居郢切。

[3] 现代汉语普通话"遣"字读 qian3，源自《广韵》去演切；而谴字读 qian3，则是受声旁遣 qian3 类化的结果。

[4] 现代汉语普通话"企"字读 qi3，源自《广韵》丘弭切。

墟正——轻 qing4[1]　　许荣——兄 xiong1　　力让——亮 liang4

力稔——廪 lin3　　　力照——寮 liao4　　　力至——利 li4

力珍——粦 lin2　　　力政——令 ling4　　　良冉——敛 lian3

良涉——猎 lie4　　　吕张——良 liang2　　吕贞——跉 ling2

吕支——离 li2　　　 良士——里 li3　　　 尼展——蹨 nian3

尼辙——聂 nie4　　　尼质——暱 ni4　　　 女氏——狔 ni3

第三种情况，反切上字的声母今读 j、q、x、l，且韵母为齐齿呼或撮口呼，反切下字的声母今读 zh、ch、sh、r，且韵母今读合口呼，则被切字的韵母今读撮口呼，如：

居转——卷 juan3　　举朱——拘 ju1　　　 渠竹——鞠 ju2[2]

渠篆——圈 juan4　　许竹——蓄 xu4　　　 离灼——略 lüe4

力辍——锊 lüe4　　　力主——缕 lü3

(3) 反切上字的声母今读唇音 b、p、m，反切下字的韵母今读合口呼（单韵母 u 除外）或撮口呼，被切字的韵母今读开口呼或齐齿呼，分两种情况。

第一种情况，反切上字的声母今读唇音 b、p、m，反切下字的韵母今读合口呼（单韵母 u 除外），被切字的韵母今读开口呼，如：

彼为——陂 bei1　　　博昆——奔 ben1　　　薄官——槃 pan2

薄回——裴 pei2　　　布回——杯 bei1　　　普魂——喷 pen1

步光——傍 pang2[3]　普官——潘 pan1　　　蒲罪——琲 bei4

布还——班 ban1　　　补过——簸 bo4　　　 晡幻——扮 ban4

博怪——拜 bai4　　　布火——跛 bo3　　　 匹问——湓 pen4

普患——襻 pan4　　　母官——瞒 man2　　 莫获——脉 mo4

莫困——闷 men4　　　莫还——蛮 man2

---

[1] 现代汉语普通话"轻"字读 qing1，源自《广韵》去盈切。

[2] 现代汉语普通话"鞠"字读 ju1，源自《广韵》居六切。

[3] 现代汉语普通话"傍"字读 bang4，源自《广韵》薄浪切。

第二种情况，反切上字的声母今读唇音 b、p、m，反切下字的韵母今读撮口呼，被切字的韵母今读齐齿呼，如：

布玄——边 bian1　　　薄泫——辫 bian4　　　卑履——匕 bi3
彼眷——变 bian4　　　眉殒——愍 min3

(4) 反切上字的声母今读唇音 b、p、m，反切下字韵母今读 ia、iang，被切字韵母的今读去掉介音 i，读开口呼，如：

伯加——巴 ba1　　　普驾——弝 pa4　　　博下——把 ba3
莫霞——麻 ma2　　　莫驾——骂 ma4　　　莫下——马 ma3
莫江——忙 mang2　　匹绛——胖 pang4　　薄江——庞 pang2
博江——邦 bang1　　步项——棒 bang4　　匹江——胮 pang1

(5) 反切上字的声母今读 f，反切下字的韵母今读合口呼（单韵母 u 除外）或撮口呼（单韵母 ü 除外），被切字的韵母今读开口呼。

方问——粪 fen4　　　方愿——饭 fan4　　　分网——昉 fang3
孚袁——翻 fan1　　　扶晚——饭 fan4　　　府远——反 fan3
附袁——烦 fan　　　甫微——斐 fei1

(6) 反切上字的声母今读 f，反切下字的韵母今读 ü，被切字的韵母今读 u，如：

方矩——甫 fu3　　　方遇——付 fu4　　　芳遇——赴 fu4
房玉——幞 fu2　　　扶雨——父 fu4　　　符遇——附 fu4

(7) 反切上字的声母今读 j、q、x，反切下字今读 zi、ci、si 音节，其韵母为 [ɿ]（即跟声母 z、c、s 相结合的舌尖前元音韵母），则被切字的今读分别改为 zi、ci、si 音节。

从理论上说，这条规则可以分管以下九种拼切情形：

1) 反切上字古读清声母、今读 j 的，被切字声母改读 z；
2) 反切上字古读清声母、今读 q 的，被切字声母改读 c；
3) 反切上字古读全浊声母、今读 j 的，且反切下字为平声的，被切字声母改读 c；
4) 反切上字古读全浊声母、今读 j 的，且反切下字为仄声的，被切字改读 z；

5）反切上字古读全浊声母、今读 q 的，且反切下字读平声的，被切字声母改读 c；

6）反切上字古读全浊声母、今读 q 的，且反切下字为仄声的，被切字声母改读 z；

7）反切上字古读清声母、今读 x 的，被切字声母改读 s；

8）反切上字古读全浊声母、今读 x 的，且反切下字读平声的，被切字声母改读 c；

9）反切上字古读全浊声母、今读 x 的，且反切下字读仄声的，被切字声母改读 s。

可实际上，《广韵》的例子只有以下九个反切。以下所列反切前加的序号，即以上拼切情形的序号，反切后括注反切上字所属的《广韵》声母类别及其清、浊类别；除了《广韵》反切外，满足以上拼切条件的、来自《集韵》的反切还有三个，在拼音后括注"集韵"二字：

1）将此（精，清声母）——紫 zi3

1）津私（精，清声母）——咨 zi1（集韵）

1）蒋兕（精，清声母）——姊 zi3（集韵）

2）七四（清，清声母）——次 ci4

2）七赐（清，清声母）——刺 ci4

2）取私（清，清声母）——郪 ci1[1]

3）疾资（从，全浊声母）——茨 ci2

7）息姊（心，清声母）——死 si3

7）息兹（心，清声母）——思 si1

7）相咨（心，清声母）——私 si1（集韵）

8）似兹（邪，全浊声母）——词 ci2

9）徐姊（邪，全浊声母）——兕 si4

---

[1] 现代汉语普通话"郪"字读 qi1，源自《广韵》七西切。

(8) 反切上字的声母今读 j、q、x，分别来自《广韵》精清从心邪五个声母，反切下字的韵母今读 [i] 或 [ʅ]（即跟声母 zh、ch、sh、r 相结合的舌尖后元音韵母），这些反切下字分别来自《广韵》支、脂、之韵（包括上声纸、旨、止韵和去声寘、至、志韵在内）等九个韵的开口三等字，则被切字的今读分别改为 zi、ci、si 音节。以下列举的《广韵》反切后括注反切上字所属的《广韵》声母和反切下字所属的《广韵》韵、开合等；除了《广韵》反切外，符合本条规则的、来自《集韵》的反切还有六个，在拼音后括注"集韵"二字，一并罗列如下：

即移（精、支开三）——赀 zi1　　即夷（精、脂开三）——咨 zi1

将几（精、旨开三）——姊 zi3　　即里（精、止开三）——子 zi3

七吏（清、志开三）——载 ci4　　疾移（从、支开三）——疵 ci2

疾之（从、之开三）——慈 ci2　　疾智（从、寘开三）——渍 zi4[1]

疾置（从、志开三）——字 zi4　　息移（心、支开三）——斯 si1

息利（心、至开三）——四 si4　　息夷（心、脂开三）——私 si1

相吏（心、志开三）——笥 si4　　祥吏（邪、志开三）——寺 si4

详里（邪、止开三）——似 si4

蒋氏（精、纸开三）——紫 zi3（集韵）

七支（清、支开三）——雌 ci2（集韵）

浅氏（清、纸开三）——此 ci3（集韵）

津之（精、之开三）——兹 zi1（集韵）

将吏（精、志开三）——子 zi4（集韵）[2]

茨以（从、止开三）——荠 zi4（集韵）[3]

(9) 反切上字的声母今读 zh、ch、sh，反切下字韵母今读 iang，被切字的

---

[1] 现代汉语普通话"渍"字读 ci1，是例外音变。

[2] 现代汉语普通话"子"字读 zi3，源自《集韵》祖似切。

[3] 现代汉语普通话"荠"字读 ji4，源自《集韵》在礼切和才诣切。

今读情况比较复杂。由于现代汉语普通话卷舌声母 zh、ch、sh 分别来自《广韵》的知组、庄组和章组三组不同的声母，把这类古反切折合成现代汉语普通话读音，应该从以下三种情况具体分析。

第一种情况，反切上字的声母来自《广韵》的章、昌、书、禅声母，反切下字韵母今读 iang，被切字韵母的今读变为开口呼 ang，符合前文所论的第一条韵母规律，如：

上字为章母：之亮——障 zhang4　诸良——章 zhang1

诸两——掌 zhang3

上字为昌母：昌两——敞 chang3　尺良——昌 chang1

尺亮——唱 chang4

上字为书母：式羊——商 shang1　式亮——饷 shang4[1]

书两——赏 shang3

上字为禅母：市羊——常 chang2　时掌——上 shang4

时亮——尚 shang4

值得注意的是，以上反切下字都来自《广韵》阳、养、漾韵。

第二种情况，反切上字的声母来自《广韵》的庄、初、崇、生声母，反切下字的韵母今读 iang，被切字韵母的今读变为合口呼 uang，如（反切后括注《广韵》的韵目）：

上字为庄母：侧羊（阳）——庄 zhuang1　侧亮（漾）——壮 zhuang4

上字为初母：初良（阳）——疮 chuang1　初两（养）——磢 chuang3

初亮（漾）——创 chuang4　楚江（江）——窗 chuang1

初讲（讲）（此切来自《集韵》）——㡞 chuang3

楚绛（绛）——穝 chuang4

上字为崇母：士庄（阳）——床 chuang2　锄亮（漾）——状 zhuang4

---

[1] 现代汉语普通话"饷"字读 xiang3，源自《集韵》始两切，最晚到明代《正字通》时就变读"享"的音了。

士江（江）——淙 chuang2　士绛（绛）——漴 zhuang4

上字为生母：色庄（阳）——霜 shuang1　疏两（养）——爽 shuang3

色壮（漾）（此切来自《集韵》）——霜 shuang4[1]

所江（江）——双 shuang1　色绛（绛）——淙 shuang4[2]

双讲（讲）（此切来自《集韵》）——竦 shuang3[3]

　　值得注意的是，以上的反切下字分别来自《广韵》（或《集韵》）阳、养、漾韵和江、讲、绛韵。

　　第三种情况，反切上字来自《广韵》的知、彻、澄声母，反切下字的韵母今读 iang，被切字韵母的今读情况复杂。要注意反切下字的《广韵》韵母来源不同，被切字韵母的今读就不同。反切下字属于《广韵》的阳、养、漾韵，被切字韵母今读 ang；反切下字属于《广韵》的江、讲、绛韵，被切字韵母今读 uang。分两组举例说明。

　　1）反切上字来自《广韵》的知、彻、澄声母，反切下字的韵母今读 iang，反切下字来自《广韵》的阳、养、漾韵，被切字韵母的今读变为开口呼 ang，符合前文所论的第一条韵母规律，如：

上字为知母：陟良（阳）——张 zhang1　知丈（养）——长 zhang3

知亮（漾）——账 zhang4

上字为彻母：褚羊（阳）——伥 chang1　丑两（养）——昶 chang3

丑亮（漾）——怅 chang4

上字为澄母：直良（阳）——长 chang2　直两（养）——丈 zhang4

直亮（漾）——仗 zhang4

　　2）反切上字来自《广韵》的知、彻、澄声母，反切下字的韵母今读 iang，反切下字来自《广韵》的江、讲、绛韵，被切字韵母的今读变为合口呼 uang，

---

[1] 现代汉语普通话"霜"字读 shuang1，源自《集韵》师庄切。

[2] 现代汉语普通话"淙"字读 cong2，源自《广韵》藏宗切。

[3] 现代汉语普通话"竦"字读 song3，源自《集韵》笋勇切。

跟本条规律的第二种情况一致，如：

　　上字为知母：株江（江）——椿 zhuang1　陟降（绛）——戆 zhuang4

　　上字为彻母：丑江（江）——惷 chuang1　丑绛（绛）——覩 chuang4

　　上字为澄母：宅江（江）——幢 chuang2　直绛（绛）——撞 zhuang4

　　（10）反切上字的声母今读 b、p、m，反切下字是"闲"、"简"、"苋"、"限"、"晏"、"交"、"巧"、"教"等韵母今读 ian、iao 的八个齐齿呼字，被切字韵母的今读变为开口呼 an、ao。

　　以上八个反切下字分属《广韵》的山、产、襉、谏、肴、巧、效等七个开口二等（简称开二）韵，声母属于牙喉音，音韵地位分别为：闲（山韵开二、匣母）、简（产韵开二、见母）、限（产韵开二、匣母）、苋（襉韵开二、匣母）、晏（谏韵开二、影母）、交（肴韵开二、见母）、巧（巧韵开二、溪母）、教（效韵开二、见母）。中古时期，这些牙喉音开口二等韵字没有介音 i。可是，至晚在元朝，当时的北方话里，这些字的韵母滋生了介音 i，音变条件是：声母为牙喉音声母，韵母为开口二等韵。除了牙喉音开口二等字以外，其他声母的二等韵字的韵母并没有产生介音 i，当然，唇音声母的二等韵字的韵母也没有产生介音 i。因此，尽管"闲"、"简"、"苋"、"晏"、"交"、"巧"、"教"这些反切下字的韵母当时变读为 ian、iao，但是，如果用唇音声母字作反切上字，被切字也是唇音声母，不属于牙喉音声母，不符合音变的声母条件，其韵母当时也就没有滋生出介音 i。现代汉语普通话继承了这个音变事实：一方面，把"闲"、"简"、"苋"、"晏"、"交"、"巧"、"教"这些反切下字的韵母读作 ian、iao；另一方面，由于反切上字是 b、p、m 的字，被切字属于唇音字，其声母不满足滋生 i 介音的音变条件；因此，在折合这些古反切的今音时，要去掉以上反切下字的今读韵母的介音 i，才能正确拼切出原来被切字的读音来。初学者很容易出错，要特别注意。下面分两组举例说明。

　　1）反切上字的声母今读 b、p、m，反切下字是"闲"、"简"、"苋"、"限"、"晏"等韵母今读 ian 的五个齐齿呼字，则被切字韵母的今读变为开口呼 an。如：

　　"闲"字作反切下字：方闲——编 ban1，薄闲——瓣 ban4（此切来自《集韵》）；

"苋"字作反切下字：匹苋——盼 pan4，蒲苋——瓣 ban4，亡苋——蔄 man4；

"限"字作反切下字：匹限——盼 pan3，蒲限——版 ban3（此两切来自《集韵》）；

"简"字作反切下字：武简——魩 man3；

"晏"字作反切下字：谟晏——慢 man4。

2) 反切上字的声母今读 b、p、m，反切下字是"交"、"巧"、"教"等韵母今读 iao 的三个齐齿呼字，则被切字韵母的今读变为开口呼 ao。如：

"交"字作反切下字：布交——包 bao1，匹交——抛 pao1，
薄交——庖 pao2，莫交——茅 mao2；

"巧"字作反切下字：博巧——饱 bao3，薄巧——鲍 bao4；

"教"字作反切下字：北教——豹 bao4，莫教——兒 mao4。

（祝建军根据讲稿及录音整理）

清华简与古代文史研究

刘国忠

◎刘国忠，1969年生于福建省政和县。1987至1994年在北京师范大学历史系学习，先后获历史学学士、硕士学位；1994至1997年在中国社会科学院研究生院攻读历史文献学博士学位，毕业后一直在清华大学人文学院任教，主攻方向为出土文献研究、历史文献学、中国学术思想史及国际汉学。现为清华大学教授，博士生导师，历史系副主任。已出版《走近清华简》《古代帛书》《〈五行大义〉研究》等学术论著多部，目前正从事清华大学藏战国竹简的整理与研究。

时间：2012年5月29日

地点：烟台大学逸夫报告厅

如果有人问起近年来海内外中国古代文史研究的热点领域，清华简肯定是榜上有名，而且其影响已经超出了学术界的范围，受到许多媒体和普通大众的强烈关注。清华简为什么这么重要，它对中国古代文史研究会有怎样的推动，借着今天的机会我向烟台大学的各位师生作一点简单汇报。

一、清华简概述

清华简是人们对于清华大学所入藏的一批战国竹简的通称。在造纸术发明以前，中国曾经长期以竹、木简或帛作为书写材料，成语"书于竹帛"即由此产生。20世纪以来，在中国各地出土了大批的简帛资料，成为推动中国古代文史研究的重要动力，并由此诞生了一门新的学科——简帛学。

清华简的面世为简帛学的研究增添了厚重的一笔，但是说起它的经历却颇为曲折。清华简并非来自科学的考古发掘，而是被人盗掘后流散到香港，其时间大约是在2006年年底，这当然是非常令人痛惜的事。而且，由于香港的文物市场曾一度出现很多的假简，不少国内外的公私机构纷纷上当，以至于买家们对于竹简都不敢问津，因此这批竹简长期处于流落海外、缺乏保护的状态，处境十分危险。

2008年，清华大学的李学勤教授听到了在香港文物市场上有这批竹简的消息，随即向学校领导做了汇报。清华大学校领导十分重视，请李学勤教授进一步了解情况。李学勤教授约请香港中文大学的张光裕教授对这批竹简做观察鉴定，并摹写了数十枚竹简的样本，这些竹简样本是用战国时期的楚国文字加以书写，非常难以识读，而且样本之间也很零乱，不成系统。但是李学勤教授却敏锐地在竹简样本中看到了属于《尚书·金縢》篇的文句及许多传世古书失载的历史事件等重要内容，他非常震惊，提议学校尽快决策购买。清华大学立即派人赶赴香港进行接洽，李学勤教授和简牍专家李均明研究员也一同前往。到香港后，李学勤教授、李均明研究员和香港中文大学张光裕教授一起去观摩了竹简实物，对竹简为真形成了共同意见。在得知这批竹简具有收藏价值后，清华大学校友赵伟国先生慷慨出资，买下了这批竹简，并无偿捐给了母校清华大学。

于是，这批竹简在历经重重劫难后，终于在2008年7月15日入藏到清华大学。从清华大学得知这批竹简的存在到它们正式入藏，前后只用了一个月左右的时间。

由于清华简在境外流散过久，抵达学校时部分已经发生菌害霉变，清华大学迅即开展了竹简的紧急抢救和保护工作，并成立清华大学出土文献研究与保护中心，来负责组织、协调校内外的科研力量从事这批竹简的保护、整理和研究。

为了进一步确定这批竹简的真伪和学术价值，2008年10月14日，清华大学邀请北京大学、复旦大学、吉林大学、武汉大学、中山大学、香港中文大学和国家文物局、中国文化遗产研究院、上海博物馆、荆州博物馆的11位学者专家，召开"清华大学所藏竹简鉴定会"。会上由李学勤教授介绍了清华简的入藏经过和大致情况，并请这11位权威专家对所入藏的竹简进行了仔细的观察和鉴定。专家们一致认为："这批竹简内涵丰富，初步观察以书籍为主，其中有对探索中国历史和传统文化极为重要的'经、史'类书，大多在已经发现的先秦竹简中从未见过，具有极高的学术价值；在简牍形制与古文字研究等方面也具有重要价值。""从竹简形制和文字看，这批竹简应是楚地出土的战国时代简册，是十分珍贵的历史文物，涉及中国传统文化的核心内容，是一项罕见的重大发现，必将受到国内外学者重视，对历史学、考古学、古文字学、文献学等许多学科将会产生广泛深远的影响。"

2008年12月，受清华大学委托，北京大学加速器质谱实验室、第四纪年代测定实验室对清华简无字残片样品做了AMS ^{14}C年代测定，经树轮校正的数据为公元前305±30年，即相当于战国中期偏晚，这与前述的鉴定专家对于清华简的时代判定完全一致；与此同时，清华大学分析中心对清华简多片样本做了含水率的测定，竹简绝对含水率约为400%，这也证明这批竹简是历时很久且长期浸泡于水中的古代竹简。

从上述专家的鉴定意见及对这批竹简的科学检测数据可以看出，这批珍贵的竹简属于战国中期偏晚的文物，应出土于当时楚国境内。竹简数量经整理统计，其总数约为2500枚（含残片）。在清华简中，整简占了很大部分，残断简所占比例较小。如果加以复原，估计原来的竹简数量为1700—1800枚。

清华简的形制多种多样，简的长度多数为46厘米（相当于战国时的2尺），最短的仅10厘米。较长的简都是三道编绳，借以固定编绳的切口及一些编绳遗迹清楚可见。文字大多书写精整，多数至今仍非常清晰。在少数简上还有红色的格线（经鉴定系用朱砂所画），即所谓"朱丝栏"，十分美观。

从字体上看，清华简应该是经由多人抄写而成，因而呈现出不同的文字风格。另外，从清华简上所书文字的字形特点来看，这些简上的文字基本上都是楚文字。楚国的文字有很多自身的特点，在秦始皇统一文字后就已经废弃不用，释读十分困难。近些年来由于楚国的简帛等文字材料有较多的发现，才使学者们对于楚文字有了较多的了解，但仍然有很多的楚文字未能被释读出来，而且在清华简上又出现了许多新的楚文字字形，因此清华简的整理研究将会是一个艰难的、长期的过程。

一部分清华简还有篇题，写在竹简的反面（也有个别篇名写在简文的最后）。还有一部分简有编次号数，有的在正面下端，有的在反面，这在战国简中可能还是首次发现。由于清华简各篇的次序在流失的过程中早已散乱，这些篇题和编次号数显然有利于竹简的重新编排工作。

与许多简牍以文书档案为主不太相同，清华简都是一些重要书籍，经初步整理编排，总共约有 64 篇文献，这其中最为重要的内容是发现了许多篇《尚书》。《尚书》是古代历史文献的汇编，为研究古史最重要的依据。据称先秦时《尚书》有 100 篇，经过秦始皇焚书，大多佚失，汉朝初年只有 28 篇流传下来，即"今文尚书"。汉景帝末年，在曲阜孔子的故宅屋壁中发现了秦代焚书时隐藏的竹简书籍，有今文 28 篇以外的《尚书》16 篇，即"古文尚书"。这一发现导致所谓今古文之争，有非常大的影响。传至现代，"十三经"中的《尚书》，古文乃伪书，已经学者论定。而在清华简中已发现有多篇《尚书》，都是秦始皇焚书以前的写本。有些篇有传世本，如《金縢》等，但文句与传世本多有差异，甚至篇题也不相同；更多的则是前所未见的佚篇，不见于传世本《尚书》，或虽见于传世本，但后者是伪古文，如清华简中发现有《傅说之命》，即先秦不少文献引用过的《说命》，和今天流传的《说命》伪古文不是一回事；还有若干前所未见的佚篇，如《尹至》《耆夜》等，有待于做进一步的整理和研究，它们对于上古史研究的重大意义难以估计。

清华简中还发现一种类似《竹书纪年》的编年体史书，研究人员将其题名为《系年》。《系年》所记事件上起西周初年，下至战国前期，与传世文献《春秋》《左传》等对比，有许多新的内涵，并有许多以往史书中没有记载的历史事件。

此外，清华简中还有类似《国语》的史书，类似《仪礼》的礼书，与《周易》有关的书等，都是两千余年中无人见过的，可谓琳琅满目，令人目不暇接。李学勤教授曾风趣地说，清华简的内容让人读起来太激动，一天之内不能看太多，否则会让人心脏受不了。

为了让学术界能够在最短的时间内看到清华简的珍贵内容，清华大学出土文献研究与保护中心的工作人员在完成了对清华简的抢救性保护和初步编排之后，开始积极从事整理报告的撰写。这一工作是以团队的形式进行，每一辑整理报告的不同篇章委托专人负责，并在出土文献研究与保护中心内部进行充分讨论，每一次讨论之后各篇章的负责人根据整理小组的集体意见加以修改，再把修改稿提交给整理小组进行第二轮讨论，每篇简文都要经过多次的集体讨论和修改，最后由全书的主编李学勤教授审定。这种工作模式可以最大限度地发挥集体的作用，提升整理报告的学术水平。另外，整理报告的整体设计也有许多可圈可点之处。根据李学勤教授的设计，整理报告要公布清华简的原大、原色照片，既要有竹简正面的照片，也要有反面的照片；既要有原大的照片，也要有放大的照片，以便读者对清华简有一个全面客观的认识。对于每篇竹简，整理报告都做了释文，并引用相关的文献做出简明扼要的注释，包括字形分析、词义解释、语法特征以及重要人物、事件、历史地理、典章制度等，一些可供对照的传世文献还作为附录附于注释后面；整理报告的后面还附有所收简文的所有字形表，并提供清华简的各种信息，如竹简长度、入藏编号、编痕状况等，对于读者的使用极为方便。

经过仔细讨论，第一辑整理报告收入《尹至》《尹诰》《程寤》《保训》《耆夜》《金縢》《皇门》《祭公》《楚居》等9篇文献，其中前8篇均为《尚书》一类的文献，第9篇《楚居》则记载历代楚国国君的定都地点。文献研究与保护中心之所以率先选取这9篇整理出版，主要是基于三方面的考虑：一是简文内容较为完整；二是目前对它们的整理工作较为成熟；三是各篇的学术价值重大。经过努力，第一辑整理报告《清华大学藏战国竹简（壹）》作为清华大学百年校庆的重要成果，已于2010年12月正式出版。清华简第二辑整理报告则收入了清华简中的一部史书《系年》，该篇简文讲述了从西周初年至战国初期的历史，其中许多记载都不见于传世文献，或与传世文献有很大的区别，内容亦十分重要。这辑整理报告刚刚于2011年12月面世。这两辑整理报告都受到学术界的强烈关注，有关的研究成果在不断涌现。

今后中心计划每年出版一辑清华简整理报告，预计全部整理完毕需要十多年的时间。

二、清华简与古代文史研究

目前，清华简的整理研究工作才刚刚起步，我们对于它的认识还很肤浅，因此当前讨论清华简对于文史研究所的推动作用也还只能是初步的，随着整理工作的不断展开和研究的不断深入，清华简的学术价值将会在今后不断得以体现。

同已经发现的其他简帛材料相比，清华简有几个重要的特点：

一是时代很早。清华简的抄写时代大约在公元前305年，属于战国中期，相当于孟子、庄子等思想家们生活的时代。由于它未遭受秦始皇焚书之厄，保存了先秦古籍的原貌，属于国宝级的奇珍。

二是数量众多。清华简总数达2500枚，这是迄今发现的战国竹简中数量最大的一批，内容异常丰富。

三是意义重大。清华简经过编排，总共约有64篇文献，全部都是古书，而且大多是经、史一类的文献，涉及中国传统文化的核心内容，许多书籍的价值可谓空前，它们产生的影响也将至为深远。

由于清华简本身是一批经、史一类的文献，与古代文史研究关系极为密切，初步来看，清华简的学术价值体现在以下几个方面：

第一，重现了先秦时期的《尚书》等经学文献及类似典籍。

清华简中有许多经学文献，而经学本身就是中国传统文化的核心。据初步统计，清华简中仅《尚书》一类的经学典籍就已十分丰富，总数在20篇以上，这当然是极为重要的发现。

《尚书》的《金縢》篇见于伏生所传的《今文尚书》，记载周武王灭商后不久即卧病不起，武王之弟周公为武王祈祷，愿代之生病，表现了他对武王的忠诚。清华简也有《金縢》，简上标题为"周武王有疾周公所自以代王之志"。简文与传世本比较，有许多重要的异文，对于研究周初史事至为重要。例如简文记载周武王是在克商后的第三年生病，这与传世本所说的"二年"相比，有一年的差别，对于研究周初的年代学关系重大；又比如清华简说周武王去世后周公曾"居东三年"，与今本作"周公居东二年"不同，这一异文也非常重要。周公居东的问题，前人已经反复讨论，有的说是戴罪于东，有的说是去东征，等等，观点很不一致。简文作"周公居东三年"，证实了"周公居东"是去东征平叛，从而使两千多年来的疑问得到了解决。

第二，澄清了一些学术史上长时期争论的疑难问题。

现存《十三经注疏》中的《尚书》里有据说是出自孔壁的《古文尚书》，经过宋代以来许多学者研究，已论定是后人伪本，但直到现在还有学者为之翻案。清华简中真古文《尚书》的出现，有助于解决这方面的纠纷。

清华简的《尹至》和《尹诰》两篇是有关伊尹和商汤的重要文献，涉及商汤灭夏的史实，极为重要。其中的《尹诰》又称为《咸有一德》，曾在孔壁发现，后来失传，是《古文尚书》中的重要篇章。把清华简《尹诰》与传世的伪《古文尚书·咸有一德》相比较，可以判断现存的伪古文系后人伪作，而清华简《尹诰》则是真正的古文《尚书》，这对于中国学术史的研究影响非常深远。

清华简还证实了传世《逸周书》中一些篇是可与《尚书》比肩的重要文献。如《皇门》《祭公》两篇，保存良好。《皇门》记载了周公训诫群臣献言荐贤、助己治国的相关内容，《祭公》是周穆王时大臣祭公谋父临终的嘱托。这两篇简文均有非常重要的历史价值，文字古奥，很多地方可与西周金文相对照，将其与传世本对读，可以纠正传世本中的许多问题。

清华简的《程寤》一篇，汉代也曾收进《逸周书》，但唐宋以后就失传了，现在仅有部分佚文存世。清华简《程寤》非常完整，详细记述周文王"受命"（称王代商）的传说，对于了解"文王受命"有重大帮助，弥补了千年来的遗憾。

第三，揭示了众多闻所未闻的历史真相。

清华简《系年》记事始于西周初年，终于战国前期，不少记载为传世文献所未有，或与传统看法不同，使我们了解到了许多历史真相。比如《系年》关于秦人始源的记载，就极其珍贵。大家知道，西周灭亡，周室东迁以后，秦人雄起西方，先是称霸西戎，随之逐步东进，终于兼并列国，建立秦朝，成就统一大业。秦朝存在的时间虽然短促，对后世的影响却相当深远。然而，秦人是从哪里来的，其文化有怎样的历史背景，历来有不同的看法，形成了"秦人出自西方说"与"秦人出自东方说"两种截然对立的观点。而根据清华简《系年》第三章记载,周武王死后,出现三监之乱,周成王伐商邑平叛,原为商朝重臣的飞廉(秦人先祖)东逃到商奄(在今山东曲阜一带),于是成王东征,杀死飞廉,并将一部分"商奄之民"强迫西迁,其做法类似于后代的谪戍。这些西迁的"商奄之民"被发配到朱圉山(在今甘肃省甘谷县)一带,抵御戎人,而这些西迁的商奄之民正是秦的先人。这一记载足以补充传世典籍的阙文,也很好地解释了文献中有关秦人起源的各种歧异之处,是有关秦人始源问题研究的重要进展。

第四,发现了前所未知的周代诗篇。

清华简《耆夜》一篇,记载周武王八年征伐耆国(即黎国)得胜回到周都后,在文王宗庙举行"饮至"典礼,参加者有武王、周公、毕公、召公、辛甲、作册逸、师尚父等人。典礼中饮酒赋诗,诗的内容均见于简文。该篇与《尚书·商书》的《西伯戡黎》相关,并纠正了《尚书大传》《史记》以为伐黎为文王时事的说法。这篇竹简既有历史价值,又有文学意义。其中周公的一首诗竟然与现在《诗经·唐风》中的《蟋蟀》一诗有密切关系,更是出人意料。

第五,复原了楚国历史及历史地理。

清华简《楚居》的简文体例类似古书《世本》中的《居篇》,非常详细地叙述了历代楚君的世系及居处建都之地,从传说中楚的始祖季连开始,一直讲到战国中期的楚悼王(公元前401—前381年),列举列世建都的地点以及迁徙的原因。其中许多地名可与已发现的楚简联系对照,为楚国的历史地理研究及文物考古工作提供了大量线索,必将推动楚文化研究的深入开展。篇中记述楚人的世系,可以证明《史记·楚世家》所记大部分正确无误,但也有多处不合,结合其他文献记载,可据以勘正。篇首所叙楚国先祖传说也非常重要,特别是提到楚先祖与商王盘庚的后人有关,以及楚与都的关系等,令人深思。另外,从清华简、郭店简、上博简等材料中我们可以看到,自西周以来被贬斥为蛮夷的楚国,这时也已深受中原华夏文化的影响,而且对这一文化传统做出自己的贡献。应该说，这是当时中国各个民族互相融合，文化彼此交流的大趋势所造成的，这也进一步证明，中国自古是多民族、多地区的统一国家，灿烂辉煌的文明传统为各民族、各地区人民共同缔造。

第六，推动了古文字特别是楚文字的研究。

清华简所用文字系战国时期的楚文字，由于数量庞大，将会对楚文字的深入研究起到重要的推动作用。特别是清华简的内容皆为古书，有些有传世本或在传世本内有类似材料，学者们可以通过与传世本对照和对相关文例进行深入研究，从而识读出许多过去不认识或者误识的楚文字。另外，在清华简中，有许多新出现的楚文字字形，一旦学者们对它们识读成功，将可以有效推动古文字学研究的深入发展。如果能够在此基础上再进一步与甲骨文、金文等材料进行对比研究，还可以进一步解决甲骨文、金文中的许多疑难问题，从而使古文字研究大放异彩。过去人们研究古文字，最主要的依据是《说文解字》，但《说文解字》所载的主要是秦代的小篆，与商、周文字之间相距较远，现在有了清华简、郭店简、上博简等众多战国简帛资料的出土，再加上其他的铜器、陶器、玺印、货币等器物上的铭文，战国文字尤其是楚文字的这一环节已经可以建立起来。如果我们能以战国文字为基点，往上追溯商、西周时期的文字发展历程，向下考查秦、汉文字的演变脉络，就可以对古文字的研究有更深入的把握。因此，以清华简的整理为契机，可以使古文字学的研究发展到一个崭新的阶段。

第七，提供了解决《周易》疑谜的重要钥匙。

清华简中有一篇与《周易》关系密切的文献，有可能对于解决中国古代的"数字卦"问题有重要的帮助，对于该篇文献的价值曾经有文章作了介绍：

"《周易》在中国传统文化中占有非常核心的地位，列为群经之首，历来为学者及社会大众所看重。近年在商代和西周的甲骨文与青铜器铭文中发现由数字组成的易卦，在战国楚简（如湖北江陵天星观、荆门包山和河南新蔡葛陵等地出土）中也看到类似的易卦，许多学者认为与《周易》起源有关，讨论十分热烈。但仍有不少没有解决的问题,特别是这种'数字卦'的性质,由于只有若干实例,缺乏理论系统的说明,一直议论纷纭,不能定论。

清华简已整理出一篇,暂题为《筮法》,很可能为此提供解决的钥匙。《筮法》共有简 63 支,保存良好,在入藏时仍然成卷,不曾散乱。经过小心分解和整理,全篇完好无缺,证明是楚国专论《周易》占筮的书。简中附有图解,详细记载各种'数字卦'的含义和吉凶,对于有关研究极有价值。"(《清华简整理研究初见突破性成果》,载《教育部简报》2010 年第 138 期)

第八,加深了人们对于古书及古籍整理工作的理解。

清华简中的许多古书都涉及中国文化的核心内容,这些经典书籍的传世本千百年来经过了无数学者的精心整理,凝聚着他们的心血和汗水。现在我们看到了这些经典的原来面貌,自然可以对历代学者整理工作的艰辛有更多的体会,也能够更好地指出他们整理工作的得失情况,总结经验教训,为将来的古籍整理工作提供更好的借鉴。因此,清华简的整理工作也可以很好地推动古籍文献的整理研究工作。

(代生编校)

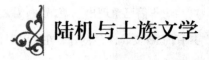

陆机与士族文学

孙明君

◎ 孙明君，1962年生，甘肃静宁人。陕西师范大学文学学士、硕士、博士，北京大学首届文学博士后。现任清华大学人文学院党委副书记、对外汉语文化教学中心主任、中文系教授、博士生导师。出版有《汉末士风与建安诗风》（台北文津出版社，1995年）、《三曹与中国诗史》（清华大学出版社，1999年）、《昨夜星辰——中国古典诗歌品鉴》（清华大学出版社，2002年）、《汉魏文学与政治》（商务印书馆，2003年）、《流霞回风——中国古典诗歌散论》（云南人民出版社，2004年）、《三曹诗选》（选注）（中华书局，2005年）、《白居易诗》（评注）（人民文学出版社，2005年）、《两晋士族文学研究》（中华书局，2010年）等著作多部，发表学术论文近百篇。

时间：2012年5月14日
地点：烟台大学逸夫报告厅

一提到魏晋南北朝文学，我们首先想到的是陶渊明，而不是陆机。但在东晋南朝，如果要数最有名的诗人，可能很多人都会想到陆机。当时，有三位最有名的诗人，也就是钟嵘所说的"建安之杰"、"太康之英"、"元嘉之雄"（《诗品》），它们分别指的是曹植、陆机、谢灵运。今天，我们对于陆机已经比较陌生。当时的人对陆机的评价很高：葛洪认为他是"一代之绝"（《抱朴子》）；钟嵘认为他是"太康之英"。初唐时，对陆机最欣赏、评价最高的是唐太宗，他认为"百代文宗，一人而已"（《晋书·陆机传》）。能够给予他如此高的评价，让今人感到非常吃惊。唐代中后期以降，慢慢地，人们对陆机的评价越来越低，特别是明清两代。清人陈祚明在《采菽堂古诗选》里的一段评语，非常具有代表性：

（陆诗）造情既浅，抒响不高。拟古乐府，稍见萧森；追步《古诗十九首》，便伤平浅。至于述志赠答，皆不及情。夫破亡之余，辞家远宦，若以流离为感，则悲有千条；倘怀甄录之喜，亦幸逢一旦。哀乐两柄，易得淋漓，乃敷旨浅庸，性情不出。……大较衷情本浅，乏于激昂者矣。

他认为，陆机的诗歌"造情"很浅，"抒响"也不高，他模仿古乐府稍微好一点，模仿《古诗十九首》就非常平浅。陆机有一些述志、赠答的作品，都没有涉及自身的真实感情。如果陆机想真正表现他的情感的话，是有很多情感可以表达的，因为他是"破亡之余"的人，"辞家远宦"，如果"以流离为感"，他会有很多悲伤。

他离开了吴国到洛阳政权来，能够受到重用，这也会让他感到非常快乐。"哀乐两柄"，他其实可以表现得淋漓尽致。但是我们所看到的陆机的诗歌却非常平庸，看不到性情。大概是陆机这个人本来就是"衷情本浅，乏于激昂"的。这是非常有代表性的。除了陈祚明以外，沈德潜等人也都是持这种评价。

20世纪以来，很多学者对于六朝文学的评价也都不太高，特别是对陆机的评价不高，认为陆机就是一个六朝形式主义诗风的代表人物，陆机的诗歌大部分都是在模仿前人的作品，敷衍成篇，他的诗风繁缛华丽，对后世所产生的影响都是不良的。我们会看到一个非常有意思的现象：在中国文学史上，有时候陆机的地位很高，有时候陶渊明的地位很高。凡是陶渊明地位高的时候，陆机的地位必然是很低的；凡是陆机地位高的时候，陶渊明的地位必然是很低的。而在陆机和陶渊明他们自己所生活的六朝，陆机的影响非常大，在他死后，他的诗歌影响也是非常大的；而陶渊明在当时则是不为人所知的，后来才成为中国文学史上的头等人物，这种地位是到了宋代，经过苏东坡才奠定的。但是，宋代以后，陆机就慢慢地被人遗忘。即使有人不忘陆机，对其也主要都是批评的。那么，我们应该如何来看待陆机？陆机的诗歌到底有没有情感？如果有，他表现的是一种怎样的情感？

家族情结

陆机的诗歌最主要的，是在表现一种士族意识。他的作品在当时是士族文学的代表。士族阶层在中国文学史乃至中国历史上是非常特殊的一个阶层，一般认为东汉时士族开始逐步形成，两晋南北朝是士族发展的兴盛时期，唐代以后，士族渐趋衰落。士族的鼎盛时期是在东晋一朝。东晋时代，"王与马共天下"，所以当时王导家族、谢安家族，还有其他一些士族家庭，他们交替掌握着东晋的政权。西晋时的陆机的家族，在当时并不有名。他的家族实际上是东汉末年时，在吴地逐步兴起的一个家族。陆机的士族文学，最主要的表现有这样几个方面：

第一个方面就是他对自己的祖先非常热爱，他有很多诗文都在歌颂他的祖先。对自己的祖先非常崇拜的现象，在文学史上不是从陆机开始的。屈原的作品《离骚》第一句话就是"帝高阳之苗裔兮，朕皇考曰伯庸"。东汉蔡邕的《祖德颂》是直接颂扬父祖之德的。但是，集中地表现父祖之德的作品应该是到陆机的时候才开始兴盛。《世说新语·赏誉》里有这样一条记载："吴四姓，旧目云：张文，朱武，陆忠，顾厚。"刘孝标注引《吴录士林》曰："吴郡有顾、陆、朱、张为四姓，三国之间，四姓盛焉。"当时在吴国有张、朱、陆、顾四大家族，四大家族各自都有自己的门风和特征，三国之间特别兴盛。陆氏家族在当时是最为兴盛的。

《世说新语·规箴》里还有另外一条记载：

> 孙皓问丞相陆凯曰："卿一宗在朝有几人？"陆曰："二相、五侯、将军十余人。"皓曰："盛哉！"陆曰："君贤臣忠，国之盛也；父慈子孝，家之盛也。今政荒民弊，覆亡是惧，臣何敢言盛。"

刘孝标注引《吴录》曰："时后主暴虐，凯正直强谏，以其宗族强胜，不敢加诛也。"

这是孙皓跟丞相陆凯之间的一段对话，孙皓问陆凯："你一家在朝廷里有几人？"陆凯回答说："有二相五侯、将军十多人。"皇帝说："你们家真兴盛啊！"作为宰相的陆凯，他下面的回答非常大胆，因为后主当时是一个暴君，大家都非常害怕他，但是宰相不怕他，为什么呢？因为他的家族非常强盛，他可以不怕皇帝。陆机有很多作品，比如写给他的弟弟陆云的诗，还有《思亲赋》《述先赋》《祖德赋》这样一些赋、诗，特别是《辨亡论》这样一些作品，都对他祖父和父亲的功业进行大力歌颂。他说他的父亲："故其生也荣，虽万物咸被其仁；其亡也哀，虽天网犹失其纲。"对自己父辈如此推崇，我们在以前的文学史上很难看到。他认为自己的父亲伟大到"万物咸被其仁"的程度。我们知道，宋明理学家对孔子非常尊重，认为"天不生仲尼，万古如长夜"，对孔子才可以说"万物咸被其仁"，但是在陆机的眼里，他的父亲也是这样，他对自己父亲的推崇可见一斑。

陆机是一个老牌的贵族，他处处都要摆出贵族的架子来，平时也是清厉有风格的，以至于这种风格让他的同乡都很惧怕他。吴灭亡以后，陆机兄弟有十年都没有离开东吴。太康末年，他们才离开老家，来到洛阳地区。到了洛阳以后，一开始他们兄弟都表现得志气高爽，因为他们是吴国的名家，所以初入洛的时候，不推"中国人士"。"中国"指的就是中原地区。

我们现在提到中国社会时，一个很大的差别就是东部地区和西部地区的差别——东南沿海地区非常发达，西部地区发展相对滞后。但是在中国古代，不是东和西的差别，而是南和北的差别。南和北的差别从先秦时代就已经开始了：出现于黄河流域的儒家文化和形成于长江流域的道家文化就有着非常明显的不同。《诗经》基本上是表现黄河流域的人们的情感，而《楚辞》最主要的是表现长江流域楚地民族的特点。到了三国时代，南北这种差异，就已经比较明显了。作为吴国的望族子弟，陆机兄弟到了洛阳以后，对北方的中原士族，他们是瞧不起的。他们的这种态度，也激怒了北方的士族，所以《世说新语·方正》里有这样的记载：

卢志于众坐问陆士衡："陆逊、陆抗是君何物？"答曰："如卿于卢毓、卢珽。"士龙失色，既出户，谓兄曰："何至如此？彼容不相知也。"士衡正色曰："我父祖名播海内，宁有不知，鬼子敢尔！"

有一次，陆机和很多南北的士族大家在一起，有一位叫做卢志的人于众坐问陆士衡说："陆逊和陆抗是你的什么东西啊？"在封建时代，特别是在魏晋南北朝，父母的名讳被别人提起，是非常重要的事情。所以这样的提问非常具有挑衅性。面对这样轻慢的提问，陆机针锋相对地回答说："就如同你和卢毓、卢珽一样。"就像你和你爷爷、你父亲的关系一样，那也是我的祖父、我的父亲。可以想象，卢志当时肯定很尴尬。这样回答以后，他的弟弟陆士龙（陆云）大惊失色，走出来时对哥哥说："你为什么要这样做啊？也许他确实不知道，因为毕竟是南北相隔的。"但是陆机正色道："我们的父祖是名播海内外的，大家应该都知道的,他居然不知道?鬼子敢尔!"在当时,骂人的时候就会说对方是"鬼子"。河桥之役后,卢志打小报告,后来又是卢志害死了陆机。本来大家都不能区别陆机和陆云孰高孰下,通过这段对话,大家就有一个清楚的判断,都认为陆机更优秀。陆机当时到底应该如何回答,可能是见仁见智的事情。

陆机看不起一般的北方士族,把北方的一般人更不放在眼里。我们都知道,左思的《三都赋》非常有名。《三都赋》写成以后,"洛阳为之纸贵"。"洛阳纸贵"说的就是左思的《三都赋》。提到太康文学,文学史上往往会说代表太康文学主要倾向的是陆机,代表太康文学最高成就的就是左思。陆机是看不起左思的,他写给他弟弟的信里说:"此间有伧父,欲作《三都赋》,须有成,当以覆酒瓮耳。"(《晋书·左思传》)意思是说这个地方有一个乡巴佬,他还要写《三都赋》,等他写完以后我好拿它来盖酒坛子。

还有一些记载,说陆机陆云兄弟俩,都才华横溢,但兄弟二人性格迥异。陆机清厉有风格,重视儒术,所以他平时遇事严谨,大家也都害怕他;陆云虽然也跟陆机一样,生在这个名牌的贵族家庭,但陆云的性格跟哥哥完全相反。陆云最大的特征是特别爱笑,有时会笑得掉到水里去。有一次他跟陆机一起去见张华,陆机已经进去了,张华问陆云怎么还没来呢,陆云这时候正在外面大笑,因为他可能是听到或者是已经偷偷地看到作为朝廷重臣的张华身上戴的一些小玩意,就忍不住笑起来。这个弟弟非常可爱,和他哥哥不一样。也正是由于有他哥哥,陆云的声誉就被哥哥的光芒所掩盖了。其实陆云也是很优秀的,而且陆云最倒霉的是因为陆机而被杀。

《晋书·吾彦传》记载了皇帝和吾彦(一位南方的士人)的一段对话:

> 帝尝问彦:"陆喜、陆抗二人谁多也?"彦对曰:"道德名望,抗不及喜;立功立事,喜不及抗。"……(陆机兄弟)因此每毁之。长沙孝廉尹虞谓机等曰:"自古由贱而兴者,乃有帝王,何但公卿。……卿以士则答诏小有不善,毁之无已,吾恐南人皆将去卿,卿便独坐也。"

皇帝曾经问吾彦说:"陆喜、陆抗二人相比较怎么样?"回答说:"从道德名望方面来说,陆喜更加优秀;从立功立事的角度看,陆抗更突出。"这样的回答对兄弟二人作了一个比较,并没有太多的损毁。但是,陆机兄弟知道了以后,就耿耿于怀,经常诋毁吾彦,以至于别的南方的士族也看不过去了,有人就说:"从古到今,由贱而兴的,不仅仅有大臣也有帝王。现在因为吾彦在回答皇帝问话的时候有一点小小的不妥,你们兄弟二人就毁之无已,我怕我们南方的人都会离开你们哥俩,你就独自坐那儿吧。"可以看到,陆机兄弟对吾彦的态度也引起了其他南方士人的不满。吾彦的回答实际上是有事实根据的:

  初,抗之克步阐也,诛及婴孩。识道者尤之曰:"后世必受其殃。"(《三国志·吴书·陆逊传》裴松之注引《机云别传》)

陆抗当年在作战的时候,曾经在战胜后杀了一些婴儿,所以识道者就说他们家的后世一定会遭到报应。

我们再来看一下具体的作品。这是陆机的一首名作《吴趋行》的诗,全诗比较长,我们节选开始几句和后面几句:

  吴趋行
 楚妃且勿叹,齐娥且莫讴。
 四坐并清听,听我歌吴趋。
 ……
 属城咸有士,吴邑最为多。
 八族未足侈,四姓实名家。
 文德熙淳懿,武功侔山河。
 礼让何济济,流化自滂沱。
 淑美难穷纪,商榷为此歌。

"吴趋",吴地。他现在歌唱吴地,为吴地作歌。这首《吴趋行》先说吴地的历史,再说吴地的宫殿建筑、山川风物、人文教化。最后的这几行作:"属城咸有士,吴邑最为多。八族未足侈,四姓实名家。"吴地当时有"八大家"、"四大家"这样的称呼。很多时代说几大家族的时候,通常就会说有"四大家族",然后有"八大家族"和"三十二大家族","四大家族"是最有名的,其中最有名的就是吴。吴国的"四大家族"在陆机眼里都是有文德的,有武功的,它们的文德是非常了不得的,武功是可以跟山河一样永存的。这"四大家族",家家都非常讲究礼让,他们的这个教化会永远地流传下去。这首诗是向往当年父亲兴盛的时候,陆机想要重整自己的家风,使他的家族重新回到如此兴盛的时代。这就是我们所说的第一点,这些诗都是在表现他的父祖之德,他想重振家族的辉煌。

乡曲之思

陆机还有一些作品是表现他的思乡之情的,即乡曲之思。《语林》记载:"陆士衡在洛,夏月忽思竹筱之饮,语刘实云:'吾乡曲之思转深。'"陆士衡在洛阳的时候,夏天里突然想起了南方的竹筱之饮,他就对刘实说:"我非常想家。"我们会很自然地想到另一位非常有名的人物,叫做张季鹰。辛弃疾的词里有:"休说鲈鱼堪脍,尽西风,季鹰归未?"(《水龙吟·登建康赏心亭》)张季鹰跟陆机完全一样,也是吴国的"四大家族"的子弟;也是在吴国灭亡以后,比陆机稍微晚一点来到了洛阳地区;也是在洛阳地区做官。秋风吹起的时候,他想到自己家乡鲈鱼正肥,就挂冠归去,为了吃家乡的鲈鱼不在北方做官了。他的心境跟陆机有相似之处,但是张季鹰能够真的挂冠归去,陆机却做不到,所以他们俩同中有异。陆机离开家乡来北方做官,思乡情切,觉得他的家乡跟一般人的家乡不一样,所以他的思乡跟一般人的思乡也不一样。陆机家族的庄园很大,到底有多大,我们难以确切知道,史料上有一些记载,有一条是《后汉书·樊宏传》所记载的樊宏家的庄园:

（樊氏庄园）乃开广田土三百顷余，其所起庐舍，皆有重堂高阁，陂渠灌注。又池鱼畜牧，有求必给。

然后是建安时代：

豪人之室，连栋数百，膏田满野，奴婢千群，徒附万计。船车贾贩，周于四方。（仲长统《昌言·理乱篇》）

陆机在《七征赋》里面也有对庄园的描写：

丰居华殿，奇构磊落。万宇云覆，千楹林错。……耸浮柱而虬立，施飞檐以龙翔。回房旋室，缀珠袭玉。图画神仙，延祐承福。悬闼高达，长廊回属。

但是这个庄园是不是就是他家的庄园呢？估计不是。他家的庄园到底是什么样子？我们可以通过陆机的一些作品来推想一下。陆机临死时说了一句话：

华亭鹤唳，岂可复闻乎！（《晋书·陆机传》）

华亭，地名，有人说在今天的上海松江，有人说在江苏苏州。我们可以推想陆机的庄园一定是非常大。陆机有一首赠给他从兄的诗，写到谷水阳、昆山阴：

仿佛谷水阳，婉娈昆山阴。营魄怀兹土，精爽若飞沈。（《赠从兄车骑诗》）

《文选》李善注引陆道瞻《吴地记》又有记载：

海盐县东北二百里，有长谷，昔陆逊、陆凯居此。

文献说在海盐县东北二百里的地方有一条长谷，是过去陆氏家族的庄园。晋咸宁六年（公元280年），平吴战役结束以后，陆机和他的弟弟陆云之间写的赠答诗，还有他写给朋友的诗，都表现了他们由于吴国的灭亡而引起的心里的悲痛。以下是二陆赠答的诗：

与弟清河云诗（其九）	答兄平原
陆机	陆云
昔我斯逝，兄弟孔备。	昔我先公，邦国攸兴。
今予来思，我涧我瘁。	今我家道，绵绵莫承。
昔我斯逝，族有余荣。	昔我昆弟，如鸾如龙。
今我来思，堂有哀声。	今我友生，凋俊坠雄。
我行其道，鞠为茂草。	家哲永徂，世业长终。
我履其房，物存人亡。	华堂倾构，广宅颓墉。
拊膺涕泣，血泪彷徨。	高门降衡，修庭树蓬。
	感物悲怀，怆矣其伤。

这两首赠答诗内容非常相近，都是过去怎么样，今天怎么样。好像他们兄弟俩在抱头痛哭一样。这些作品饱含深情。吴国灭亡以后，兄弟俩就以"将弘祖业"作为他们追求的目标。太康四年（公元283年），晋武帝下诏启用东吴的旧臣，但这个时候陆机陆云兄弟不愿到北方来做官，他们都是"退居旧里，闭门勤学"，过了几年，太康末年的时候，二陆入洛。入洛以前，他们就在自己的家里写有很多诗，且在当时的社会上已经流传得非常广泛。陆机离开家的时候所写的《赴洛道中作》，是后人对陆机的诗歌评价最高的两首诗。总的来说，很多人都觉得陆机的诗写得不好，但还有人说，虽然其他的诗都不太好，这两首诗还是挺不错的：

赴洛道中作（其一）

总辔登长路，呜咽辞密亲。借问子何之，世网婴我身。
永叹遵北渚，遗思结南津。行行遂已远，野途旷无人。
山泽纷纡馀，林薄杳阡眠。虎啸深谷底，鸡鸣高树巅。
哀风中夜流，孤兽更我前。悲情触物感，沈思郁缠绵。
伫立望故乡，顾影凄自怜。

看到"总辔"，就可以知道诗人是骑着马登上了长路。吴地长江一带的人都是不习惯于骑马的，他们习惯坐船。陆机兄弟离开吴地，要到洛阳来的时候，骑着马登上长路，在哭泣声中跟自己的亲人们告别。借问你要到哪里去？"世网婴我身"，这五个字写得非常沉痛。他感到生活的世界所有的东西都是一张网——世网，自己是被紧紧地套在这个网中央的。他不能自己决定想怎么样，不想怎么样。吴国灭亡以后，陆机可以选择在吴地过隐士的生活。他的家族是衰亡了，但想过陶渊明那样的日子是没有问题的。陶渊明隐居之初，也仅仅是"方宅十余亩，草屋八九间"，何况陆机呢？家大业大做一个隐士是没有问题的，如果真这样了此一生，那就不是陆机了。陆机之所以是陆机，他一定要有所作为，他要为他的家族争光，要建功立业。所以他说，"世网婴我身"——不是他想怎么样，而是他的家族决定的，他只能那样做。他离开了南方，迁到了北国的土地上。三国时代，如果离开了长江，到了长江北岸以后，"举目有山河之异"（《世说新语·言语》），所以走在北方的土地上，他感慨万千。

"行行遂已远"六句写的是白天的情景，白天他一直在往前走。"行行遂已远，野途旷无人"，陆机对《古诗十九首》非常熟悉。他所拟作的《古诗十九首》，可能也是《古诗十九首》能够被后人瞩目并流传下来的重要原因之一。《古诗十九首》的第一首就是"行行重行行，与君生别离"。那么陆机也是"行行遂已远，野途旷无人"。他和弟弟走在无人的旷野上，"山泽纷纡馀，林薄杳阡眠"，写的是山的样子。在北方的土地上，可以听到虎啸，可以听到鸡鸣，这是写白天不断地往前行进。最后六句是到了中夜感觉到哀风四流，孤兽在他的前面，他看见孤兽的时候产生的内心的感想,让他感觉到非常的沉郁缠绵。"伫立望故乡,顾影凄自怜",写这首诗的时候,诗人离开家只有半天。离开家半天的时候就在"伫立望故乡",这还怎么前行啊。这样的诗作当然是满含深情的。

  赴洛道中作(其二)
  远游越山川,山川修且广。振策陟崇丘,案辔遵平莽。
  夕息抱影寐,朝徂衔思往。顿辔倚嵩岩,侧听悲风响。
  清露坠素辉,明月一何朗。抚几不能寐,振衣独长想。

  这首诗写得也很好。前四句写他继续往前走,在道路上跋涉,然后"夕息抱影寐",晚上休息的时候,独自抱着自己的影子睡觉。早上起来后,在行进的路上是带着愁思往前走的——"朝徂衔思往"。他停下马在高山边倾听着北风的声音。最后四句,写景写得非常细腻而清淡,并将自己的愁思融入晚上凄清的景色中,动人心弦。陆机这样的作品,后人评价很高。像王夫之《船山古诗评选》:

  陆以不秀而秀,是云夕秀。乃其不为繁声,不为切句。如此作者,风骨自拔,固不许两潘腐气所染。

  他认为陆机的这两首作品是"风骨自拔"的。潘越、潘云叔侄俩的诗作不能跟陆机的诗作相提并论。"两潘"指的是潘安仁和潘云,他们是叔侄俩。我们读明清小说的时候就会读到,中国古代写优秀的美男子,就用"子建般才,潘安般貌"。谢灵运看不起所有的人,唯独对曹植佩服有加,他觉得"天下才共一石,曹子建独得八斗"(《南史·谢灵运传》),所以曹子建有"八斗之才"。潘安是个美男子,他平时在街上走路的时候,就会有很多妇女把自己所带的水果放在他车上,潘安每一次都满载而归。而写《三都赋》的左思是最丑的,不敢出家门,每次出家门的时候小孩都会打他,他都会委顿而返。所以魏晋南北朝是一个很有意思的时代。在这个时代,人们非常重视一个人的长相,也非常重视一个男人的长相,这可能跟别的时代有一点不一样。这里说"两潘"的诗是不能跟"二陆"相比的。

叶矫然《龙性堂诗话》曾说:

> 士衡独步江东,《入洛》《承明》等作,怨思苦语,声泪迸落。

文学史上最有名的两位贬低陆机的,一个是陈祚明,一个是沈德潜。沈德潜《古诗源》也说,这两首还是可以的:

> 二章稍见凄切。

两首诗稍微可见一点凄切,还可以。实际上这两首已经非常好了。

陆机到了北方以后,担任过很多职务,经历丰富:做过杨骏的祭酒;效力于吴王司马晏的麾下;还曾在赵王司马伦的麾下,参与了赵王伦诛杀贾谧,所以被赐爵关中侯。能够封侯是很难得的。《史记》中,李广一生征战,到死也没有封侯。陆机被封为关中侯,是很高的殊荣。

贾谧是一个非常重要的历史人物。晋武帝死了以后,接替晋武帝的晋惠帝是中国历史上有名的白痴皇帝。当天下饥荒的时候,这个皇帝问:"大家为什么不吃肉粥呢?"青蛙在田里叫的时候,他问大臣说:"青蛙是在为公家叫,还是在为私人叫?"非常可笑。晋惠帝的妻子是贾南风,把持当时朝政。贾谧是贾南风的外甥,贾南风没有兄弟,只有一个妹妹,这个妹妹的儿子就是贾谧。贾谧从小就受到贾南风的宠爱,所以在朝廷里的势力很大。他经常跟太子作对,也培植自己的势力。在他所培植的"二十四友"里,就包括陆机、陆云兄弟两人。但陆机就是由于参与诛杀他而被封侯的。后来在赵王伦的阴谋篡位失败后,陆机被收审,成都王又救了陆机。陆机对成都王感恩戴德,就全心投靠了他。成都王也很重视陆机,让陆机指挥了当时最大的一场战役——河桥之役。在这些仕途的变化面前,陆机始终都是非常思念他的故乡的。他的《失题诗》写道:

石龟尚怀海，我宁忘故乡。

《怀土赋》写道：

余去家渐久，怀土弥笃。方思之殷，何物不惑？曲街委巷，罔不兴咏；水泉草木，咸足悲焉。

《思归赋》写道：

惧兵革未息，宿愿有违，怀归之思，愤而成篇。

这些作品都表达了他强烈的思乡情绪。虽然陆机没有回到家乡去，但是他强烈的思乡情感是不容置疑的。他写给堂兄的一首诗可以体现他对故乡的思念：

赠从兄车骑诗
孤兽思故薮，离鸟悲旧林。
翩翩游宦子，辛苦谁为心。
仿佛谷水阳，婉娈昆山阴。
营魄怀兹土，精爽若飞沈。
寤寐靡安豫，愿言思所钦。
感彼归途艰，使我怨慕深。
安得忘归草，言树背与衿。
斯言岂虚作，思鸟有悲音。

这首诗思乡之情浓厚。一开始写的是孤独的野兽思念自己过去所生活的地方，林鸟也在怀念着自己往日所生活过的树林。作为游子呢，为谁辛苦为谁忙？

"仿佛谷水阳，婉娈昆山阴"，这四句就是陆机在写他的庄园的时候所作的。"谷水阳"、"昆山阴"应该就是他庄园的所在地。"仿佛"、"婉娈"都是他感觉到庄园就如同在他眼前一样，不管他走到什么地方，好像庄园就出现在眼前，让他魂萦梦绕，难以忘怀。寤寐都在思念他的庄园，也在思念着庄园里面生活过的他的兄弟们。他想回去，但是回去的道路是非常艰难的，让他很陌生。诗人写道："安得忘归草，言树背与襟。"这一句写得非常好，他说，是不是有一种草叫忘归草，我想把衣服的前襟和后背都种上忘归草，让我忘掉我的庄园，忘掉我的故乡，忘掉我的亲人。但是"斯言岂虚作，思鸟有悲音"，忘不掉。

这首诗深切表达了作者的思乡之情。第一句就写"思"，"悲"。因为"思"而"悲"。最后一句"思"和"悲"再一次重复出现在诗中。陆机才华横溢，却重复使用"思"和"悲"，是在用重复来表达自己强烈的情感，觉得在这首诗里不重复使用"思"和"悲"的话，难以传达他的思乡之情。这更加证明他有才华。陆机的这首乡曲之思中既有对庄园衰败的遗恨，也有身处异乡时对家园的眷恋。更重要的是，陆机在北方的征途上不断奋斗，故乡、庄园，已经成为他心灵的一个避难所。

功名意识

陆机的庄园跟后来的一些诗人的庄园是不一样的。比如说像稍晚一点，东晋末年、晋宋交替时候的谢灵运。谢灵运的庄园非常大，就在今天的浙江绍兴地区。他的庄园有两个湖——大巫湖、小巫湖，大小巫湖之间还有山，所以谢灵运经常生活在自己的庄园里。陆机不愿生活在衰败的庄园里，他毅然地离开庄园，他的目的是要重振他的家族，使家族再度兴盛，使庄园再度扩建。所以这样表达自己的乡曲之思的作品，在之前的游子思妇诗歌里是没有的。以前的游子思妇的作品，《诗经》里有，《古诗十九首》里也有。这些作品中的游子都是中下层家庭的一些人。但是陆机兄弟，还有离开了东南的吴国的旧贵子弟们，他们的游子之歌,是在怀念昔日的庄园,所以跟以前不一样,这是第二点。第三点,陆机的诗歌有一个非常明显的主题,就是想要重新振兴他的家族。陆机的一些诗里面,他的功业心情还是非常迫切的。这跟其他的诗人是不一样的。

陆机在《猛虎行》里写道:"日归功未建,时往岁载阴。"在《长歌行》里又写道:"但恨功名薄,竹帛无所宣。"从中可知,他所恨的是已经年龄老大,想建功立业却很难。河桥之役前夕,他在和成都王司马颖的对话里面还自视甚高,把自己比喻为历史上的管仲,对自己的才能非常自信。遥想士衡当年,"列军自朝歌至于河桥,鼓声闻数百里,汉、魏以来,出师之盛,未尝有也。"(《晋书·陆机传》)从朝歌到河桥有几百里的路,想当年,陆机作为将军,率领军队浩浩荡荡地行进在这中原的大地上,这几百里的路上鼓声相闻。这样的阵势,甚至超过了曹操等人,可以想象当时的陆机肯定非常自负和自豪。但是这次河桥之役以后,陆机马上就被杀了。

《晋书·陆机传》说陆机"伏膺儒术,非礼不动"。陆机信奉的是儒家的东西,是一个非礼不动的人。这一点是值得辨析的。陆机所"伏膺"的儒术,跟儒家的思想有相同的地方,但也有不同的地方。儒家思想是非常丰富的——孔子的思想跟孟子的思想不一样,孔孟的思想跟荀子的思想不一样,先秦儒家的思想跟两汉经学家的思想不一样,两汉经学家的思想跟宋明理学家的思想不一样,宋明理学家的思想跟现代新儒家的思想不一样,统治者所接受的儒家思想跟普通知识分子所接受的儒家思想都是不一样的。所以只是说"伏膺儒术",是非常笼统的。陆机所伏膺的儒术并不是真正的孔子的思想。陆机在《五等论》里说:

  盖企及进取,仕子之常志;修己安人,良士所希及。

企及进取,建功立业,每一个仕子都会这样想;但"修己以安人"的境界,是很少有人能够企及的。"修己以安人",这才是孔子思想的核心。孔子思想的核心到底是什么,还有很多争议。有些人说,孔子思想的核心是"仁","仁"说的是人和人之间的关系。有人说孔子思想的核心是"礼",孔子要"克己思礼"。

也有人说孔子思想的核心是"内圣外王",不仅仅有"内圣",同时也要有"外王"。在内要"修"、"齐",在外"平天下"。孔子的思想也可以说是"修"、"齐"、"治"、"平"——"修身"、"齐家"、"治国"、"平天下",不仅仅有"内圣",同时也有"外王"。而宋明理学家只强调了"内圣",忽略了"外王"这样一个层面。但是"修己以安人"是很少有人能够达到的。陆机实际上也没有达到。他有一首诗,最后两行写道:"守一不足矜,歧路良可遵。规行无旷迹,矩步岂逮人。"(《长安有狭邪行》)整首诗里写到一些儒家的知识分子被大家认为是"朴儒",还有一些人是"俊民","朴儒"对社会人生一窍不通,都是书呆子,只会死读书。还有一些人,表面上也遵守儒家的道德,但实际上他们跟儒家又不完全一样。他们深深地懂得"欲鸣当及晨"——想要有所作为,那一定要快。如果坚守儒家传统思想的话,那可能就会无所作为。这个时候可以找一些歧路,而这些歧路用孔孟的思想来看是不可取的。但是陆机认为为了达到目的,是可以的。要是不行歧路,永远都要落后,永远不能有所作为。

对于这首诗,有些人说陆机是在讽刺当时的世俗,很多人都在这样做。其实,陆机不是在讽刺,他接受这种思想,他也是这样一个人。他不是一个真正的儒士,因为儒家是非常讲究节操的,而陆机没有节操。他自己也说,他本来是吴国人,出自敌国,他没有什么节操可言,如他在《谢平原内史表》中曾说:"臣本吴人,出自敌国。……遭国颠沛,无节可纪。"而且陆机"好游权门"、"降节事谧"(《晋书·刘琨传》),这些都是他士节有亏的证据。

陆机到了洛阳以后,曾经在太子的手下任职,在太子集团与贾谧集团强烈争斗的时候,他任太子洗马,但是他却跟贾谧集团过从甚密。他后来又因"豫诛贾谧功,赐爵关中侯"(《晋书·陆机传》),所以陆机在当时就是一个多变的人,没有气节。因为他想,只要能给他权力,只要能让他建功立业,他的家族就可以振兴,此前依附于谁都没有关系。陆机临死的画面让人动容:

> 机释戎服,著白帢,与秀相见,神色自若,谓秀曰:"自吴朝倾覆,吾兄弟宗族蒙国重恩,入侍帷幄,出剖符竹。成都命吾以重任,辞不获已。

今日受诛,岂非命也!"因与颖笺,词甚凄恻。既而叹曰:"华亭鹤唳,岂可复闻乎!"(《晋书·陆机传》)

指挥河桥之役失败,成都王派宗秀前来杀他。陆机缓缓地脱掉了军装,"著白帢",戴着白色的小帽,这在当时是很流行的。他神色自若地说了一段话以后,就感慨:"华亭鹤唳,岂可复闻乎!"然后引颈就戮。他的整个表现都非常镇定,临死之前没有慌乱,没有求饶,富有风度。他之前可能有很多行为我们觉得都不是很符合士节,但在临死的时候如此镇定,让人感到非常惊讶。

陆机的死让我们很自然地联想到嵇康之死。当嵇康知道要被处死刑的时候,自己走上刑场,索琴而弹之。古人在太阳落山的时候杀囚犯,距离杀他还有一段时间,所以他要弹琴。他的哥哥嵇喜为他带来他心爱的琴,嵇康弹了一曲《广陵散》,然后说:"《广陵散》于今绝矣!"然后引颈就戮,从容不迫。这就是魏晋风度。

魏晋时代的诗人都充分张扬自己的个性。通过陆机临死时的细节,我们也能感觉到陆机非常有风度。迁到北方地区以后,进入北方的陆机,不断地投靠、依附于一个又一个权门。虽然许多时候不是自愿的选择,但陆机的士节起码是无法让人赞扬的。"以天下为己任"是原始儒家的核心精神,陆机的诗歌虽然再现了他的不断进取和追求,但他的诗歌中缺乏原始儒学所要求的"以天下为己任"的精神。

曹操的《短歌行》表现的是"以天下为己任"的精神。曹操的诗只有二十来首,但每一首都是好诗,特别是《短歌行》《龟虽寿》。

短歌行

对酒当歌,人生几何?譬如朝露,去日苦多。
慨当以慷,幽思难忘。何以解忧?唯有杜康。
青青子衿,悠悠我心。但为君故,沉吟至今。
呦呦鹿鸣,食野之苹。我有嘉宾,鼓瑟吹笙。

明明如月，何时可掇？忧从中来，不可断绝。
越陌度阡，枉用相存。契阔谈䜩，心念旧恩。
月明星稀，乌鹊南飞。绕树三匝，何枝可依？
山不厌高，海不厌深。周公吐哺，天下归心。

前八句是大家最为熟悉的。喝酒的时候，大家都要吟诗，吟诗的时候就会很自然地想起曹操的这几句诗文。何以解忧？只有酒才可以解忧。但是曹操的这首诗仅仅在表现喝酒吗？他所表现的"忧"跟一般人的忧一样吗？不一样。"青青子衿，悠悠我心"跟"呦呦鹿鸣，食野之苹"引用的是《诗经》里的句子。《诗经》汉代以后就已经成为儒家的经典了，大家谁也不敢引用，但曹操敢。而且曹操说过，我的诗写得跟《诗经》是一样好的，我的诗无愧于《诗经》，《诗经》放在我的诗里面，我的诗跟《诗经》的诗水乳交融，谁能看得出哪个是我的哪个是《诗经》的，都是一样好的，我的诗也可以成为经典。

曹操的这首诗里面最主要的是表达对于贤才的渴望，他要开创一个天下归心的局面，认为自己跟周公一样。周公是儒家的圣人，一般人没有谁敢比周公，只有曹公敢。很多人对此非常反感，因为曹操在当时，"名为汉相，实为汉贼"。宋明理学家的领袖朱熹对曹操持否定态度，所以对这首诗也很反感。朱熹说，饮酒就饮酒，为什么要扯到周公？饮酒也要扯到周公，可见是贼。但是我觉得曹操这首诗写得非常好，因为它不仅仅表现了当时的人生苦短、应该及时行乐的普遍现象，更主要的，在于诗里的那种忧愁是为天下兴亡而忧的这样一种博大的胸襟，跟一般人的忧愁不一样。二者之间距离很大，陆机也没有达到这个高度。陆机有一首《短歌行》就是学习和模仿曹操的，对比一下我们就能看出二者有什么样的差别：

短歌行
置酒高堂，悲歌临觞。人寿几何，逝如朝霜。
时无重至，华不再阳。苹以春晖，兰以秋芳。

来日苦短，去日苦长。今我不乐，蟋蟀在房。
　　乐以会兴，悲以别章。岂曰无感，忧为子忘。
　　我酒既旨，我肴既臧。短歌有咏，长夜无荒。

　　这首诗写得雅正清和，但是沈德潜觉得这首诗的词还算清和，可是跟曹操的诗相比，曹操诗歌里的"雄气逸响"一点都没有（《晋书·郑冲传》："沈德潜曰：'词亦清和，而雄气逸响，杳不可寻。'"），这种评价是客观的。诗所写的"置酒高堂"的意象，主要表现人生苦短，好景不长，也用了《诗经》里的句子，化用了《诗经·唐风·蟋蟀》的句子，但他的诗里就没有曹操那种建功立业的大气，所以"雄气逸响"是找不到的。陆机虽然在诗歌里面没有建功立业之言，但是在生活里还是有建功立业之志的，他的行为也表现了建功立业之志。

　　陆机诗歌里的这种功名意识最主要来源于他的士族意识、门第观念。他想重振家族，所以他把所有的精力都集中在家族兴衰上，自然不会像曹操那样关注"白骨露于野，千里无鸡鸣"（曹操《蒿里行》）的社会底层现象。

绮靡之美

　　陆机的作品在文学形式上主要表现为对华丽之风的追求。曹丕在《典论·论文》中说："诗赋欲丽"，诗和赋应该是华美的。沈德潜《古诗源》评价曹操和曹丕说：

　　孟德诗犹是汉音，子桓以下，纯乎魏响。子桓诗有文士气，一变乃父悲壮之习矣。

　　曹操的诗还是汉代的声音，到了他的儿子曹子桓以下，就成了魏代的声音了。"汉音"和"魏响"最大的区别在于"魏响"没有悲壮的风骨，它是追求华丽的。

陆机的时代进一步发展了曹丕对华美之风的追求。陆机《文赋序》说：

> 故作《文赋》，以述先士之盛藻，因论作文之利害所由，它日殆可谓曲尽其妙。

为什么要写文赋？因为我感觉到先世写作的时候有很多美妙的辞藻，从而讨论"作文的利害所由"，他日可以"曲尽其妙"。后人也都认为陆机的作品华美旖旎，如李善注所引对陆机作品的评价是"新声妙句"（《文选》李善注引臧荣绪《晋书》），钟嵘认为"举体华美"（《诗品》）。

陆机为什么会追求这种华美的文风？有人说，士族们的生活就是奢侈的，形成了一种特定的审美心态和审美定势，影响到了整个社会风气，继而影响到了文学，就要追求华美。这种说法有一定道理，但不能一概而论。像宗白华先生所说的："晋人向外发现了自然的美，向内发现了自己的深情。"士族的物质生活和精神追求扩大了文学表现的领域，他们的新生活和新追求扩大了诗文的表现范围，对这样的意境，陆机认为只有用清新富丽的文风才可以表现。在士族眼里，只有"盛藻"、"丽藻"才能表现自己与众不同的贵族文化素养，显示他们对精美物品、精细情感的拥有与描绘能力，展现他们杰出的个人才华。所以曹丕、曹植兄弟，"二陆"和稍微晚一点的谢灵运，都非常喜欢华美的文风。

赠答与模拟

前三点我都是从内容来说的，第四点是从表现的形式来说的，第五点是从他最喜欢写作的两种题材来说的。士族的诗人最喜欢哪两种题材呢？一种是赠答诗，一种是模拟诗——拟作。

我们先来说一下赠答诗。"二陆"的赠答诗很多，这些诗有一个特殊的现象，即大部分都是写给东南士族的。吴亡以后，三国时代世家大族的子弟们，离开了吴国,来到了洛阳。所以陆机的赠答诗就是跟这些来到洛阳的兄弟之间的赠答。"二陆"赠答诗中反复出现两组词语,一组是"南"、"南国"、"南金"等,另一组是"鸿族"、"世族"、"洪族"等。结合起来,南方的世家大族是他们所喜欢写的。陆云在他的诗《答张士然诗》里写道:"欢旧难假合,风土岂虚亲。"过去的朋友才是真正的朋友,风土是特别重要的地域特征,我们都是来自吴地的,关系亲如兄弟。

当时有一个人,叫顾彦先(顾荣),是跟"二陆"一起来洛阳的,三人的关系非常好。但是顾彦先走的路跟"二陆"不一样。前面所提到的张季鹰说想念家乡的鲈鱼,就罢官归去。其实他不是想念家乡的鲈鱼,而是有先见之明,看到北方将要大乱,早早地抽身而退,躲过了"八王之乱"。顾荣也很聪明,"八王之乱"时,他劝"二陆"也回到南方去,但陆机不走。顾荣回到南方,过着隐居的生活。后来顾荣在东晋政权建立的过程中建立了功勋。当时司马睿依靠的有两部分人:一部分人是北方的士族,最主要的就是王导、王敦兄弟;另外一部分是以顾荣为首的东南士族。所以顾荣后来真正让他的家族重新兴盛,这是陆机兄弟一生都在追求的,但他们最终也没有得到,而且都被杀了。顾荣退了一步,反而实现了"二陆"当年的愿望。

陆机、陆云跟顾荣关系好得称兄道弟,而且相互思念。陆云在写给别人的信里面写道,今天顾荣来了,我非常高兴,顾荣走后,我好几天都很难受。陆机的《为顾彦先赠妇二首》,陆云的《为顾彦先赠妇往返诗四首》都是替顾彦先写诗给他太太,又以他太太的口吻说,我在东南挺好的,你在洛阳还好吗?我非常地思念你。这样的诗陆机写了两首,陆云写了四首。为什么这样写?有人说,这是游戏之作,没什么深意。也有人说,"二陆"这样写大有深意,因为"二陆"因故来到北方以后,都是提拔东南的士族子弟来北方做官,但是顾荣不一样,既提拔北方的,又提拔南方的。顾荣跟北方士族关系处得也很好,所以"二陆"就有点儿看不顺眼,写诗讽刺他,你不要忘了你是南方人,家里还有老婆在想着你呢,你怎么跟北方人打得那么火热呢?但我觉得这种说法是不能成立的,因为它没有很好地理解他们三个人那种情同兄弟的关系。之所以要这样写,

是他们关系好,可以开这样的玩笑,也用这样的诗来表达他们之间的那种很铁的感情:

> 为顾彦先赠妇二首(其一)
> 辞家远行游,悠悠三千里。
> 京洛多风尘,素衣化为缁。
> 修身悼忧苦,感念同怀子。
> 隆思辞心曲,沉欢滞不起。
> 欢沉难克兴,心乱谁为理。
> 愿假归鸿翼,翻飞浙江汜。

诗中所写的顾荣正在洛阳,写给他的太太:我本来穿的是白色的衣服,现在都变成黑色的了。通过一个黑白的变化,我们会想到北方生活有多么艰难,经过的风尘太多了。仅仅是沙尘很多吗?实际上北方的人事关系更加复杂。他把自己所受的委屈都凝聚在"京洛多风尘"这句里了。然后写他一直都在伤心,感念自己的妻子,心中很乱,难以有欢愉的情感。他心情非常苦闷,这种心绪谁能帮他清理?真想借归鸿的翅膀飞到东南去,因为东南有他的妻子。可见,他们三人这种了解富有深情。

赠答诗,顾名思义,就是我写一首诗赠给你,你写一首诗回赠给我。魏晋时代赠答诗一度非常兴盛,像建安时代主要是曹丕曹植与邺下文士之间,还有太康年间的赠答诗比较多。陆机兄弟所作与一般赠答诗不同之处在于诗人对赠(答)者高贵出身的看重。你要是出生于士族我就赠诗给你,比如陆云赠诗给孙显世。《晋书·陆机传》对孙显世有如下记载:

> 孙拯者,字显世,吴都富春人也。能属文,仕吴为黄门郎。……机既为孟玖等所诬收拯考掠,两踝骨见,终不变辞。门生费慈、宰意二人诣狱明拯,拯譬遣之曰:"吾义不可诬枉知故,卿何宜复尔?"二人曰:"仆亦

安得负君!"拯遂死狱中,而慈、意亦死。

陆机指挥河桥之役失败后马上就被杀了,他的弟弟陆云过了不久也被杀了,还牵连到很多他家乡的人,孙显世也是被牵连的。当时,有人拷打孙显世,让他招供陆机是一个小人,但孙显世非常坚贞,愿意为朋友死,脚上的骨头都被打得露出来了,但他还是不改变自己的言辞。还有,陆机遇难以后,孙惠也是东南士族,他说了一番话(《晋书·陆机传》:"大将军参军孙惠与淮南内史硃诞书曰:'不意三陆相携暗朝,一旦湮灭,道业沦丧,痛酷之深,荼毒难言。国丧俊望,悲岂一人!'其为州里所痛悼如此。"),真切表达了他因陆机兄弟之死而引起的内心的痛悼之情。还有一个叫纪瞻的,他小时候就跟陆机兄弟非常亲善,陆机被杀以后,他就周到地照顾陆机的家属。等到陆机的女儿长大了要嫁人的时候,他跟对待自己女儿一样准备了很多嫁妆(《晋书·纪瞻传》:"纪瞻,……少与陆机兄弟亲善,及机被诛,赡恤其家周至,及嫁机女,资送同于所生。")。这些南方的士族,包括刚才我所提到的顾荣,跟陆机的关系都非常好,可以说"死者复活,生者不愧",就是一个人先死了,过了几年又复活了,而活着的人看见这个死了的人依然毫无愧色,这才是真正的好。他们之间所写的这些赠答诗感情真挚,今天读来仍让人感动。

陆机还写有很多拟作,就是模仿别人的作品。陆机很喜欢模仿别人的作品,这也是屡屡被后人批评的。比如陈祚明就说陆机总爱亦步亦趋地模仿别人的作品,"造情既浅,抒响不高",替他惋惜(陈祚明《采菽堂古诗选》:"士衡束身奉古,亦步亦趋,在法必安,选言亦雅,思无越畔,语无溢幅。造情既浅,抒响不高。");黄子云也说陆机写的五言乐府很多硬语都是学着别人作的,这些诗都流露不出他的性情来,没有什么意思(黄子云《野鸿诗稿》:"平原五言乐府,一味排比敷衍,间多硬语,且蹑前人步伐,不能流露性情,均无足观。")。陆机为什么喜欢写模仿诗?用陆自己的话说,他愿意"拟遗迹于成规,咏新曲于故声"(陆机《遂志赋》)。那些已经成为经典的东西他尤其喜欢模仿,比如《古诗十九首》《汉乐府》,比如说"三曹"的作品。这些东西到了陆机时代,大家都觉得很好,陆机还写。另一方面,陆机写新诗时也采用古诗的调韵,为什么要如此地模仿前人呢?一般的理解是,人往往在一开始写诗的时候都容易去模仿。我觉得这种说法不能解释陆机的作品。陆机不是因为经常读古人的作品才去模仿的,他觉得自己的作品跟大家称为经典的古人的作品是一样好的,而且他觉得他的作品写出来比古人的还要好,这是他这样写的原因。陈祚明所说的"亦步亦趋"的作品实际上是很少的,主要集中在《拟古十二首》。钟嵘《诗品》里说,陆机所拟写的十四首诗都是"文温以丽,意悲而远,惊心动魄,几乎可谓一字千金"。钟嵘在别的地方也说陆机的拟作是"五言之警策者",是五言里边的精品。

除了这种对《古诗十九首》的拟作以外,陆机拟作中更多的是题旨与原作相同但字句并不对应。陆机要表达自己的思想,所以这样的东西不能算是拟作。举一个例子,有一首诗叫《饮马长城窟行》。《乐府解析》里说,以前有一首古词就叫这个名字,有人说是蔡邕作的。蔡邕就是蔡文姬的父亲,是当时的文坛领袖。有人说蔡邕作的这首《饮马长城窟行》,写的是"伤良人游荡不归"——游子在外面游荡不归,就像《古诗十九首》里描写的"浮云蔽白日,游子不顾返"。游子可能在外面另有所爱,虽然妻子在家里等待他,但因为有"浮云蔽日",所以他不想回家了。那首古词今天没有流传下来。三国魏的时候,陈琳写了一首《饮马长城窟行》,有五言,有七言,有时五言七言交错,说的是秦人苦长城之役。陆机的《饮马长城窟行》跟前边所说的蔡邕的古词不一样,跟陈琳的也不一样。完全是文人的乐府,写得非常整齐:

饮马长城窟行
驱马陟阴山,山高马不前。
往问阴山候,劲虏在燕然。
戎车无停轨,旌旆屡徂迁。
仰凭积雪岩,俯涉坚冰川。
冬来秋未反,去家邈以绵。
狝犹亮未夷,征人岂徒旋。

末德争先鸣，凶器无两全。
　　师克薄赏行，军没微躯捐。
　　将遵甘陈迹，收功单于旃。
　　振旅劳归士，受爵藁街传。

这首诗就是写前方正在征战，时间已经很长了。"末德"就是战争，因为战争是德里面最不好的。现在就是不得不打仗的时候大家都在"争先鸣"，那凶器不可能是"两全"的，双方都会有伤亡。如果这一次侥幸打了胜仗，就会受赏，但也是褒赏而已。如果失败了，那就身捐沙场了。这很像是一个很有智慧的老人对人生的体悟。最后两行他又写道"将遵甘陈迹"，"甘"是甘言受，"陈"是陈康。这两个人都是汉代和少数民族作战建立功勋的英雄。我想像甘陈那样，跟敌人作战来建功立业。"振旅劳归士，受爵藁街传"，我要授爵，然后我的盛名在藁街流传。藁街是汉代长安外国使节居住的一道街。最后这四行，上两行与下两行表达的意思不一样，前面就说作战要不然你就死了要不然就受赏，受赏了也是微不足道的，没有什么意义。但是最后说我还是愿意受赏。这种表达好像看上去自相矛盾，其实这就是陆机真实的心理反映。

通过《饮马长城窟行》我们看到，陆机写《饮马长城窟行》不是想模仿别人，他是想借这个题目表达他当时的心境，表达得好不好是另外一回事。陆机的这种模仿在当时的影响很大，很多人都在模仿。所以到了南朝，刘烁模仿了古诗三十余首，大家都认为他"亚迹于陆机"（《南史·刘烁传》："（刘烁）有文才，未弱冠，拟古三十余首，时人以为亚迹陆机。"），因为他模仿古人模仿得很好，所以觉得他就是"陆机第二"，在当时，大家都觉得陆机模仿古人是一件好事，比如钟嵘，对陆机的评价就很高，沈约、刘勰这些六朝时代的诗人评论家，对陆机也是非常肯定的，特别是刘勰《文心雕龙·乐府》认为，"子建士衡，咸有佳篇"，曹子建跟陆士衡的乐府诗都是有佳作的，评价很高。

最后，我们作个简单的概括：很多古人认为陆机是没有什么感情的，我们不认为陆机的诗歌没有感情，他所表现的情感不是天下之大情，是他个人的情感、家族的情感。陆机的诗歌里有国破家亡的悲伤，也有自己的不幸遭遇，他的诗歌所展现的，是其作为一个南方士族子弟来到北方以后的自负、矛盾、忧思、孤独——他所有心路的历程。在形式上，他用比前人更加靡丽的诗风来写诗，这种诗风对引导诗歌脱离口语走向典雅有一定的意义。所以，陆机的诗歌代表着士族文学的成熟，而士族文学的出现扩大了诗歌表现的领域。

（李秀亮编校）

中国法律文化
与当代法制建设

武树臣

◎武树臣,1949年生,北京大学法学院兼职教授、博士生导师,山东大学法学院一级教授、博士生导师,曾任北京市第二中级人民法院党组副书记、副院长,北京奥组委法律事务部部长。主要社会兼职有:中国法律思想史研究会会长,国家教育委员会、教育部高等学校法学教学指导委员会第一届、第二届委员,中国比较法研究会副会长,北京市法学会副会长。2010年,被山东大学法学院引进为文科一级教授,主要研究领域包括中国传统法律文化、比较法律文化、民事审判、司法改革、奥运法律实务。

时间：2011年5月21日
地点：烟台大学逸夫报告厅

各位老师，同学们：大家上午好！能够有机会来到美丽的烟台大学，和法学院的老师同学们交流，我感到非常高兴。今天主要讲三个内容：一是"法"字的内涵；二是中国传统法律文化的历史发展；三是当今法治建设。

一、"法"字的内涵

研究法学，学习法学，首先遇到"法"字。古代的"法"字写作"灋"。东汉文字学家许慎的《说文解字》说："灋，刑也，平之如水，从水。廌所以触不直者去之，从廌去。法，今文省。"下面我分四个层次来说说我的不同理解。

第一个层次，"法者刑也。"

"法"就是"刑"。"刑"字有多种含义，在古代，刑、型、形、侀、硎、鉶等字都是可以通用的。古代一词多义，一词多音的现象是很多见的。《荀子·强国》有一句话："刑范正，金锡美，工冶巧，火齐得，剖刑而莫邪已。"这里讲的是先铸造一个模型，把金属熔化后注进去，然后就铸造成了著名的莫邪宝剑。这里的"刑"显然就是模型的"型"。但是，"法"和"刑"毕竟有重叠的部分。在这个角度上看，"法"等于刑法刑罚的"刑"。但是，中国古代的刑法刑罚的产生路径却是比较特别的。

古代的"刑"字写作"井"、"丼"、"爻"。《说文解字》说"井"是"校",即"囚具"。我推测"校"是由四根木头制成的、可以活动的、用来固定人的肢体的囚具,是一种刑具。但是"井"最初不是刑具,而是文身的器具。文身是东夷民族的习俗。《礼记·王制》说:"东方曰夷,被发文身。"商人是东夷的一支,自然延续了这个传统。文身的工具有"井"和"辛"。甲骨文里有"犀"字,左为东夷人,右为文身小刀。金文里有牆字或牆字,看来"牆"与囚具"井"有关系。按照古代的礼俗,聘者为"妻",不聘为"妾"。"妻"是行"笄"礼的样子,头发上有簪子。"妾"字上面是"辛"字,下面是"女"字。"辛"是文身的工具,像小刀。甲骨文里有"爽"形字,有十几种字形。其中的"大"代表正立的"人"。两边是对称的符号,有的是三角形的,有的是方形的,有的是山字形的。郭沫若先生很富有想象力,他认为这个字是妇女乳大之貌。日本有一个古文字学家白川静,1956年写过文章,他认为这个字与文身有关,我认为是对的。据周清泉先生的《文字考古》说,商代男子八岁文额,二十岁文胸,女子十四岁文乳。"爽"形字代表文乳,那些符号代表她们的氏族。文化的"文"从哪里来?就是男子文胸。"文"字形代表男子正面的形象。甲骨文金文的"文"字有十几种,"文"字中间有不同的符号,它们代表不同的氏族。在中国古代,文明是从文身开始的。文身不仅标志着人的血缘氏族,还标志着年龄,实际上是确认行为能力。男孩八岁,男大避母,要离开母亲。女孩十四,男孩二十,可以自由恋爱了,但是,同一父母的后代不能恋爱,看看他们身上的符号就一目了然了。文身排除了母亲与儿子、父亲与女儿、兄弟与姐妹之间的性行为。这是"同姓不婚"的起源。文身是最初的文明,《周易》说:"天,文也。人,文也,文明以止。"是讲人类自身的再生产,文明就从这里产生。东夷人最早实行文身,身体很强壮。蚩尤兄弟八十一人,个个铜头铁额,天下无敌。从文身的过程衍生出成人礼那样的礼仪禁忌,一种行为规范就产生了。后来,经过多少代,东夷民族被打败了,于是,身上带有这种文身符号的东夷人都集体沦为俘虏,也就变成了奴隶。再后来,对于内部违法犯罪的人,也用这种文身的方法加以标记,于是"黥"刑就产生了。《尚书·吕刑》说蚩尤发明了五刑,包括杀劓刵刺黥,并把它称作"瀘"。

所以"刑"一开始并不是刑罚,而是一种风俗。

第二个层次,"平之如水,故从水。"

不少学者认为,"法"平之如水,水代表公平。我认为,远古时代人们还没有公平的概念,因为没有产生公平的社会条件。水的含义有两种:一是水被作为部落之间领土的自然界线。原始社会没有死刑,对违反部落公共准则的人,将他赶出部落的领域,赶到河那边去,实际上这就是最古老的流刑。在当时离开了自己的部落和族人是无法生存的,离群而无法索居,他很可能被其他的部落抓住甚至可能被吃掉。流刑就等于死刑,流刑的实施保障了氏族规范能够得到遵守。二是在宗教意义上来讲,水和火一样都是一种清洁剂,对犯罪的本人要杀掉,对他家的房子要推倒,用水来清洗冲刷,不让他的罪恶传染给其他人。古代的"傩"也具有这种含义。

第三个层次,"廌所以触不直者。"

廌是一种独角兽,它的特征是似鹿、似虎、似马、似羊。这个兽是东夷之兽,又叫做一角圣兽、夷兽、仁兽。它是蚩尤部落的图腾。廌字是灋字的核心。廌就是蚩尤。独角兽从哪来?红山文化应该是中华文化的一个源头,红山文化的中心在内蒙古赤峰一带。红山文化典型的图像是C字龙,许多学者认为C字拐弯上方突起的地方是鬣,读音烈。就像马脖子背后的鬃毛一样。我认为那不是鬣而是独角,距今五六千年前就有了独角龙的形象。我推测,蚩尤的部落可能是从今天内蒙古区域迁往东南到我们山东,和山东的部落结合起来。因为他们之间血缘很远,所以他们的后代身体智力都很强。独角龙部落可能包括许多部落和氏族,有独角羊、独角鹿、独角牛、独角虎,等等。蚩尤部落的图腾可能是独角虎。河南濮阳出土的墓葬中就出现了龙和独角虎的形象。独角虎也许和"廌"有关。

我们今天还能看到蚩尤的形象吗?大家可以看一下"琮"(内圆外方中空)的图片,琮是什么呢?关于琮的来源和用途,学术界有三四十种说法,我提出了一个新的说法，它是射箭的工具。琮是古人射箭时的一个辅助性的用具，就是把琮套在左手上，在拉弓射箭时可以减轻对手的伤害，减少摩擦。谈到射箭工具，还有两种东西，一种是玦（圆而不周），另一种是韘（即骧，用来钩弦的）。具体这三者怎么用，两千年来我们经学家、考古界、收藏界都没有给出一个明确的答案。我认为，射箭的时候，左手持弓，将琮套在左手大拇指上，将箭搭在琮上，右手拉弓弦，手心里握着玦，将弓弦含进玦的缺口，然后把玦放在手心里把它拉开，右手戴着韘，韘也是一种扳指，它的旁边有一个凸起，这个凸起就把它含到玦里面，像枪的扳机一样，使弓弦从玦的缺口当中瞬间发射出去。当然这是贵族们比赛射箭时的用品。大家可以看看良渚文化出土的玉琮，它四边上的图像是什么？我推测是蚩尤。一对大眼睛特别突出，因为眼睛很重要，射箭是要靠眼力的。于是，我们就想到了东夷民族的称呼——"夷"。"夷"字就是"矢"字和"弓"字组成的，夷人就是发明弓箭、善于使弓箭的人。良渚文化出土的玉琮、玉钺上面有个神徽，又叫神人兽面纹，上面的人脸，可能是蚩尤，他骑着虎，最下面是虎的前爪。传说"蚩尤四目、六手、目在腋下"，太巧了，我们可以算一算，人二目，虎二目，正好四目，人两手，虎四爪，正好六手，两只大虎眼也正好在人的腋下。

廌是独角兽的图腾形象。蚩尤、皋陶、祝融、颛顼是廌的不同称呼或名字。廌图腾部落世世代代掌管司法事务。据传，皋陶的故乡是穷桑即曲阜，他是尧舜禹时代的大法官。其实，皋陶不是一个人，而是廌图腾部落的后裔，因长于断讼，工于刑政而世代因袭司法职务，这在当时是极自然的事。后来演变成"蓐收"，"天之刑神也。"《诗经·鲁颂》赞美道："淑问如皋陶，在泮谳囚。"《墨子·明鬼》记载齐国神羊裁判的故事，它们都发生在齐鲁，并不是偶然的。随着时代的变迁和氏族的融合，廌的形象也忽明忽暗，逐渐模糊起来。后世描述它的时候，便有似牛、似羊、似鹿、似麒麟诸说。《尚书·皋陶谟》载皋陶的话："天讨有罪，五刑五用哉！"《甘誓》载夏启的誓词："天用剿绝其命，今予惟恭行天之罚。"可见，夏代不仅继承了皋陶的"五刑"和刑法原则，还继承了皋陶的神权法思想。

我国最早的文字是商代的甲骨文。在甲骨文里不仅有夏代五刑（墨、劓、刖、官、大辟）的文字，而且还出现了"廌"字，这是关于神奇的独角圣兽的最早的真实记录。甲骨卜辞有"御廌"和"廌协王事"这样的文字。郭沫若先生在《出土文物二三事》中指出，"御廌"即商代的"执法小吏"的名称。

"廌"作为独角兽的形象，很可能融汇了独角虎、独角牛、犀牛等形象，后来被提升为瑞兽麒麟。董作宾先生认为，麟可能来源于美索不达米亚的独角牛，名字叫"里姆"，急读就是"麟"。当独角兽从现实生活当中消失的时候，它的形象却出现在法官的帽子和补服上面。

第四个层次，"去"字

《说文解字》对"去"字有两种解释：一、在解释"灋"字时用如动词"抛弃"的意思；二、在单独解释"去"字的时候，说是"人相违也"。其实古代"去"字是由"矢"和"弓"组成的。我们再看看《管子·轻重甲》说："三月解匂，弓弩无桎移者。"什么意思呢？经过三个月以后，把这个东西打开了，里面的弓和弩没有变样儿，还是倍儿直。说明什么呢？说明匂这个器具是专门储藏"弓"和"矢"的，正好说明"去"字是由上"矢"下"弓"组成的。"去"和"夷"字意思正好相反，"去"字代表"弓"和"矢"上边的符号是不一样的，"夷"字代表"弓"和"矢"上边的符号是一样的。在古代，弓矢是最重要的工具和武器，它们上面被刻上记号。《易经》里有这样的故事：两个猎人同时射一个猎物之后就争起来了，于是法官就从猎物上取了一支箭头来看，谁的箭头和猎物上的箭头一样谁就胜诉，不一样的就败诉。还有这样的故事：一户人家的马被人射伤了，一看马身上的箭头，这不是张家的箭吗？就此找到张家来赔偿他。这样的故事说明什么？在古代，弓矢不仅是战争和生产工具，还是区别人们权利和责任的一个证据。《易经·明夷》说："箕子之明夷。"意思是说，箕子发明了"明夷"这个制度或方法。箕子是商末的贤臣，是纣王的叔叔。"明夷"是什么？我们看《尚书·洪范》记有："明用稽疑。""夷"和"疑"应该是通用的，它们是同指一件事情。甲骨文没有"灋"字，但是殷末的金文中有"灋"字，写作灋。由于箕子发明了"明夷"，于是"灋"才有了"去"字。这也许是殷周之际法文化由神判法到人判法过渡的一个记号。我对"灋"字的内涵做出新的解释，其研究方法是通过东夷文化风俗来解释古文字。

二、中国传统法律文化的历史发展

由于时间关系，我很快地介绍一下中国法律文化历史发展的四个阶段。

首先是"神本位·任意法"时代。法律实践活动受神权思想支配，通过占卜来审判。随着审判经验的积累，以后同样的案件就不再占卜了，于是就形成了很多判例，还有许多法律原则，荀子说："刑名从商。"

其次是"家族本位·判例法"时代。从西周到春秋。周人对殷人的文化是很敬仰的，西周建国以后原封不动地吸收了殷的很多成果，很多官职、礼制、判例都继承下来，同时进行了改良。"家族本位"是指它的法律精神是"礼"，即父系家族的伦理规范，把"礼"作为指导社会政治和法律生活的一个最高的准则。"礼"在政治领域或国体政体上的表现就是贵族政体。贵族是世袭的，在这样一种制度下面，又有"礼"作为一个行为规范的最高原则，于是就使判例制度，类似遵循先例的这样的法律制度得到确立，形成了一种传统。这种传统的核心就是"贤哲政治"，贵族个人品质在政治法律实践过程中起着举足轻重的作用。他们根据礼，根据当时的社会需要来进行独立的思索判断，来做出判决，这个判决对后来的人——他们的继承者，就如同一个先例。而且按照当时的世袭制度，儿子按照父亲的做法去做，弟弟按照兄长的做法去做，是毫无疑问的，也是很自然的。于是，过去的先例成为后来案件判决的一种法律渊源。当然，我们说"判例法"这个词是舶来的，中国古代有判例法，并不等于说中国古代有欧美那样的判例法和判例制度，不是那样的，但我们不能再硬造一个词出来，那样也没有必要。发现不同民族的共同点，比起列举不同民族的差异点来，也许更有价值。

第三是"国家本位·成文法"时代，指战国和秦朝。"国家本位"指法律的价值在于维护中央集权的君主专制政体。法律样式是"成文法"。我们以前说秦朝的法律"繁如秋荼密如凝脂",我们没有感性的认识。到了1975年,"云梦秦简"出土以后,我们才真正地知道了秦朝的成文法是非常的完善。因为秦朝的指导思想是法家思想,他们认为人性是"好利恶害"的,所以他们不相信下面的法官和官员,他们要把法律制定得非常严密和残酷,使法律在时间和空间上保持高度的一致性。举个例子,一个农民到公家那里借了一头牛,干了一个月,由于晚上偷懒没有加草料,到还牛的时候,政府官员用皮尺量了下牛的腰围,瘦了一寸,要"笞十",鞭打十下;几个人同时作案,偷了多少钱,回家给了老婆,老婆知道了怎么处理,不知道的该怎么处理;私人家的狗到公家的林苑里追鹿,管理人员可以将其打死,"食其肉进其皮";国家的仓库漏了多大的一个洞,以致有多少粮食腐烂不能吃了,怎么处罚,等等。秦朝创造了一个庞大的官僚政体和法官队伍,但是这些法官只是些司法工匠,他们审理案件就像做加减法一样简洁明了。

第四是"国家家族本位·混合法"时代,从西汉到清末。"国家家族本位"指当时的法律价值是既维护中央集权的君主专制政体,又维护宗法家族制度。中国帝制社会的特点是农耕生产方式、中央集权君主专制政体、宗法家族三合一。这导致法家儒家思想从对立走向融合。荀子看到了中央集权不能打破家族制度,所以他主张"隆礼重法"。同时,荀子还提出:"有法者以法行,无法者以类举,听之尽也。"这就是我理解的混合法理论。法官审判案件,有成文法时,就按成文法来判,没有成文法或成文法笼统时,就创制适用判例。古人没有西方两大法系那样壁垒森严的理论,也没有崇拜法律的观念,他们认为法律是人创制的,人的作用和法的作用是兼顾的。有的时候,儒家还偏重贤人的作用,有了好的法没有好的人不行,有了好的人还可以校正不好的法,古代在处理这个问题上具有中国特色。西汉吸收了秦朝"二世而亡"的教训,不以法制为立国之本,于是法网很宽松。在处理案件的时候没有成文法怎么办?于是就出现了大量的"决事比"。同时实行"春秋决狱"。汉武帝把儒家思想树立成国家的指导思想,接着立法司法也跟着变了。在司法的过程中就开始渗透了儒家的一些主张。举个例子，在董仲舒的时代，甲和乙喝醉酒打起来了，甲拔出佩刀要杀乙，乙的儿子急了从旁边拣了个扁担，就去打甲，但不小心把乙打晕了。审案法官就是个司法工匠，乙是不是你打的，是，好，"殴父，当枭首"。但是一想，也不是太合适，于是向董仲舒请教。董仲舒就引用史书《春秋》中的判例，许国的国君病笃，他的儿子熬好药救父心切，没尝，就给父亲喝了，谁知父亲一喝，中毒死了。贵族们审理这个案件，认为他没有弑父之心，自然就没有弑父之罪，所谓"君子原心"，即考察行为人的主观动机。因此，乙的儿子没有殴父的动机，就不构成殴父罪，结果就无罪释放了。英国前首相丘吉尔写了一本书《英语国家史略》，里面说，我们英国人的法律是什么样子呢？它不是写在纸上，而是保存在法官的头脑里，这些法律就是英国的风俗习惯，法官是怎么裁判的呢？他们是要在历史文献中找一个先例，抽象出其中的原则，用于当代的案件。董仲舒的这种办法和英美法中的判案方法是多么的相似。所以，我们常常发现两个民族的东西怎么怎么不同，其实，发现其中的相同之处，要更有意义。中国古代有一种刑法制度，叫做"犯罪存留养亲"。一个人杀了人，本来应当判处死刑。但是，一看他是独苗，家里只有父母或祖父母，考虑到社会效果，于是，就犯罪存留养亲。但是，一开始法官也不知道该怎么判，于是，逐级请示，形成几十个判例，比如：戏杀、误杀、斗杀可以存留养亲，故杀不可以存留养亲；被杀的人也是独苗苗，不可以存留养亲；父母或祖父母不同意的，不可以存留养亲；常年在外不尽赡养义务的，不可以存留养亲；兄弟二人杀人，只可一人存留养亲；存留养亲之后再杀人的，不可以存留养亲，等等。成文法的缺点是不可能随机应变、包揽无余，所以就靠那些案例来补充。古代的这种以例辅律的方法就克服了成文法的毛病。

中国传统法律文化的主要特征或历史遗产有两个，从价值基础上看是宗法伦理主义，从宏观样式上看是混合法，包括成文法与判例法相结合，国家法律规范与非法律规范相结合。前者可能历史包袱多一些，后者则反映了中华民族的聪明智慧，也体现了人类法律实践活动的规律性。中华民国时期，红色政权时期，新中国建国时期，判例制度都不绝如缕。一百多年来，西方两大法系逐级互相靠拢，其共同发展方向，就是混合法。

三、当今法治建设

当今法治建设是个大课题，我没有什么发言权。但是，我有一种感受，就是在法律文化建设上面，中华民族又遇到了一个难得的重大的宝贵的历史机遇。

2010年对我们法律工作者或法律人来说，是一个应该特别关注的一年。这一年，我们宣布社会主义法律体系形成了，最高人民法院和最高人民检察院相应发布了《关于案例指导制度的规定》。中国历史上法律体系的形成，我认为有这么几次。第一次，是西周春秋的判例法的形成，叫做"五刑之属三千"；第二次，是战国和秦朝成文法的形成，叫做"天下事无小大皆决于法"；第三次，是唐代形成了以例辅律的法律编纂的形式，可以说混合法律体系在唐代就已经完善了；第四次，是近代，以1935年修改的《中华民国刑法》为标志，六法全书体系形成，其中包括大量的判例，这是近代法律体系形成的标志，也是大陆法系国家法律体系成熟的标志；第五次，是今天。我们恰逢新的机遇，我们豪迈地宣布社会主义法律体系形成了。但是应当注意，首先，社会主义法律体系的形成，本质上只是社会主义成文法法律体系的形成。作为一个具有科学的完整的混合法传统的国家，如果光是搞好成文立法是远远不够的。我们可以看到，在欧洲大陆法系国家的法律体系中有相当数量的判例。我们今天正在实验的一项制度就是案例指导制度，这项制度的未来发展方向就是要确立中国特色的判例制度。其次，法律体系的形成不等于法律价值目标的实现，当前，司法公信力不强，同案不同判的现象还比较多。只有大力发扬判例或案例的指导作用，才能有效制约法官过大过宽的自由裁量权，使案件具有不得不如此判决的必然性，使审判行为成为可以预先知道的行为。这样，司法环境才能有本质上的好转，司法统一才能实现。只有我们的司法统一实现了，人们才不会诟病司法，司法的权威才能不断地提升。老百姓常说司法腐败，腐败是权力得不到制约，是我们的成文法给了司法者执法者太多的自由裁量权。根子在成文法，网眼太大，花生、核桃都漏下去了。所以要引进判例制度，把网眼设计得很小很小。只有司法统一了，司法也就公正了。这样，民众对法律的信仰和信赖的观念，才能慢慢地培育出来。

美国法学家博登·海默曾说过，什么是伟大的法呢？只有克服了法的过分僵化性，同时也克服了法的过于复杂过于灵活性的法，才是伟大的法。日本法学家穗积陈重说，什么是永恒的法呢？只有把人的作用和法的作用结合到一起的法，才是永恒的法。但是他们都认为这个伟大永恒的法还没有产生。其实，他们盼望产生的法，就是中国的混合法。在面对重大历史机遇的今天，我们不能妄自菲薄，不能失去方向，应当努力创新，努力实践。

谢谢大家！

（法学院研究生会根据录音整理，武树臣教授本人审定，马群编校）

未生效合同及其法律效果之辨

崔建远

◎崔建远，1956年生，河北滦南人。吉林大学法学学士、法学硕士。曾任吉林大学法学院教授。现任清华大学法学院教授、博士生导师、民法研究中心主任，教育部特聘长江学者。兼任中国法学会民法学研究会副会长、北京市检察院咨询监督员、中国国际经济贸易仲裁委员会仲裁员、北京市仲裁委员会仲裁员。曾荣获第二届全国杰出中青年法学家称号，获教育部高等学校优秀青年教师奖、霍英东教育基金会优秀青年教师奖、宝钢教育基金会优秀教师奖，清华大学青年教师教学优秀奖、清华大学教书育人奖、清华大学良师益友称号。

主要研究领域：民法学。主要科研成果：《合同责任研究》，吉林大学出版社，1992年；《准物权研究》，法律出版社，2003年；《土地上的权利群研究》，法律出版社，2004年；《论争中的渔业权》，北京大学出版社，2006年；《合同法总论》（上卷），中国人民大学出版社，2008年；《物权法》，中国人民大学出版社,2009年;《物权法》(第2版),中国人民大学出版社,2011年;《物权:规范与学说》,清华大学出版社,2011年。

时间：2013年3月6日
地点：烟台大学模拟法庭

各位老师，各位同学，晚上好！

非常高兴非常荣幸应邀到烟台大学法学院参与"法学名家讲座"，非常感谢郭明瑞教授热情洋溢的介绍。接到烟台大学的邀请书，我马上就回函，迫不及待地想来，我非常愿意来与大家交流，主观的愿望是想把今天晚上的报告讲得好一点，但是不知道能不能达到这个效果，我尽量努力。

北大法宝上有这么一个案例，一看就喜欢上这个案例的判决。它是经过了三审，广东高院是二审，最高法院是再审。这三审的法院判决结果是一样的，路径有所出入。案情大概是这样的，中鑫公司和理财公司，一个在内地一个在香港，他们通过公开的市场买卖，买得了目标公司远兴公司的股权。但它们两家的股权转让款付不够，得知仙源公司还有钱，但我国现行法又不让公司之间拆借资金，就想到将中鑫公司股权的一部分转让给仙源公司，其将股权转让款中的一笔大概是四千多万直接给中鑫公司受让股权的当事人（即另一个转让方），剩下的再给中鑫公司。合同也约定了违约的一方一天要付1%的违约金，还有股权的质押与保证。质押是因为在设定质权的时候还没有股权质押，没有标的物，自然就登记不了，到底有没有股权质权？可以按照物权法的规定衡量一下，质押合同有无效力，再比较一下担保法的规定和物权法的规定，找出它们的差异，这些今晚不做讨论。讨论的重点是以下几点：

它们之间的股权转让合同是真正的股权转让合同，还是打着股权转让的幌子而实际是借款合同？仙源公司即股权的受让方主张是股权转让合同，中鑫公司即股权的转让方在抗辩时认为是借款合同。中鑫公司为什么这么主张呢？因为它不愿意再将股权转让给仙源公司，因为股权价值在上升，就跟买房一样，卖房子的都不愿意再履行合同了。但不履行要承担违约责任，若能找出理由证明合同是无效的，就不用再承担责任了。既达到了不想转让的目的，又省了钱。因而中鑫公司是很高明的，按现行法公司之间的借款无效。这就需要考虑到底如何定性诉争合同，因为中鑫公司的主张不是在一审二审的时候提出来的，是再审时提出的，所以我是在最高法院的判决基础上讨论的。我不知道同学们有没有这样的意识，我们在争合同是买卖、是承揽还是赠与等等，争这个干什么呢？就是为了自己抢地盘、一时痛快，还是怎么的？包括一些制度到底是民法的、商法的还是经济法的，等等，争这个究竟是要干什么？我们有些人脑子里不清楚，就是为了争而争，这是不对的。我们要把一个东西认定为什么，首先有决定价值的是适用什么法律。你争为的是要定为民法，解决这个问题就应适用民法的规则；你争为的是定为行政法，那就适用行政法的规则，这涉及法律适用，而法律适用的不同，案件的结果显然不同。我们在学习处理事务、解决理论问题时，脑子里得有这样的想法，不要为争而争。

我们的案子里面中鑫公司的律师头脑是很清楚的，他就是要把它争为借款合同无效，这样就没责任了，我的股权就不给你了。但是，应该是借款还是股权转让，凭什么来界定呢？我不知道你们现在脑子里怎么想这个问题，根据我这些年的经验、学习、教学、思考，我第一个用的方法就是概念。借款合同是个什么样的界定，股权转让合同是个什么样的界定，有相当多的问题案件通过这个概念就解决了。可是有些问题呢，光知道概念还不行，我们还要从它的法律特征、它的构成要件这样一些角度来考虑。我看最高法院在认定这个问题的时候，就是用的这个构成、特征，它说借款种类标的物是钱，是借款的话总得有利息。法院就从这样一种角度来分析。股权转让的标的物不是钱而是股权，所以，股权转让就不可能有利息。

再回到这个案件中，合同约定哪个地方有利息呢？这里面是没有利息的约定的。虽然这里面存在仙源公司替中鑫公司向第三方支付了四千多万的款项，但确实存在着问题，这四千多万到底是股权转让款的一部分，还是借给中鑫公司的这样一个事实呢？如果是借给中鑫公司的，那么说标的物是股权而不是钱那就不合适了。如果说只是支付的股权转让款的一部分，那么你说它的标的物是钱而不是股权那就又不合适了。按照最高人民法院在这方面的思路，是值得赞同的。它首先找到整个合同中没有利息的约定，没有利息的约定你怎么能称这是一个借款合同呢？利息是借款合同的一个显著的特征，虽然涉及钱，但是这里面有股权转让的活动，股权转让不是赠与那必然得支付一定的款项，这个款的构成有几部分，是其中的一部分，所以以这种方式分析，说这个合同是借款合同是不对的，这应该是股权转让，继而有股权转让相配合的一些款的走向。以此来驳倒中鑫公司的抗辩。

我感到，作为学术研究，到判决它收录的这一部分，虽然可以但不够完美。其实，如果再往深入方面来考虑，它还存在一个是不是让与担保的问题。如果说中鑫公司的律师再强大一些，在整个庭审辩论阶段再提出，不错，这确实是一个股权运动的行为，如果股权运动占基本的、主导地位，那你认定为股权转让是有道理的。但如果它不是占基本的、主导的地位，而是为了四千多万的款而做的这样一个运动，那就是让与担保。那出现在股权转让之上的让与担保，担保就是一个从属的法律关系，你就不能按照基本的主导的地位来考虑它的标的物就是钱，这样就能达到这个合同是无效的法律后果。

这是以北大法宝上的例子介绍一下案情。从判决来看没有走这一步，作为学者从学术角度上进行思考，实际上应该考虑到这样一个方面。如果讲到让与担保这一点，并且能够证澄，仍然可以说是一个借款合同，此合同无效，那么让与担保合同也会无效，就不会存在股权运动，就此结束。这样中鑫公司也能取得一个很好的诉讼结果。这样行不行呢？我个人认为还是不能赞同让与担保这种观点，其中的一个原因，就是这个让与担保必须有一个担保的意思表示。也就是说我这个股权的运动是为了使这四千多万块钱能够还回来，我仙源公司打出去，在未来的十年你中鑫公司应当还我。我怕你不还我，所以让股权运动到我这，等你还了之后再让这个股权运动回去。你必须有这样的意思表示，有这样的法律效果。可是从他们的约定里面看是没有的。如果没有你能这样认定，除非你能奉行司法的这样一种观点：我作为法官、合议庭，我不管你当事人怎么说的，我可以替你想。现在我所能听到的专家学者意见，都不同意司法机关如此代替当事人来做诉讼主张，来进行论证，来拿出问题的解决方案。

我虽然做民法的工作不太关注司法制度改革，但是从这个理念、感觉来看，我也不能赞同这样一种方式。如果是以这种方式来审案，那么作为当事人还有什么必要来请律师，都拜托法官就可以了。法官也可以免去出庭这一步骤。诉讼专家都指出司法有自身的规律，这一规律包括原告怎么进行诉求，被告怎么进行抗辩，抗辩权不能在当事人不主张的情况下，法官依职权代替当事人进行抗辩，都有相应的规律在里面。如果把这一规律进行改变，会形成负面的结果。我虽然不搞这样的专业研究，还是比较赞同专家们的观点。所以说中鑫公司没有这样的主张，我们裁判机关不能有这样的解读。最高法院没有这样认定，这是应该支持的。因此，考虑到这样几点，都不能说这是一个借款合同，所以说想要以"借款合同无效"这一理由来推卸法律责任的承担，这种效果就明显达不到了。我完全赞同最高人民法院的判决。

第二个大的问题，这个也是三审判决都关注并且都有了结论的。一方面，这个诉争的合同涉及香港的公司和内地的公司，这样按照我们的现行法属于涉外的股权转让，涉外的股权转让得以有关部门的批准作为合同生效的要件，如果没有批准，它是不能生效的。那么在中午的时候关涛馆长谈到说我曾经在北京理工大学说过类似的问题，那是我作为仲裁员仲裁的案件，它由于股权转让是国有股，批准的部门更多，由深圳国资委批，国家国资委批，商务部也有一个批准，中国证监会还有一个类似的核准，它需要的更多。结果由于受让方境外的公司悄悄地给中国证监会、商务部写信，说合同还在商讨中，你们暂缓批准，这两个部门就没有批一直等。股权转让有个约定，从签字之日起18个月未批效力就消失，他们采取的是这样的策略。这个案子没有这18个月的期限，香港公司也没有背后捣鬼，它只是说现在就不想转让给你了，行政主管部门也没批，没批就无效，所以你走你的我走我的。转让方中鑫公司就没有对方法律手段玩得那么熟练，显得比较被动。这涉及行政主管部门没批合同是否无效，国务院有个行政法规，规定相关部门不予批准的话，合同无效，这有个主管部门做出了不予批准的决定在里面。而本案中主管部门并没有这样的积极作为，批或不批正在思考中，这时候说无效就欠缺现行法依据。我这学期给本科生开民法研讨与案例实习课，第一次由于没有准备我唱了独角戏，讲怎么分析案件。第二次由学生做主角，第一个同学就说这个案件我认为如此如此，我就说我现在郑重地告诉你，以后你不能说你认为怎么样，你认为什么用也没有。你必须讲依据什么什么法，某条某款怎么规定的，最好还有司法解释是怎么规定的。江平教授这样说过，你不能说你认为。我们做部门法的学者不能动辄我认为如何如何，不能这样，必须找到法律的依据、法理的依据。中鑫公司没有说无效的法律依据，法律没有规定涉外的股权转让有关部门正在审核当中，没有做出决定的时候就无效，没有这样规定。有规定是与此相反的，最高法院有关合同法的司法解释一的第九条规定：需要批准的合同，在未批准的时候，未生效。未生效与无效就不一样了。三审法院将诉争的合同首先认定的是未生效，最高法院再审裁定得更为直截了当，一审二审表述上有些差异，称为类似于生效合同。一审驳回了无效的主张，让其承担违约责任，这有些学理上的欠缺。传统民法理念和观点认为：应该批准的未批准，应该登记未登记的，一律无效。但现在最高法院从合同法司法解释一开始转变了，我认为这种转变值得肯定值得宣传。我在中国人民大学出版社出版的《合同法总论》上卷把这个夸奖了好多，但值得注意的是，最高法院关于"未生效合同"这个命名，有批评的意见，认为应当学习《物权法》第十五条把物权变动和引起物权变动的原因行为分开。这种思路认为，涉外股权转让合同、中外合作勘探开发合同等需要经行政机关批准的合同，类似于物权变动的原因行为加进了行政机关批准中，这不合理，应该把行政机关批准的程序后移，从原因行为里面移到物权变动里。涉外股权转让合同、中外合作经营企业合同、中外合资经营企业合同、中外合作勘探自然资源合同等这些合同的效力就不要有经过批准，批准与否都会生效。批准只是物权变动发生了效力，目前有很多学者持此观点。我认为，有些合同不涉及物权变动，比如涉外勘探合同、中外合资经营企业合同在合作期间不涉及物权变动。至于勘探出石油来了，是后续的问题，是合同履行中出现了一个成果该如何分享的问题，甚至是履行完了合同之后出现的问题，而不是合同中所涉及的物权变动问题。与合同中的问题不是一样的。前段时间在仲裁委遇到一个案子，有一方要求所给对方的衣服对方都必须返还。另一方抗辩说合同是无效的，大费周折地质证、举证。我看不下去了说："你做这些都是无用功，你主张合同无效怎么能阻挡对方返还衣服的仲裁请求呢？"我这一说在场的都不说话了，包括律师。我在这里也是说明一个问题，就是你在对抗的时候，要看你的对抗能否成功地阻止对方的请求。否则做这些干什么？

持批准观点的这方也有问题，是不同阶段的问题怎么能混在一起？无效的理由都是在合同履行阶段，设立人被设立人各自都有做错的地方，履行过程中的违法和前面合同设立中有违法的情形不是一回事。履行阶段的不合法不一定就使得前面的合同存在违法原因。最后合同认定无效了还是阻挡不住对方请求返还预付款。履行阶段的问题和前面的合同在相当多的案件中是不同的，不是履行阶段出了问题合同就有问题。有很多需经行政机关批准的合同但不涉及物权的变动问题，那就要分开，像《物权法》十五条。这是我不同意的一个理由。

第二个不同意的理由是，可能我比较保守，主管部门审批这些合同，有一个疑问点。我前面找了一些法律法规制定的背景和它考虑的因素，之所以规定经批准程序有很多的考虑。比如涉外股权转让，关系到经济命脉、民生等问题。比如娃哈哈股权转让案，我参与了，它关系到命脉的饮用水，一旦有境外的人控制了公司，把水的价格提得很高，那我们的生产生活都成问题了。由境外的公司控制了天然气石油等，那我们的需求就成问题了，我们的国家安全将受到威胁。正因如此，才由国家机关来审批，考虑到我们的发展需要什么项目，有很大污染的技术低端的，就不需要了。国家机关审批就是达到这种目的。不同的观点可能认为，由后面的物权变动阶段来考虑不也能达到这样的目的吗？那不一样，后面的物权变动不能阻止前面合同已经生效了管理部门又不批准所应承担的违约责任。后面审查只解决物权变动发生的问题，前面违约责任解决不了。如果把主管部门的审批按照现行法放置在合同层面，不符合就不批准，不批准就无效，合同一方最多承担《合同法》58条缔约过失责任。如果约定了违约金条款，合同无效了，违约金条款用不上了，只好请求赔偿，需要证明信赖利益的损失。然而，信赖利益损失很难证明，那证明不了怎么让另一方赔呢？企业等将少承担很多责任，我认为在这些问题上我们不能要国际主义不要民族主义。至少在这一问题上，我主张要民族主义不要国际主义，赞同现行法这个模式，不同意法释的意见。

未生效就是不能发生履行的效力，如果不履行的话，那就要产生违约责任。不发生履行效力也就不应该有违约责任的问题了。不发生履行效力那就不履行，那又承担什么违约责任呢？只有有效的合同才有履行的义务，才有违约责任的承担。中鑫公司拒绝配合办理审批手续，它违法但不应该承担违约责任，因为合同无效，但是三个法院的判决裁定都让中鑫公司承担违约金责任，这种逻辑性就有问题了。法官们想达到以下这种效果：一方面认定其属于司法解释的未生效，另一方面让中鑫公司未经批准的一方负重的责任，是违约金责任而不是《合同法》58条的责任。采取的办法很有意思。尤其是二审的判决，法院认为合同已经发生了类似生效合同的效力，让其承担违约责任有什么不可以的呢？我认为，如果我们只为了追求实质的公平，又想不出好的办法来，我赞成的思路是不怎么讲理也就这么着了。反正不能为了形式上的东西，就牺牲我们看待另外的东西实质达到的结果，对此我个人是不赞同的。结果如果需要这样也应该这样的话，路径这边如果顺畅合乎法理更好，如果不合乎，就只好认了。这样的话，赞同二审类似生效判决那就可以认了。我认为，达到一个让中鑫公司承担违约金责任的结果，完全可以找到一个合乎法理的依据。我不赞成二审法院的思路。我认为可以比较《合同法》45条第2款的规定：附生效条件的合同，当事人为自己的利益不正当地阻止条件成就的，视为条件已经成就。不正当地促成条件成就的，视为条件不成就。这个规定在我说的我做仲裁员这个案子中都有价值，商户故意给证监会写信恶意地阻止条件成就，那就引用45条第2款视为成就，让其承担合同有效的责任。通过仲裁的实务我发现，我们国家对这一问题有些误解，买房子办过户、中外合作经营企业合同、涉外股权转让合同等需要主管部门的批准，是一方的义务。我认为不是这样的，我们的法律和实际运作都需要双方的配合。可能有一方义务重一些，有一方义务轻一些，但靠一方肯定不行，必须双方的配合。比如买房子，买受人不拿交完房款的发票，不拿身份证件等相关证件，出卖人肯定办不了过户。反过来，出卖人不拿房产证，也无法办过户。所以双方都有义务，义务是法定的，即使合同中约定了，在免除另一方义务范围内也不能是有效，因为法律要求双方的外观，实务操作中做不到。中鑫公司的转让方不配合办理审批手续，就相当于恶意阻止条件的成就，那要根据《合同法》45条第2款视为条件成就，承担违约金的责任。但是案件的问题在于《合同法》45条说的条件是有规格的，这个条件必须是当事人订立合同合意的组成部分，不能是法律规定的，是当事人意思表示的一部分。并且是合同里面的条件，不是合同外面的条件，而且还有什么未来法发生的客观事实，还得是发生不发生不确定的，还得是不违法的。我们案件中谈的这个到行政主管部门的批准，到底是当事人意思表示的东西，还是法律规定的东西呢？这显然是法律规定的。我们现行法有规定，我找出来了，什么法，多少条，我们的案子涉及外商的法规第10条，这个法院的判决都已经印出来了，是这样的，是法定的，那第一个应头就不符合法条的规格。我说过，我考虑的都是概念，概念解决了更好，解决不了，就考虑法律特征、构成要件了。你第一个特征就不行了，就不能讲条件了，就不能用《合同法》第45条第2款了，这问题就是这样。有一本《民法思维：请求权基础理论体系》，北大出版社出的，它就民法思维，法律思维一个圆点，告诉我们，你找到了原告的诉讼请求，它不就是权利吗？这个权利一定要落在具体的法律关系中，那我们的案件就是合同关系了，落在这个关系以后，再找这个法律关系，往上来到法律规定。尽管我们说，法律关系都是具体的，不能是抽象的，法律类规定不能是法律关系，这一点我不太这么说，它仍然是一个法律关系，是抽象的，法律事实没有发生时的法律关系，境外的书叫法律案情，要找这个，直接找到更好了，但问题是在条件问题上，找不到法的明文，你恶意阻止迟滞主管方的批准，对此我们法条没有，那就不解决这个问题了吗？不行啊，接着就要解决。解决考虑找这个案情的实情和法律规定的案情，它具备不具备类似性，具备类似性，它就可以类似适用，这样走不通就想别的路，比如是目的性限缩、目的性扩张。如果这还走不通，那就考虑是不是我不管了。还一个问题，我从法律续造的问题，一个一个地来考虑，那么，首先要考虑有没有类推性适用，在这个案件和《合同法》第 45 条规定中间，是有很多不同，有一点是相同的，法律在这个地方要贯彻不利的背信之人、恶意之人这样的法律后果，当背信之人、恶意之人这样做的时候，让你扭过来，不让后果按着你的动机的方向前进，向相反的方向，在这点上，法律评价的重心上，还是相同的，让背信的人，违反他人思维进程的期待值的结果的，应该有类似性，让这个案件类推适用《合同法》第 45 条第 2 款，类推适用，这样的合同有效了，那你这个公司故意背信让这个合同得不到批准，得不到物资，那对不起，让这个合同有效，你承担违约金责任，就这么来的，那适合条件的合同不就一样了吗。注意用词，总是说在这个案件类推适用的时候，适用《合同法》45 条第 2 款，不是说适用《合同法》45 条第 2 款，其实这个适用，有意这么斟酌的，如果适用，这个合同就高度有效了，有效物权就必须马上转过来了。刚才我们适用的不是这样啊，你物权转过来必须还得主管部门批准，批准之后再办理物权的变更登记手续，这个顺序是不一样的。所以，我感到，让那个地方的适用就不能像适用那样发生全部的法律后果，只是在让背信的公司承担违约金责任这一点上，这个发生力让合同有效，在物权变动这边，还不能说合同是有效的。像这个仲裁的案子，期限 18 个月满了，你还说是有效，再过户，这样就不合适了，你要让物权真正变动出来，再签合同，再报批，它只在某些方面发生 45 条第 2 款的效力，在承担违约责任这点上，让他承担。现在这个案件，法官希望的后果是达到了，但路径没有这么走，我在仲裁案件呢，路径和后果我不主张了，那两个方案我都不接受，我的思路就是，不适合这个条件啊，那你就得非让按《合同法》45 条第 2 款来。

我们想不通，后来我就没再坚持，这个案子的合同有个特殊性，整个案子没有撤销，但违约金那一条，它生效了，不借用这个，也能让它达到让一方承担违约金责任的后果。比如，仲裁三个人，也有个和谐的问题，都得按你的主意来，不按别人的主意来，这样的妥协也是必要的，那就妥协了，但如果从内心讲，是遗憾美学，完全可以通过类推，在这个阶段视为有效，让他承担那样的责任。你是对的，你动不动就去类推，让这个合同适应不了，而实际的结果和我们学者的理想理论是有差异的。甚至于你的理论是这样的,你判决裁决的案件,就跟这理论不一样了。我感到安慰的是,到目前为止,我做到了一致,我说的我做的和我仲裁的案件是一致的,但有时也有不一致的地方。有一次,一个律师,很称职啊,把我发的写的文章都弄来了,念啊,那意思是逼我一样,你的案子你自己来。叶林教授就说,我说一句话啊,美国教授出版书,有一句话,我书中的观点和我判决的观点不一定是一致的,所以你们也不能要求我们,非得一样啊。不一定我们写的书还原到案件的时候,就得那样,尽可能,我也做到了完全一致,有时候不一致是来弄你的。我还听说有一个很资深的教授,到法院打官司,站起来发表意见,对方的律师站起来了,某某某老师,我是您的学生,你在什么什么书里,多少页这么说的,今天你又说这样,这完全是拧着的。很尴尬是吧。在这个问题上,我是结果赞成,但路径,我不赞成,类似合同生效的这个效果。接下来,问题是,有很多诉讼请求仲裁,像这个案子就是,他要求你配合我来办理批准手续,行为上照顾,现在我们看到的东西更全面了,我念书和我教书的很长的时间里,我得到的理念是只有财物债务才能强制履行,那个行为债务,涉及人身自由,人身自由位置高得很,强制你的行为,牺牲你的自由,那怎么能允许呢。所以,这个行为债务,你不愿意就算了,不能强制履行啊。不仅如此,据我掌握的信息,很多很多的法学院,采取的是,即使是种类物的买卖合同,买受让你要求出卖人继续交货,出卖人不愿意交,法院不裁,继续交货,不裁,我也应当赔偿损失。我个人也是不同意这样的,继续让他交不符合《合同法》,你是种类物,你说又不让他交了,这又不符合同法条。直接地继续履行,但我们法院会说无能为力,法院会说执行起来比较麻烦,所以财物债务那边不见得能继续履行,这更是问题。这样就引出一个问题,批量的一些,其他的一些需要作为的合同,原告或者申请人要求继续履行,到底能不能支持,最终法院几个案例,已经引起注意,特意委托我,找一些资料研究研究,让我去法院讲一次。通过这么一学习,发现当初还是看得窄了。还有另外一些例子,从境外发现,采取了不同的处理方式,他们是有一种直接在判决里认定,合同已经成立并生效,这样的思路用在我们很多合同中的预约。经手好几起案件,交了预购书，房价一涨，开发商就耍赖，说什么也不订立合同，约定的定金我牺牲掉就算了，这样对买房人特别不利。怎么办，能不能让这个合同有效呢？现在法律里面没有，为了让法院引用，他说得更形象，按着他的手写这个违约合同，然后房子才能买到，当这样的一些条件具备了，尤其是预购书里面，房子的位置、面积，等等，这样能不能判决违约成立，房子必须交给买受人。最高法院有一种情况采纳了，预约包含了违约的主要条件，异约视为违约。问题是，当异约不包含那么多的条件时，我们能不能欠缺一个主要条件时，违约就成立。我找了我的一个博士同学，让他去研究，他说，老师，不能这么说，他看到材料，人家直接认定为物权行为。债能不能认定，还没看到资料，要慎重，不能公开地说道这个观点，这是个问题。即使我们个债的合同，能不能判决和裁决便认定合同就成立了，待研究。这是我看到的第一个处理的方案。

第二个处理方案，判决裁决写两项，第一项要求你提供资料，配合履行报批义务，第二项判继续履行。但是他也提到，这个人的行为中只要占有，没答复，还是不能利用物权主义强行起诉。第二条写，你不履行这样的义务，你拿出多少钱来，那意思是合同已经成立了，但是给的钱还是少了。选择先拿钱，但钱还是要达到一定的数额，履行义务的效果。这样的一个模式，我们是可以借鉴的。第三个模式，找一个第三人，第三人的行为必须是能达到和债务人亲自实施一样的结果，第三人实施作为的这个费用，让你的债务人来拿，这也是一个办法。我查了新《公司法》，找到若干规定，我们民诉的一些规定，所以从今天来讲，我们行为债务的理念，要变一变，不能像过去一样束手无策，要达到让他履行行为的效果。现在报批的义务，是个行为债务，没有理由了，能不能强制履行，现正逐渐地在讨论磨合，但是事还不晚，还要在另外一个方面有其他认识。这个报批的义务，到底是涉外股权转让合同里面的义务，比如中外合资经营合同，还是这个合同实际上是几个合同组成的无名合同，里面有股权转让。还有另外一个合同，关于报批义务的合同，这个合同的义务处在不同的载体里面，所以你这个股权转让合同没有报批，是未生效的，但是报批义务的小合同已经生效了，要不然，你不生效，怎么让人家配合报批义务呢？进一步来分析，小合同里面的报批义务是属于主给付义务还是从给付义务还是附随义务呢？也在进一步探讨。我个人在这个问题上还是有不同的意见。我认为这个报批的义务是我们的法律规定的，前面我找到几个法，股权转让的我找到了，中外合资经营企业的也有，是法律规定的，是一个法定的义务。那我们为什么非得把它拟制为这里面还有一个小合同，这个小合同的约定义务，有的合同当然就没有这么约定，没有这么约定你怎么还这么拟制呢？人为地把这合同给拆开，这边是个报批的小合同，那边是股权转让大合同，没有约定的时候你就没法这么做了，这个法律规定是现成的，我们为什么不直接用啊！这是第一，解决不了没有约定的情形。第二，你如果说要按照小合同约定这个，那么它这里面有时候不写股权转让合同，它就说标题的这个合同，那这个标题包括这个小合同啊。标题的这个合同你不完成手续就不生效，我上仲裁就是这样的，那你怎么还说这个小合同就已经生效了呢？这里面也是约定它有生效的条件也得报批，批准完了它才生效，这不符合事实。第三，他们这样一个思路是想解决这个小合同里认定这个报批义务到底是主给付义务、从给付义务还是附随义务这个问题，他们的定位是从给付义务不是主给付义务。我认为从逻辑上讲从给付义务是相对于主给付义务而言的，如果这个合同没有主给付义务，从给付义务就没有存在的余地了，就像"皮之不存毛将焉附"的道理一样。如果你一定要认定是一个小合同，那我也说它是一个主给付义务，是小合同里面的主给付义务，它就是要报批。所以，这些问题我也不同意。讨论这个有什么价值，一个就是你定位为从给付义务，它在解除合同的时候条件就重了，你再用《合同法》第94条第3项就不行，恐怕只能用第4项，合同目的不能实现时你才能解除。因为主要义务违反了，不要求这个，那从给付义务附随义务的呢？这个要求的因素就多了，它涉及这个问题。我觉得束缚了诚信一方。再者，你把它定义为主给付义务从给付义务，它跟一些违约金的约定有关，有的违约金就约定这个义务违反了那个义务违反了，它假如就是约定说违反我们这个合同主要义务的就给多少违约金，你把它定义为从给付义务，这不又偏向了违约的一方了吗？再有，从强制执行的角度讲，它好像也赞同强制执行，但我觉得约定义务不如法定义务更让强制执行具有正当性。从种种方面看来，我个人还是不赞成把它定义为一个小合同里面的义务。我认为，它是一个法定的义务，如果这个合同还没生效就把它认定为先合同义务。他们认为，不满意先合同义务这个定位。我感到定义为先合同义务，它没有什么地方不好。这里可能有不同的见解，我个人认为，在合同生效前出现的产生的叫先合同义务，那么这样一个合同的种类如果延续到一个合同生效以后，我也把它称为合同的义务。我的这个观点，有两方面的依据。一个从义务的种类看，先合同义务和合同义务的附随义务都是一样的（从长的相貌来讲，当然内容不同）。第二，从合同法立法过程来看，《合同法》第60条的第2款关于附随义务的规定，原来不是在第60条的，是在前面的"合同定位"那一章的。合同定位那一章说合同未生效不能算合同义务，原来的时候就是先合同义务，现在《合同法》把它从合同定位那一章移到"合同效力"这一章就变成合同义务，就这么换了一下位置它就身份不一样了。那把它写得那么复杂弄成这样也和立法的过程不太吻合，我个人看这么几项，这个报告义务、保护人身安全和利益等也可能是先合同义务也可能是附随义务。就根据这个判断，从这个相貌和这个后果来看它们都差不多，反正有一点差别，先合同义务不存在合同解除问题，这个附随义务按照保险法，有的是附随义务违反了另一方也有权解除合同，它有一个做出解除的权利。当然还有一些差别，这个还可以再讨论！

那么接下来，跟大家讨论的是关于违约金的问题。由于已经说过了此案三审的法院，判决结果都是一样的，我要这个合同跟有效合同一样的一个结果，我让你继续履行报批义务，我要让你中鑫公司背信的这一方承担违约责任，那么这个违约责任前提是这个合同必须有效。这个路径不同，二审判决是类似生效合同路径，是类推适用《合同法》第45条第2款的路径，最高法院的裁定在这个地方我感到有点模糊，光从诚信的角度，说中鑫公司你能去配合你就恶意地不配合，所以我就让你承担这个重的结果。在这方面我还是感觉我这个类推的路径更好，结果都一样。这里面一样有违约金的约定就要用违约金。违约金其中涉及原来约定是一天百分之一，而守约的仙源公司主动地打官司说我不要一天百分之一,要一天千分之一,这个不一样,这从判决的角度是相对的简化,就说由于仙源公司请求中鑫公司承担违约金的责任,这是守约方仙源公司的权利,认定它是诉讼权利。这个我就不敢较真,到底它是诉讼权利还是民法上的实体权利呢?可以讨论,反正我感觉它是实体权利。我原来要这么多的钱,现在不要这么多了,就要这些,我还是请求你违约的这个实体权利,我现在放弃一些相对立意见,这个可以再讨论,判决是以诉讼权利。既然是权利,人家自行放弃,你有什么理由不允许呢?这个对不对,当然对。我个人觉得能不能把这个问题说得更丰满,以解决更多我们遇到的问题。我为什么有这样的想法呢?一个是在 2001 年提起以后的这段时间,我当时的想法和现在不一样,由于当时没有做物权的课题,就想花一年进修英语,在美国待着把外语搞好。当时就在办公室坐着翻译美国资料,想通过翻译把英语水平提高。那个时候发现美国的判决有两派,在什么问题上产生两派呢?这个问题就是双方当事人在合同中约定的违约金。美国只承认赔偿性的违约金不承认这个惩罚性的,这个前提就是赔偿性的违约金双方在合同中约定了,现在到诉讼的阶段,守约的一方不沿用合同约定的违约金的条款,转而主张违约损害赔偿。这个违约金是约定的,损害赔偿是法定的,当然违约金也有法定,为了简化,把法定的扔一边。有约定的违约金守约方不主张,他把它弃之一边,转而转向这个法定的损害赔偿责任,行不行呢?观点就不一样了。反对的一方说,违约金条款是双方的合意,如果守约方不用违约金的约定而用违约损害赔偿的法定,这是将单方的意思凌驾于双方合意之上,这不等于你这方地位高了,你这个单方就优越于双方,这怎么能符合意思自治的原则,这是反对的意见。那么我就在想,我们国家也有这个问题,就是说在打官司的时候我就不要违约金,我要这个赔偿。有的同学可能心里犯嘀咕:你这不是没事找事吗?履行违约金多方便。不是这样的。人家商人比我们聪明多了,这些商人的智商远远高于咱们,你看他们订的那些合同,这是你做梦都想不到的,那么他肯定是有原因的。什么原因呢?那个违约金要来钱少,在这个个案中要按违约金要来的钱少,要主张违约赔偿这个钱就多,趋利避害,商人尤其如此,那也是正当的,无可指责。到底这个正当性在何处,说实话我想了好几年也没想出来，后来让两个学生写毕业论文，从接到这个差事，我就又认真思考，结果发现这个理由还是有差别的。我写了八点理由，有争论的就写了，现在反正一下子把问题显现出来了。一个就是这个问题到底是什么，到底是说单方的意思表示压倒双方的意思表示，还是说它是另外一个问题，我现在想到的就是另外一个问题。现在不是在比较单方意思表示和双方合意，如果是在比较这个，那涉及合同的变更、合同的更改，你看我们的法律，《合同法》第 77 条 78 条对这个变更要求多严啊，就是说我坚决地限制你这个单方的不能压倒双方的，你必须是合意才能变更，你必须是明确才能变更，你不明确不能视为变更。我现在正有一个案子，吵了两年左右了，一直查不下去，就是你违约了，人家让你继续改，没有说别的话，只说你把这些修好。就这么一句话，你怎么就认定对方已经变更了合同、不承担违约责任了呢？这个合同的变更必须要意思表示明确，没明确视为没变更，要不要承担违约责任还得看时效，是不是在诉讼时效期间，没有过时效期你怎么就说人家放弃诉讼权利不要了呢？你怎么能代替别人决定呢？没有明确意思表示就不能这么认定，那认定也是应当的嘛。沉默是限于法定的和约定明确，没有约定没有法定你就把沉默视为一个意思表示，那还得了，那样的话，我说今天来的每个人都欠我一百万，那怎么得了？所以，单方双方的事是要求很严的。单方可以压倒双方的时候，你看《合同法》第 54、55 条是涉及合同欺诈什么的，那才赋予单方的权利，你没有这样的一些特殊元素，就想单方压倒双方，那不行。现在违约金责任已经不是这个层面的问题了。是你约定了违约金不假，但是他的违约行为产生了违约责任，从守约方来讲，他就是请求你承担违约责任的权利，它不是意思表示了，它是权利了，我们《合同法》从 107 条它也没排除啊，它是列的继续履行、补救措施、赔偿损失，111 条这么一串列下来。它没有排斥说，我约定了违约金只能要违约金就不能要赔偿责任了，它没有这样的规定啊！法律没有这样的规定，我们做出约定说约定了违约金你就得要违约金，没有其他的理由。如果没有其他理由，仅仅从意思表示多少，那不行，这边都转化成权利，违约请求损害赔偿的权利，请求违约金的权利，请求继续履行的权利。那么这个权利从现行法来看，它是平等的，平等的我现在就挑一个那有什么不行呢？尤其是《消费者权益保护法》第49条那个数倍赔偿，我听说现在修改了这个消法，好像是3倍了，当然那个基准我们要考虑，价格的几倍不好，我赞同是损害的几倍。东西我花两块钱，就是100倍也没什么意思，不说这些了。像这样的你非得让我请求违约金，你相当于违反了"消法"的规定，这不合适。当然了，人家也说了另外一个理由，什么理由呢？

其中一个说这个违约金条款是免责条款，免责条款你就应当优先了。这个理由我认为也是很有问题。违约金到底是不是免责条款要分情况来说，如果当事人只约定了违约金条款啥也没说，就不能说违约金条款就是免责条款。为什么呢，因为《合同法》第110条第2款授权给违约方有权请求裁判机构调整，若调整了，你怎么好说是免责条款。所以你把它归在免责条款里面，如果针对的对象是就有违约金约定的条款，这个不成立。那在什么时候才成立呢？就是在明说的情况下，就这么多违约金，就算低于这个损失也不能改了。我个人认为在这种情况下属于免责条款里的限责条款。这样还可以。但是剩下的都不行，都不能那样说，可是我们将来说明说了现在的违约金就这么少，不能往上调，还没见到。如果将来说遇到这样的情况我承认，可以作为免责条款来对待，它适用的顺序可以考虑。如果没有这样的，它就是一个普通的责任的约定。你按照罗马法以来的德国法这些，它里面是从合同、主合同，为什么非得让我看从合同里的权利，不让我有主合同里的权利，这个也说不通。所以呢，现在学者主张，有违约金责任的约定非得适用违约金的责任，不让用违约损害赔偿，我感到至少与"消法"这些的规定不吻合。

案子里面还有质押、保证，这个我就不想说了，不合适的地方请批评指正。谢谢！

（刘经靖根据录音整理，郭春香编校）

刑事诉讼法再修订漫谈

汪建成

◎汪建成，1962年生，安徽省太湖县人。北京大学法学学士、法学硕士，中国人民大学法学博士。比利时鲁汶大学访问学者，美国耶鲁大学富布莱特研究学者。曾任烟台大学法律系教授、系主任，现为北京大学法学院副院长、教授、博士生导师。兼任中国法学会刑事诉讼法学研究会副会长、最高人民检察院专家咨询委员会委员、教育部人文社会科学基地中国政法大学诉讼法研究中心兼职研究员。全国优秀教师、教育部新世纪人才。

主要研究领域：刑事诉讼法学、证据学。主要科研成果：《刑事审判监督程序专论》，群众出版社，1990年；《新刑事诉讼法论》，红旗出版社，1996年；《刑事证据学》，群众出版社，2000年；《欧盟成员国刑事诉讼概论》，中国人民大学出版社，2000年；《刑事诉讼法学概论》，北京大学出版社，2001年；《理想与现实——刑事证据理论的新探索》，北京大学出版社，2006年；《冲突与平衡——刑事程序理论的新视角》,北京大学出版社,2007年;《外国刑事第一审程序比较研究》,法律出版社,2007年;《中国刑事第一审程序改革研究》,法律出版社,2007年。

时间：2007 年 12 月

地点：烟台大学法学院二楼多媒体报告厅

主讲人：汪建成，原烟大法律系第三任系主任，现北京大学法学院教授、博士生导师。

评议人：冀祥德，中国社会科学院博士后、法学研究所研究员、教授、法学系常务副主任。

主持人：黄伟明，烟台大学法学院副院长、教授、硕士生导师。

黄伟明：今天有两位非常重要的嘉宾来到了我们烟台大学法学院。一位是北京大学刑事诉讼法学教授、博士生导师——汪建成老师。汪建成老师曾经是烟台大学法学院前身法律系的主任，后来调到了北京大学，今天用他的话说是又回家了。另一位是中国社会科学院法学研究所的研究员，法学系的常务副主任——冀祥德教授。这两位都是中国刑事诉讼法学界非常有名望的专家。今天由汪建成教授给我们作讲座，冀祥德教授作点评。

汪建成：各位同学晚上好！很高兴又回家了。今天跟大家汇报的主要是"刑事诉讼法在修订过程中需要注意的几组关系"。讲这个问题主要是因为我们国家的《刑事诉讼法》正在进入修订的最后阶段，我本人也参加了修订。在修订过程中，有很多争论，而且非常激烈。我听说前些日子陈卫东教授已到这里做过讲座，给大家介绍了一些修订中的情况。那么刑事诉讼法在修订过程中到底应该如何从宏观上进行把握，对此，我已经在《中国法学》2006 年第 6 期上发表的《刑事诉讼法在修订过程中面临的多元选择》一文中作了介绍。后来又在《法学家》2007年第4期上发表的《刑事诉讼法在修订过程中需要处理好的几组关系》一文中作了进一步阐述。同学们如果感兴趣的话,可以看一下这两篇文章。今天我在这里先给同学们简单汇报一下这两篇文章中提及的同学们比较关心的几个问题。第一,尊重宪法与大力推行刑事诉讼法改革的关系;第二,大陆职权主义与当事人主义两种固定模式的选择关系;第三,尊重国际司法准则与考虑中国国情的关系;第四,犯罪控制与人权保护的关系;第五,正当程序与司法资源的关系。

一、尊重宪法与大力推行刑事诉讼法改革的关系

学过刑事诉讼法的同学应该都知道,没有哪一部法律像刑事诉讼法这样受到宪法如此高的关注。在英美法系国家,刑事诉讼法被认为是宪法的适用法。在大陆法系国家,也有很多国家的宪法直接规定刑事诉讼程序。这是为什么?原因有三:第一,刑事诉讼关注公民的生命和自由。这是人最基本的权利,是其他一切权利赖以存在的基础,当然要被宪法所高度关注。第二,刑事诉讼中国家的公权力和公民的私权利发生了直接的冲撞。即刑事诉讼为代表国家公权力的公检法部门与代表私权利的公民个人提供了一个交会、对话的平台。在这种对话中,怎样防止国家权力的滥用呢?因此《宪法》高度关注。第三,一个国家的刑事司法体制是由《宪法》决定的。我国《宪法》规定了各个国家机构,如侦查机关、检察机关、审判机关等的地位。由于以上三个原因,宪法和刑事诉讼法有密不可分的联系。

同时,《宪法》对《刑事诉讼法》的主导地位是不可改变的。也就是说《刑事诉讼法》不管怎么改革、怎么争论,但在现行宪法体制内很难改变。举一个简单的例子,关于我国公检法机关的权力分配以及相互之间的关系,《宪法》中写得很清楚:公检法机关相互负责,相互监督,相互制约。这样一种《宪法》规定决定了在中国刑事诉讼法的依附地位。所以我们对《刑事诉讼法》的修订

就不能超越我国《宪法》的规定，而在其他很多国家就可以。比如说，很多国家的刑事诉讼法就规定法官独立、陪审团独立，等等。在法庭上辩护律师可以凭借自己的口才和专业能力作激烈地辩护，不受其他公检部门的影响，这才是真正意义上的司法独立。但在我们国家根本就无法推行。在我国，对于一个案件，公安机关查到最后而宣告无罪的出现几率非常小，有一年统计是0.3%。政治体制不同使我国很难实行西方的司法体制。再比如说，我国《宪法》明确规定：人民法院依法独立行使审判权，不受行政机关、团体、个人的干涉。很显然，它并没有表明人民法院依法独立行使审判权，即只服从法律，它暗含着会受权力机关的干涉。现在我们紧紧抓着法律监督不放，要求积极行使检察院的监督权，即上级人民检察院监督下级人民检察院的工作。在一审时，由下级的检察官先将案件交由上级检察院审核。而需二审的案件则一定要由与二审法院平级的检察官审核。但实际上，他的监督在哪儿？换个角度考虑，如果不靠法律监督，二审的检察官的审核，不还是一个公共权力的使用吗？其实，参与一审审判的检察官最清楚案件的症结在哪里。如果提到一审检察官行使，就可以节省很多时间和司法资源。现在，在我国二审很难开庭。因为如果真的开庭，检察官就会很匮乏。我在跟几个地方的检察官座谈时，曾有检察官提出灵活地改革当前的监督体制，由出庭的检察院自行制定检察标准，由自己任命下级检察官的助理检察官，资历较高的检察官就不任命上级指派下来的。我认为很有创意，而且现在已在实施，效果不错，但经验还要进一步总结。另外，还有一些技术性的规范若加以改动的话与宪法没什么太大关系，不会出问题。

二、大陆职权主义与当事人主义两种固定模式的选择关系

我想刑事诉讼法老师肯定都讲过，这两种模式本身没有优劣之分，只是解决问题的方法不同。不能简单说衡平法好，而普通法就不好，两者各有各的长处。而且并不排除在一些技术层面上大陆法系国家向英美法系国家学习，尤其

是一些受控的技术问题。其实在这个问题上，现在的大陆法也不是以前的那个大陆法。上世纪80年代以后，大陆法系国家进行了法理化的修整运动，很大一部分制度在技术层面上逊于英美法系。比如说一些很小的技术性措施，法庭上被告坐在哪里等。在传统的大陆法系国家，被告坐在中间，似坐在一个孤岛上，而且被告在法庭上往往要仰赖他的辩护人，且只能远远地露出哀求的眼神，这就是典型的讯问主义。而英美法系国家从来就不这样，他们的被告人与他的律师坐在一起。大陆法系这种制度实际上就是切断被告人与他的律师之间的联系，有些大陆法系国家已经认识到这是错误的，现在德国、法国的法庭都已改过来了。另外关于它们的诉讼原则、交叉询问规则等，我们也完全可以学习。

三、尊重国际司法准则与考虑中国国情的关系

大家知道，"二战"以前，刑事司法是一个国家司法主权的象征，是主权的一部分。近代中国人为了反对治外法权进行了艰苦卓绝、前赴后继的斗争。但"二战"以后，却发生了变化。有两方面的原因：第一，"二战"以后，社会的激烈冲突以战争之外的另一种形式表现出来。全球共出现8次犯罪浪潮，而且犯罪形势越来越严峻。尤其是由于现代通信的发达和交通的便捷，地球变得越来越小。跨国犯罪、有组织的犯罪、黑社会犯罪也越来越多。这就迫使国与国之间司法主权进行了让步，相互之间进行司法协助。但如果在司法协助的过程中，两者制度相差太大就很难达成合作。第二，"二战"以后，人们从纳粹法西斯疯狂地侵犯人权的血的教训中清醒过来，于是一系列与刑事制度有关的国际公约纷纷出台：关于检察官的问题，关于司法独立的问题，关于司法的一些准则，关于国际诉讼的一些问题；还有1985年制定的"北京规则"中的"被告人享有沉默权"，等等。这些国际人权保护公约，旨在指引各国刑事诉讼，这些准则都是应该遵守的。中国的地位现在很高，作为泱泱大国不能再落后下去。在这种形势下，该承担的国际义务就得承担。举个最典型的例子，《公民政治权利国际公约》是

1998年签署的，但是直到今天我们也没敢批准。有人看到这个话题可能会说美国今天也还没批，但是美国自身的法律比国际公约都要先进！我认为中国国情一方面要尊重，但其中有些东西是没有国界的，比如说陪审团制度。中国的犯罪形势严峻，但是外国的犯罪形势就比中国好吗？难道西方国家的犯罪形势就不严峻吗？都很严峻！比如抓一个人最多关6个小时，然后到法官面前，法官要么说放要么说羁押。有的国家仅关72个小时。而我们现在却关37天都不够！所以我们既要尊重国情又不能迁就国情。我认为一个社会的文明有时是要靠法律来规范的。

四、犯罪控制与人权保护的关系

关于两者之间的关系现今学术界和实务界均有较多争论，我认为应该寻求两者之间的一个平衡点。刑事诉讼不单单只是控制犯罪的工具，也是保护人权的法律。

五、正当程序与司法资源的关系

正当程序的推行必然需要成本。从司法资源的正确利用和正当程序两者考虑，我认为和解制度是未来的必走制度，它非常符合中国构建和谐社会的要求。众所周知，构建和谐社会就是要化解矛盾，而它正是化解矛盾的一种很好的制度。我们可以通过一些办法一步步地推行：第一，规范检察机关的起诉裁量权；第二，对于一些主观恶性不大的犯罪尽可能地采用和解制；第三，被害一方主动要求或同意和解的案件尽可能地和解。从另一个角度看，如果中国的控诉协商制度发展好了，那么很多问题也能得到更好解决。美国的辩诉交易制度就是一种很好的制度，它可以充分尊重犯罪嫌疑人或被告人的选择权，并可以提高诉讼效率，节约司法资源。"辩诉交易"的英语单词用汉语翻译过来是"走廊交易"的意思。以前，"走廊交易"被认为是一种偷偷摸摸的交易。但是 1966 年美国做出了有关沉默权的第一个判例，即"米兰达案件"；1970 年由"布雷迪案件"确定做出了有关辩诉交易的第一个判例。虽然关于辩诉交易制度有很多的争论，但它却是支撑美国刑事诉讼制度发展的一个重要支柱。中国的刑事诉讼制度要发展，可以一步步地来。不可操之过急，但也决不能坐视不理。由于时间关系我先讲到这里，下面由冀教授为大家讲！

冀祥德：汪老师说来烟大作讲座是对他 1999 年离开烟台大学法学院后到北大这期间的工作及对刑事诉讼法的研究汇报。那么汪老师是汇报学习体会的话，我就是对听他体会的体会。汪老师所讲的是《刑事诉讼法》修改中应注意的几组关系，我主要讲一下《刑事诉讼法》修改中大众应该关注的几个问题。第一，《刑事诉讼法》修改以后，被告人是否仍是人的问题；第二，《刑事诉讼法》修改以后，辩护律师还敢不敢辩的问题；第三，非法证据排除问题；第四，《刑事诉讼法》修改过程中，敢不敢与国际规则相比较的问题；第五，对于违反程序性的行为，敢不敢予以违法制裁的问题。其中有些问题是我刚刚想到的，也有些是我思考良久、却尚未找到答案的。今天借此机会和同学们共同商榷一下。

第一个问题，在我国的法律中，我们通常看到的称谓是"被告"而不是"被告人"。为什么不加一个"人"字呢？也许到目前为止，我们很难说中国所有的被告人都是人。如果被告人是"人"的话，那么人应该有人的尊严,有一定的人权。《刑事诉讼法》第十二条也规定：未经法院判决，任何人不能确认被告人是有罪的。比如国家把我抓起来的时候，就应该请个律师咨询一下我构没构成犯罪，在哪些方面构成等等。并且可以凭我的律师不在，我有权保持沉默。或者说，我要求见我的律师或者在见我的律师之前我不想讲什么。这在美国是最寻常不过的。但是在我们国家，你要说我要见我的律师，在我的律师来之前我不想说什么等等，咱们的司法人员肯定会说你毛病不少。当被告人在接受审判的时候，你应该让被告人知道自己到底犯了什么罪，哪个地方错了，以及控诉的证据是什么。但是我们的被告在开庭之前所有的卷宗和相关的材料他却都看不到。这时，他还被看做是人吗？有一个卷宗中就写道：一个省公安厅的局长骂一被告人："你就是人渣！是败类！我非把你送到监狱里面去，让你把牢底坐透！……"那位局长是在办案，但是，他办案的目的是让被告人把牢底坐透！所以本次修改我们要关注《刑事诉讼法》修改后被告人还是不是人，他的相关的基本权利、基本地位是否得到了保障。

第二个问题，1997年《刑事诉讼法》的修改被称为"中国立法学界关于《刑事诉讼法》发展历史上伟大的里程碑"。把"《刑事诉讼法》里程碑"这八个字在网上一搜索，会搜索出上万篇文章。但是《刑事诉讼法》修改实施一周年之后，也就是在汪老师所主持的《刑事诉讼法》修改一周年座谈会上，受汪老师的厚爱，我作为全国唯一一名辩护律师，在会议上诉了苦。同学们所听说的"三难"的问题也就是在这次会议上提出来的。那么在这一段时间之内，包括这之后的一段时间，却出现了前所未闻、后所未见的现象：不断地有辩护律师被抓进监狱。当然我讲的监狱是一个宽泛意义上的监狱。其导致的后果就是辩护率日趋下降，辩护质量日趋降低；优秀的辩护律师逐渐远离辩护案件；许多著名的律师事务所纷纷开会，不准再办刑事案件。为什么？因为怕被检察院和公安局抓起来。自1997年到2007年十年的时间内，关于中国律师刑事辩护难的文章几乎在每一期杂志上都有。在最近的《刑事诉讼法》修改的讨论中，我也再次谈到了对这个问题的关注和担忧。我提出中国的刑事辩护制度目前已经走到了比较危险的边缘。要么在沉默中死亡，即这个制度崩溃；要么在沉默中爆发。从法治的角度来看，《刑事诉讼法》的修改是每一个法律人不得不关注的问题。如果在《刑事诉讼法》的修改当中，辩护人还是不敢辩护的话，那么这肯定不是一部修改得比较完善的《刑事诉讼法》。这是我和同学们包括很多人关注的第二个问题。

第三个问题，在汪老师面前谈确实是班门弄斧。但是作为评论人，评论可能是正确的，也可能是错误的。关于非法证据的问题，我国《刑事诉讼法》做了一个诠释性的规定：审判人员、检察人员、侦查人员应当依法索取获得证据。并随之规定严禁在审判中以非法手段获得证据。但是我们讲两个问题，第一，在这个条款中关于证据的搜集，规定的是把审判人员排在前面，把侦查人员排在后面。对于这一文字的安排，并不是简单地、主观地将张三、李四、王五随便安排，而是意味着审判在国家的控制范围内。其二，它虽然规定了应当怎么搜集和禁止怎样搜集证据，但是没有规定不这么搜集的话应该怎么办。于是最高人民法院的《刑事诉讼法》的解释和最高人民检察院的《刑事诉讼规则》做出了规定。最高人民法院的解释中说，非法获得的言词证据不得作为判案的证据。这里有非常清楚的两层意思：一、非法获取的不得作为立案证据；二、非法获取的不得作为立案证据的仅限于言词证据。但最高人民检察院的《刑事诉讼规则》里却说：人民检察院的办案人员在审查过程中对侦查机关非法获取的证据可以要求侦查人员重新侦查取证或者决定自行调查取证。我在参加北京人民检察院关于电视台《刑事诉讼法》的专家答疑节目的时候，有一个检察官就问过我对于这个条款怎么理解，然后又问公、检、法三机关的关系怎么协调。

关于这个问题的答案我就说两条：一、非法获得的言词证据对于检察机关而言，只能在审查起诉阶段可以要求侦查人员重新调查取证或者自行调查取证，但是如果案件到了审判阶段只能是排除使用；二、公安机关虽然没有关于非法言词证据排除的规定，但是《刑事诉讼法》和检察院的规定以及最高院的解释都是以侦查人员的侦查行为而立的规定。后来有个起诉处处长也对我谈了一些他对于这个问题的观点。对于这样的言词证据，他认为其实在审判阶段检察机关还可以拿出来，再退回去，再去重新调查。

记得有一次烟台某个检察院参加全省的"十佳公诉人"评选活动。最后千挑万选，选出来一个案件，说要录像后报到省里参加评选。这个案件原来有一个辩护人，但他们觉得这个辩护人影响力不够，名气不大，报上去怕得分不高。于是经过有关人员的推荐就把我请去了。这个案子是一个合同诈骗案，但在第一份最关键的证人证言的笔录中，我发现这个证人的证言没有询问的时间、地点、询问人。于是我诚恳地要求审判长注意该证据的证明能力，并且希望证人能够出庭作证。但遗憾的是该证人在三天之前因直肠癌去世。后来这个案子只能以检察机关撤回起诉结束。但是不遗憾的是，在这个案件中从有关人员身上，看到了在中国《刑事诉讼法》修改当中建立这个规则的可能性。那么正反两个方面的意思可能向我们昭示着言词证据是这样，实物证据怎么办？当然，对于言词证据、实物证据所谓的这样的分类，汪老师持不同的意见。2006年汪老师曾在《环球法律评论》第5期里面的一篇文章中，写到中国应该建立什么样的非法证据排除规则。这篇文章关于非法证据排除问题的一些看法非常适合我国的国情和《刑事诉讼法》。我建议同学们对这篇文章、对这个问题关注一下。那么结论就是如果说在《刑事诉讼法》的修改中对于最高人民法院、最高人民检察院的已经在司法解释中规定的关于言词证据的排除规定不进行采取，或者是仍然采取。但是对于严重侵犯公民宪法性权利的实物证据用这种分类贸然不予排除的话，这仍然是我们非法证据排除构建的一种悲哀！同学们看了汪老师的文章以后可能会对我这个担忧有更深的理解。

第四个问题，我觉得应该关注《刑事诉讼法》的修改中敢不敢把我们的每一个条文和国际规则、国际公约进行比较。刚才汪老师谈到了北京规则，谈到了国家公民权利、政治权利。2005年我代表中华人民共和国到英国伦敦参加一个人权对话，今年又代表中华人民共和国到德国参加了一个对话。这两次对话，我的感触都非常深刻。第一次对话是关于死刑的问题。我们去的专家被人家问得几乎是目瞪口呆。因为死刑的数字我们是不公开的，所以人家一个多小时之内就是抓着这个问题不放。然后我们的外交代表解释说，对于这些问题不要为难学者。欧盟的代表马上反击：学者都不知道，难道老百姓就知道？老百姓都不知道，怎么说不能取消死刑是中国的民意呢？我们一个专家说根据新浪网的一个调查显示结果所得。后来我就说第六条规定的是凡是缔约国应当控制死刑，但是没有规定每一个缔约国都必须要向欧盟公布该国在批准和加入之前国家判处死刑的数量。如果第六条有这样的规定的话，我们中华人民共和国当然应该把这个数字公布清楚，那么既然没有这个规定我觉得我们今天讨论这个问题没有意义。主持人也认为不应该讨论这样的问题，中国代表没有义务公布数字。终于再一次躲过这个问题。虽然这样，但是它带给我们的思考是很多的！《公民权利与政治权利国际公约》（以下简称ICCPR）中关于沉默权的问题、关于先悉权的问题、关于辩护律师每个人应当享有的充分的辩护权保障的问题，等等，都规定得非常清楚。所以面对这样一些问题，我们在《刑事诉讼法》修改中敢不敢和国际公约比？现在的问题在我看来，不仅是敢不敢比的问题，而是已到不比也不行的地步！很多人说我们1998年就签署了ICCPR，现在还没有批准！可能很多人还不知道按照国际法的规定签署一项国际的公约有效期只有10年，明年2008年是这项公约的最后一年，如果我们再不批准，这个签署就作废！

第五个问题，《刑事诉讼法》的修改中我们是否关注一下侦查卷宗与证人出庭之间的关系。在法院开庭的时候，公诉人是推来了一车卷宗，还是带来了一帮人。前一段时间我在杭州参加了一个诉讼案件的审理，检察院推来了两小车卷宗。审判的过程中没有一个证人出庭，都是在宣读某年某日某个地点某个人所说的某一句话。有人说，七尺卷宗也是可以信任的。我举一个非常简单的例子，那是发生在开发区的一个盗窃案件。警察是一个从中国公安大学刚刚毕业的大学生，说抓到一个盗窃犯，盗窃5000多块钱。但后来我根据证言说的被窃的主人的地址，骑着摩托车去找，结果没有找到。那时的那个庭长是现在的执行庭的庭长。前些天见到了这个人，说到这件事。我说当初找这地址，怎么就没有找到。在法庭上，审判长就问证人，到底有没有这个地方。公诉人说，应该有。然后问我，我说应该没有。由于没有达成一致意见，审判长决定休庭。然后，我们一起去找，结果没有这个门牌号码。后来才知道，门牌号、地址全都是假的。原来，当事人只偷了一辆自行车，这样不构成立案标准。这个刚毕业的大学生，想通过这个案子，通过他参与起诉，达到立功受奖的目的，于是他捏造了这个案件。所以在刑诉法的修改过程中，我们要处理卷宗在法律审判中的地位。由于时间关系，我就简要地说这几点，谢谢汪老师，谢谢同学们。

黄伟明：让我们再次以热烈的掌声感谢汪老师和冀老师的讲座，下面进入提问环节。

问题一：一个法院尤其是一个基层法院，有时不得不考虑它所在的社区的文化和伦理，有的法官在审判案件时可能就会出现规则与伦理冲突的情况。我想问一下有没有一个更公平的审判制度？

汪建成：这个问题很好。他所问的是一个法官在处理一些应该按照规则处理的案件时怎样处理与伦理的关系，这是个大题目。一个大二的学生能提出这样的问题很好。关于这个问题，我这里有几个方案。

第一，法律规则当初在设立的时候一定是按照社会的需要制定的。比如我们最近才成立的"胶东法律人"，这是一个关于法律和法学的组织。法律本身就包含了一些关于伦理的东西，我们过去一说起法律就是"法不容情，大义灭亲"，其实这是不对的。从刑事诉讼上来讲，为什么我们老主张要搞大义灭亲呢？大义灭亲一点不顾及伦理和亲情，为什么我们的法律要求老子要告儿子，妻子要告丈夫呢？其实这是不符合伦理的。有一个法理说法是法律保障道德的运行，其实这是不合适的。因为法律是人们行为的秩序准则，道德才是人的最基本的规则。所以这样有什么矛盾呢？就是从更深的层面上讲，这就把法律和道德对立起来了。咱们这里的法理老师一定给大家讲过法律与道德的区别，但是我觉得还是不能把这两个问题对立起来。

第二，法律的变数非常复杂，即使科学立法也不能解决所有变化的问题，这就需要一个自由裁量权。只有自由裁量权才能更好地处理伦理和道德的关系。

第三，要做到司法的公开。这个公开不仅仅是形式上的审判公开，而是我们的判决要有一个公开的判决理由。你要告诉老百姓为什么这样判，你这样判的道理在哪里。就像美国辛普森案件的判决，他的判决书上详细地写着为什么这样判，这样判的理由何在。只有这样才能缩小老百姓对准则和伦理之间差距的认识。

问题二：汪老师、冀老师你们好，我是非刑诉法专业的学生，我想问一个问题就是刚才讲到的辩诉交易，如果实行辩诉交易的制度，会不会使权力滥用，会不会影响检察官素质的提高？会不会影响对犯罪的打击？谢谢。

冀祥德：这个问题提得非常好，好就好在对这么一个冷门的问题，在学界已经讨论得很多了，但是很少谈到这个同学提出的问题。在我专门研究辩诉交易的书中曾有专门的一章写到了这个同学提出的问题。

关于这个问题我不仅从理论的角度写，还做了一个实证调查。在这个10万字的调查报告中有一个问题，基本上就是你问的这个问题的全部，概括起来其实就是两层意思。第一，辩诉交易引进后会不会引发新的司法腐败。当然你谈的这个腐败只谈了一个方面，就是针对检察官的，他的权力滥用问题。其实这并不仅仅限于检察官，还有法官、律师以及其他与辩诉交易相关的人员，都会涉及这个问题。第二，辩诉交易引进后会不会使检察官对敬业精神产生懈怠。我做过一个实证调查，结果是这样的：法官、检察官、律师，也就是辩诉交易中的法律人，对这个问题的回答都是"不可能"，不会产生新的司法腐败，也不会影响这些法律人在案件办理上的职业要求。但是社会公众和被害人对这个问题有一些担忧，特别是社会公众的担忧比例比较高。认为不仅在辩诉交易中，在判处死刑缓期执行中，以及在侦查阶段介入的取保候审制度，在这样的一些规则的运用中，我们的司法腐败已经很多了。比如以取保候审为例，几乎我们的取保候审的案件中都有着特别的原因。很难说这个案件是由于达到了取保候审的条件由儿女取保候审的，而是由于这个人有一定的关系。烟台这个地方我比较熟悉，有人在烟台这个地方被抓了起来，他首先想到的是我的亲戚有没有在北京当官的，有没有在济南当官的，有没有在烟台当官的，都没有了之后，他才想到要去找律师。如果有关系的话，他绝不会找律师。他第一个想到的是关系而不是法律。而事实上在取保候审这个问题上，首先就应当把人放出来。谁能决定放出来？找法律人，找律师，想按照取保候审的条件放出来这是不可能的。在这方面就存在司法腐败。那么在辩诉交易中，比如本来应该判终身监禁，但交易后只判4年；有的人本来该判处死刑，但交易后只判缓刑，可能就给放出来了。我的博士论文，在汪老师指导下已经出版了。在这本书中我把这个问题引进来了，并起了名字叫"中国法官与辩诉交易零距离"。他们就这样交易了，那么这里边会不会使检察官产生一个腐败问题，我觉得这个担忧是存在的。但是不同层面的人对这个担忧的理解是不一样的。任何制度都会有负面效应的产生，辩诉交易当然也不例外。这项制度是从美国的一个案件中产生，1970年再次确认，然后在英国、加拿大，一直到大陆法系的德国、法国以及在两大法系相融合中的日本、印度。2007年俄罗斯刑诉法的修改,也把这项制度引进来了。这就表现出它生命的活力,所以应该积极引入。

(陈颖编校)

双亲分子相变研究新进展

尉志武

◎尉志武，清华大学化学系党委书记、博士生导师，中国化学会理事，化学热力学与热分析专业委员会副主任委员，北京正负电子对撞机国家实验室同步实验室用户委员会委员。

研究领域为磷脂等脂类物质的化学热力学和分子光谱学。发表学术论文百篇。多次获邀国际国内会议做大会和分会邀请报告。2002年获得教育部第三届"高校青年教师奖"。2004年任教育部首批创新团队成员。

时间：2010年10月27日
地点：烟台大学建筑馆报告厅

各位老师，各位同学：

大家下午好！首先要感谢邹书记对我的介绍，特别高兴化院能给我这次机会再一次来到美丽的烟台大学，这是我第三次来烟台。第一次来的时间那是很早了，我想比在座的大多数同学来得早，包括烟台的同学。当时我在清华读研究生，本科毕业后研究生期间到烟台大学来。像邹书记所介绍的，烟台大学和北京大学、清华大学有天然的联系，当年是两个学校一块儿支持烟台大学建设，当时清华大学的人都有比较多的机会。我当时虽然是学生，但还是有机会到这里来，来了以后就住在烟台大学的学生宿舍，现在已记不清几号楼了，就是Y字形的，我住在一层。当时经常开会讨论，当然会后还有机会到海边游泳。好，先开这么一个头。

确实，温度对人是很重要的。温度稍微降几度，我们就觉得冷。如果温度继续降会发生什么事情？我就从这儿开始说。第一张片子给大家看的就是这么一张图像，当然我从网上能搜到有人能泡在液体中，但我觉得这不可信。那么用这张片子来给大家说一个问题。人的低温保存到底是不是可能的？因为大家从不同的角度都听到过，现在确实有一些疑难杂症，一些疾病还治愈不了，比如说癌症，当代医学还没有发展到把所有问题都解决，把所有的癌症都治愈了。这样人们就想，如果把人冻起来，等若干年以后，医学发展了，然后再把冷冻的人解冻以后再治疗，这是一种办法。从网上查确实有很多这样的说法，而且很早以前就有了，所以我这个Science fiction是不是个科学幻想？从网上还能看到，有人在尝试做实践了。比如说澳大利亚就有人建议而且建了冷冻库，当然现在这种实践不敢为一般的人来做，都是人到最后的时刻，真是实在不行了，最后快咽气的时候，如果事先交过钱，签过字，办好手续，那么这些人可以进入这个系统，最后冻起来。有人在做这种实践，但是我现在提的问题就是，这种办法可靠性到底如何？冻了以后在温度升高时的成活率或者叫苏醒率能有多少？冻住100个以后到底有多少个能苏醒？没有成功是因为比例太低还是因为根本就不可能。大家可以随意考虑这个问题，但是对我们做科研的人来讲，就不只是像关心一个新闻事件一样来关心这件事情，我们要思考，这件事情到底有没有一些科学根据？这种事情如果说现在还有一些问题没有解决，那么将来有没有可能解决。

在这里我先谈一个与此相关的金鱼的故事。什么叫金鱼的故事呢？给大家看一下（放一段视频，把液态氮倒入烧杯，将这条红色金鱼放入液态氮进行快速冷冻，鱼正在像石头一样僵硬还能不能复活，当然很残忍把金鱼放在液氮里边，但是您瞧：金鱼复活啦！这些活泼可爱的品种优良的小牛是如何繁殖的？将优良种牛的精液长期储存在液氮之中，可保持其生命力，将其解冻后与母牛受精就可以繁殖出良种小牛）。

好，金鱼的故事这段片子就放到这里，大家看了后有什么想法？首先这件事情是真的还是假的。你可能会说，这是录像，当然是真的啦。看完这个录像大家是不是相信，人体低温保存这个问题已经解决了呢？这里面有没有什么问题？一些欺骗我们的内容在里边，向大家提这么一个问题：不知道有没有人计时，刚才把金鱼放在液氮里边，然后从液氮这个温度（大家知道温度很低，零下196度）把它拿出来，这一共是多长时间？不管计时没计时，大家应该知道，这个时间是很短的，这是一个很重要的问题。如果搁在液氮里边，搁上一分钟，搁上十分钟，搁上一天，时间再长会发生什么事情？看来情况就不一样了。不知道大家有没有机会用到液氮，我自己是用过液氮的，液氮实际操作是很简单的。有的人一不小心，液氮也会洒在身上，粘在手上。如果时间很短，问题不大，最多有点冻伤，不等于人就不能动了。那么现在把金鱼放在液氮里边，实际上情况类似。大家可以考虑，金鱼的表皮可能温度很低了，负100多度，但是金鱼的内部，心脏的温度是不是也降到了这个温度？这是一个问题，我们没有测量，不好说，但是我们可以想，这是一个存在的问题。相应的，刚才的片子里边最后一段也提到了优良奶牛的繁殖问题，提到人工授精的问题。这里我提一下细胞保存，涉及精子和卵子。关于卵子和精子的低温保存，可以说是基本解决了的问题。我说基本解决，就是说低温冷冻以后，能有比较大的成活率。我还加了"基本"两个字，实际上还不是百分之百的成活。这里边还有问题需要解决。大家知道今年的诺贝尔医学与生理学奖给了人工授精的研究者，说明这件事情经过几十年的发展，从上世纪70年代提出，经过几十年的实践还是取得了很大的进步。这件事情是真的，但是我下边给的这几个问题：如果我不谈细胞保存，而谈器官保存，谈肾、谈肝、谈心脏，谈这些比较大个儿的器官保存，有些同学可能知道这些事情，这些大器官的保存难题现在是没有解决的。

大家可能听到有些人肾脏发生问题，需要做肾脏移植的时候，手术一般是两个人一块做，在医院里，捐肾的人在一个手术台上，用肾的人在另外一个手术台上，这边拿下来，另一边就得装上。如果说（把器官）搁在冰箱里或者搁在某种保存的环境里边，就要出问题。这个事情是没有解决的。从这里大家可以看到，心脏、肾、肝是个儿比较大的，而卵子精子是相对比较小的。另外大家还知道角膜移植，这项技术也是比较成熟的。从这里边大家可以看到，大的和小的就是不一样。这就涉及低温保存。无论是小的细胞还是大的器官，在降温过程中，以及降温之后从冷冻环境拿出来，再升温，在这个降温和升温过程中，保存的对象，细胞也好器官也好到底发生了什么变化？大家最熟悉的是水，我们把水降温就变成了冰，升温冰融化变成水，这是最基本的模型、最基本的例子。如果说不是纯水，水里边有些东西，比如说海边，有各种盐。我们再简单一点，只剩 NaCl，在高温下，比如 50~60 度，制成饱和溶液，再降低温度，NaCl 就先析出来了，这就是一个例子。如果说更复杂一点，里面有各种各样的成分，甚至溶剂比水还复杂，比如考虑熔盐，这种例子大家可以自己去想，当降温的时候会发生什么事情？里面有些成分就先析出来了，它叫 Fast separation 相分离，有些成分出来自己待在一块，对于熔盐来讲运气好的话形成一大块金子，有运气的人在采矿的时候把这块金子挖出来发财，确实这种事情是有的。对于生物体系，我们完全可以做这种类比。生物体系里边的成分是很多的，涉及分子也很多，在降温、升温过程中，这些成分不会老待在原来位置不动的，它会跑来跑去，如果说这些分子位置变了，它还能不能完成原来的生物学功能？这肯定是个大问题。要研究这个问题就需要从最基本的工作做起。实际上可以告诉大家，现在器官的低温保存是完全没有解决的问题。全世界有很多实验室，很多科学家在这方面努力工作。

我们的工作与刚才这个故事有一点点关系。有一些背景，这张片子大家很熟悉，是典型的生物膜模型。不管现在是学化学的还是学生物的，大家在中学都学到过生物，讲到过生物膜模型。生物膜模型里边最著名的、最基本的模型之一，是1972年提出来的流动镶嵌模型。在这个模型中，双亲相的脂分子构成了这么一个二维结构，蛋白质以镶嵌的方式（或者镶或者嵌）待在这个模里边，完成它的功能。这是一个最简单的、最基本的模型。还有比它更复杂的。在这个模型里边，除了刚才讲的还有好多类似天线的东西，这是涉及糖的。糖与脂连起来叫糖脂，与蛋白质连起来叫糖蛋白。它们都在发挥作用。这里还有一些特别的分子，像这类分子叫胆固醇。胆固醇也是亲油不亲水的，在体内一般也是待在生物膜里发挥作用。细胞是人体和生物体的基本结构，细胞膜又是细胞的基本结构之一。

与刚才的故事连起来我们就要问：在升温降温、降温升温过程中，细胞膜里边会发生什么变化？如果说降温的速度慢一点，慢慢降温，那么里边的各种成分会不会像刚才我说的水里边的盐先析出来，发生类似的情况，发生相分离？如果快一点，情况会不会跟慢一点有所区别？这些都是需要研究的。我们可以用我们的基本知识——化学热力学来研究它，研究相变，这就是我今天研究的主题。这里边也涉及动力学，刚才我说降温、升温的速度不同，在相变的时候，结果不太一样。有的同学在其他课里可能会涉及，如果速度很快的话，可能分子来不及重排，就形成了玻璃态，比如说刚才的金鱼。如果我拿一个样品，一个高分子甚至于水扔在液氮里边,速度很快,分子来不及排列得很整齐成为晶体,这样就会成为一种玻璃态的结构,肯定是固体,因为温度很低,确实对生物膜会存在类似的问题。

我今天讲的是双亲性分子,所以主要围绕磷脂以及与磷脂模型比较接近的构型向大家汇报我的工作。我们先来复习一下磷脂的结构,一般来讲有两个尾巴,两个尾巴是两个烷基链,它们是疏水的,头部有一些极性基团,是亲水的,所以我们把它叫做双亲性分子。我们用这种简单的模型来代替它。这样的分子在生物膜里边是双层结构,加入蛋白后形成镶嵌式结构。我今天的报告不涉及蛋白。就磷脂而言,如果我改变温度,改变溶剂,改变溶剂中的一些分子,如果我往溶剂里加一些溶质,或者另外一种溶剂,两种液体混合在一起(我们可以用"互溶剂"这个词来描述它),这些磷脂分子排列的结构会不一样。这里就给大家列出来几种。

先说这一种,这是一种双层结构。在这个结构中,磷脂的尾巴是比较混乱的,可以说是流动的。这就是通常在流动镶嵌模型里说的,磷脂在一维方向、在侧向是具有流动性的。我们把它叫做液晶态。如果我降低温度,分子的尾巴排得就比较整齐了,就能形成这种结构,或者是垂直的,或者是有一个角度的,这个叫凝胶态。如果温度再低,时间再长,分子排得再整齐,就能形成晶体。这与大家的平常认识是一致的,在低温下分子排列最整齐最稳定的方式就是晶体。如果温度再高,比这温度还高,这些分子就会形成非层状的结构。细胞膜是双层结构,这算层状结构,但是不排除有些时候它有非层状结构。比如说两个细胞要见面,两个细胞要碰在一起,卵子跟精子要见面,要合二为一,那么在这个过程中,细胞要融合,在融合的过程中,在这融合的过渡态它有一些非层状的结构。那么也有人在研究,说这种结构不只是在高温下存在,在低温下它也是存在的,起码作为一种过渡形式帮助生物完成它的生物学功能。那么还有一些结构叫做 ripple,波动相。总的来讲,磷脂搁在一起不是简单的双层。它可以有各种相态,研究这些相态,认识它们的基本规律,对于我们回答刚开始讲的类似细胞或器官的低温保存是有很大意义的。

我刚才讲全世界很多人在做这个领域的研究，但是我们每个人精力有限，只能做里边的一点点。刚才邬书记介绍我是做热力学的，而相变是热力学的一个基本问题，所以我们以这个大背景，以器官保存为大背景，在这方面做了一点点工作。这张片子列出了我们实验室的主要工作，第一部分就是我说的相变。但是在这个研究中，你会发现很多问题解决不了，比如说溶剂中加入一点溶质，那这个相行为，相变就有点不一样了。这个时候你就开始解释，有可能形成了氢键等。你会这么解释，而解释得满意不满意呢？你说形成氢键了，真形成氢键了吗？你说因为我这个分子有一个比如说 OH，它具有形成这种氢键的能力，但具有形成氢键的能力不等于就形成氢键了，因为细胞是在水里边的。那么这些分子，磷脂分子是在水里边的，起码这个分子就会与水竞争。如果说这个分子与生物分子形成氢键的能力要比水强，那你把水赶一边，我上去形成氢键；如果没有这么大的能力，说实在的，有这种可能也实现不了，也形成不了氢键。所以这里边还有很多课题要研究，这个溶液化学，我们做了很多分子间相互作用的研究，这里要特别提到超额函数超额光谱。

你们的李庆忠老师在我们实验室工作，做博士论文的时候就做过这方面的工作，非常出色，发了非常好的文章，在美国化学会 *JACS* 上发了文章。除此之外，我们还做像分子识别、蛋白质与配体的作用的研究。我今天主要在第一个方面给大家举几个例子。今天这个标题是"双亲分子相变研究新进展"。做一个报告，报告新进展是特别合适的，特别是在这个会议上，比如说在全国性的会议上，讲旧的大家又不愿意听了。那么今天大部分是本科生，讲那么靠前的东西，不讲一点基础的，不一定是好事。所以我讲三个旧的例子，再讲一点新的例子。

这个例子是我以前做的一项工作，图很简单。这个研究对象是 DSPE，是种磷脂。磷脂在什么里边呢？在甘油里面。为什么要用甘油呢？甘油是一种著名的抗冻剂，有些搞抗冻研究的人，比如说器官的保存，就往里边加点甘油，当然不是说都加甘油，甘油是其中之一，是一种抗冻剂。那么我们把它搁在甘油里边做研究，这里边含有 85% 的水。然后我用一种 DSC 差示扫描量热的技术来做这个实验，就是说把样品搁在那儿，我一加热，你看，如果发生了一件事情，它就出一峰，比如说冰溶解，冰溶解它就出一峰，这是升温。这个例子是要说什么呢？这四个图分别给了不同的升温速度的结果。大家可以看出来升温速度不一样，情况是不一样的。要把这个说清楚，当然要用很多其他不同的知识，还要把其他的证据拿出来。我告诉大家一个结论：就是说升温的时候出一个正峰，按照我们物理化学的定义，就是吸热为正。所以如果出一正峰就表示吸热了，比如说冰溶解就是出一正峰，那么出一负峰，就是放热了。好，大家知道，在每分钟五度的时候到这个地方先放热，然后再吸热。为什么会放热？我们的结论是什么呢？在这个地方的时候，这个样品不是一个稳定的结构，为什么不是稳定的结构还能存在，因为那是一种亚稳的结构，就是还有一定的稳定性。它是一种亚稳态，升温的时候，温度提高了，分子具有更大的动能了，相当于给它足够的能量跨过；如果我们用活化能来说的话，就是相当于能够克服活化能，然后完成这件事情，所以它从亚稳态变成了稳态。必须这么说：变成了稳态。否则它不会放热的。然后，升温它就变成这样子了。

那么我拿这个例子与刚才做冷冻的例子作比较，就是说我把什么细胞或是器官突然搁在液氮里边，分子来不及重排，它就形成了某种结构，它们有可能是种亚稳态的结构；如果把这种亚稳态结构放很长很长的时间，无限长的时间，它会变成一种叫弛豫的现象。弛豫到稳定结构，在低温下变成稳定的结构，但是很难。那么如果升点温度就可能变成这样。确实，在模型体系研究中，是有这样的结果的。在这里如果降温降得很快，它就会变成玻璃态。如果升温，它就会变成晶体，升温的时候出现从玻璃态变成晶态，或者从亚稳态变成稳态，或者从一种不太稳定的晶体，变成稳定的晶体，这种事情会出现的。假如出现这种情况，出现了相分离，把氯化钠分出来，就是说在升温的时候，它有可能某个组分跑到一边，形成了某种结构。那么这是一种模型例子。好，如果升温速度很快，也升到四十度。大家看，就没这种事情发生了，就是我这个地方真是玻璃态，升温很快就变成了非晶态，它来不及变成稳定的晶体态，可能就是在低温抗冻保存的时候速度比较快的话，就能避免分相现象的发生。如果高温下细胞膜的某种结构，降温搁在液氮里面它可能完全冻住了，完全保存了。如果升温速度假设也能这么快，那么结构可以完全恢复，起码说在结构上是完全恢复了，当然功能我还得另说。如果结构上完全恢复了，这就是功能上完全恢复的起码的一个必要条件。不见得是充分条件，但应该是必要条件。所以这件事意义还是很大的。我不用细讲了，大家可以想怎么让它升温速度快，降温还可以扔在液氮里边，升温的时候怎么才能让它升温快，而且还要保证表里都要如一。不能只是把它扔在开水里边，表面是温度升高了，里头呢？能不能保证也是这种速度？是不是甚至比这速度还快？这个问题，大家可以去思考。这是一个例子。

第二个例子，也和相变有关。前面给大家讲了生物膜模型，生物膜模型是流动镶嵌模型，但是那个太简单了。后来人们发现，这个生物膜、这个二维世界里边，把它叫做二维海洋里边吧，还会漂着一些小船。这些小船漂来漂去完成它的功能。这个小船在英文里边叫做 raft。中文把它翻译成脂筏。脂筏的基本结构是一种双亲型分子。那么这些酯、这些小船是怎么造出来的？从热力学的角度讲，肯定有原因。你不说二维里头是液晶态吗？液晶态就相当于在二维世界里头，这个方向看是有序的，是晶体。这个方向看是液体，那么液体就应该是混乱的，混乱的怎么是小船呢？船里头应该是比较结实的，有一定结构，那就是说这个酯为什么能形成这种稳定的结构呢？实际上这也就相当于形成了某种相。刚才在这个模型里看到，这个地方连厚薄都是不一样的。但是这里边有更详细的解释，这里边要涉及胆固醇这个分子。胆固醇叫 cholesterol。这里另外还有一些特殊的磷脂，在这里不给大家讲了。那么我们在这方面也做了一些研究。我们做研究的，就是热力学，就是相变，就是相图，我们能不能建造相图，当然生物膜很复杂，我们也是做模型，将比较少的成分搁在一起来研究它们之间的规律。这是我们建的一个相图，这里边涉及哪些分子呢？涉及一种磷脂分子 DPPC。DPPC 就是一个头、两个尾巴这种分子。还有一个就是分子豆固醇。这个豆固醇存在于植物中，存在于豆子中，也存在于烟叶中间。这个分子可以用这种形状来表示。这两种分子搁在一起，当然还得泡在水里，而泡在水里到底它们之间能形成哪些相态，而且在不同的温度下能形成哪些相态？我们建了一个相图。大家可以看这个地方，在四十来度，关键的有这么一条三相线，大家可以把这个温度与三十七度联系起来。但对植物来讲不一定要与三十七度联系起来，但是，豆固醇的结构与胆固醇是非常相近的，那么胆固醇就可以与植物与三十七度挂起钩来了。大家也许会说这不是与三十七度还是有差别吗？确实，我这个体系也是非常简单的。只有两个成分，如果再加点别的成分，说不定这个相变会有点不一样。从这里边我们可以看到，这两个组分搁在一起，不是形成一个混乱的、互溶的二组分。它在不同的组成条件下，会形成不同的相态。我们重点会说这个部分，它有一个两相区，特别是这一条线。这条线代表液态有序，我们叫做 LO：liquid ordered phase。我们现在的结论就是这个小船的基本结构就是一种液态有序，不是液态无序。液晶态叫做液态无序，那么现在叫做液态有序。这个小船结构是稳定的，确实能够载着这个蛋白在二维海洋里漂来漂去，完成它的任务。这是又一个例子。

那么第三个例子，和下面有关的是什么呢？我们现在讲糖脂，这里有一个 GSL，是鞘糖脂 glacer stranger leitage 的缩写，尾巴部分跟我刚才讲的磷脂差不多，头部有一个 GLACAL，那就是糖，所以那头上连了一些糖基，这个例子也是说连很多糖以及六元环的这种结构。六元环实际上是一种结构，有好多糖。这里不说了，那这个片子说明了什么呢？是说这种分子有可能在二维世界里也会聚集形成一个相，会像刚才说的那样漂来漂去完成这个事情。另外，它还会起到 signal transduction（信号传导）的作用。那人们可能会说，如果要信号传导，你在膜外边，要传到里边，里边要传到外边，这里有一个问题，就是人们认为糖脂在这双层膜里只待在外边不待在里边——大部分人都这么说，书上一般也这么说。糖脂只待在外侧膜里边，不待在内侧膜里边。如果它只待在外侧膜里边，完成任务的时候，内侧膜谁跟它接应，谁接收信号，这就是一个问题。针对这个问题，我们看文献，就发现有一个糖脂例外。这点实际上 1994 年就有人说了，这个糖脂我们说是可能的，现在没有抓着，也没有直接把内侧膜给分离出来，看看到底有没有，我们没有这么做，但是有这种可能。为什么这么说呢？说糖脂在哪儿合成的呢？在细胞里边，在高尔基体合成的。那在高尔基体的什么地方合成的呢？在高尔基体的内侧。用什么合成的呢？原料是什么呢？原料是一种最简单的糖脂，叫做 glucosylceramide，葡萄糖神经酰胺。只有一个鞘酯，鞘糖脂上面连了一个糖。连了一个糖，这是基本的东西。这个东西是在高尔基体的外侧，它会反转进来，进到里边，发生生化反应、合成，合成复杂的糖脂。合成后分出这种能泡。这种能泡漂在细胞的最外层，这叫质膜，然后与质膜重合，融合以后会发生翻转，里边变到外头、外头变到里头。因为葡萄糖神经酰胺在外头，这儿就会跑到里头。所以我们就找着一个有可能在质膜内侧存在的这么一个糖脂。后来，在 1907 年也有人研究（G. D'Angelo et al., Glycosphingolipid synthesis requires FAPP2 transfer of glucosylceramide, *Nature* 449, 62-68, 2007, September），大家可以看到在细胞质膜外侧也有这么一个东西，这就是 GSLS，有点看不清楚，里头是比较复杂，里头的比较多，当然他说的是高尔基体这个地方，经过这个 VICALS 最后到这里与细胞膜的质膜相互融合，然后发生翻转，这个过程也是有的。我们也做了一点研究，我们把特殊分子葡萄糖神经酰胺与其他磷脂，在这个地方用了一个叫 POPE 的分子，把它们搁在一起，然后研究它的相态。我们发现随着浓度的不同，随着溶剂的不同，随着温度的不同，它有可能形成这么一种比较稳定的结构，我们把它叫做四晶相，不是液晶态的。这是第三个例子。

讲到这儿，我们知道，研究这些相态，要用到各种手段。前面已经提到差示扫描量热。这是实验室很常规的仪器，将来同学也会用到。这里我特别要给大家讲一种设备，这种设备，很高级，很好，但是好多人不知道。好多人不知道要用它，这是什么呢？这个是同步辐射 X 光衍射。刚才邬书记介绍我是北京市政府电子对撞机实验室下边的同步辐射实验室用户委员会委员，确实我跟他们联系很多，因为在国外留学的时候也用这种设备，回来以后，跟他们一起参与的项目也很多，国家的正负电子对撞机，大家可能听说过。这个正电子、负电子以很快的速度加热，不是，是加速，在这一个环里面转，然后想办法让它碰撞，一碰撞高能量的正负电子对撞就会产生一些很基本的物理作用，可能会产生一些基本粒子，他们在研究这个东西。那么我关心什么呢？——电子：正电子、负电子。他们一般都用负电子,就是简称电子,高速旋转的电子具有很高的能量,沿着切线经过调整就会辐射出很高的能量,其实它就是光的形式辐射出来的,你就可以用很强的光来做研究。我为什么要提它呢?这是一种储存环,它很大,这是一条街,这是两条街之间,你看差不多就占这么大的空间,确实很大。这个图是哪儿呢?这不是北京的,这是上海的(同步辐射光源),我待会再说这个。辐射出这个光以后,我们看能来做很尖端的研究,大家会说你为什么不在实验室用普通的光源做呢?这个我们也能做,看要针对什么问题了。

如果我们要研究结构,比如说 X 光衍射,用到这个布拉格方程。但是普通的 X 光源,照在磷脂样品上,效果是很不好的。因为磷脂这种分子,比如说液晶态,它的排列不是很好的,你要收集一套很好的数据,需要很长的时间。我们曾经用普通 X 光源做过四五个小时,结果都不能用,我们没有耐心,花那么长时间,有人说收集两三天,数据才能用。但是如果用同步辐射 X 光,毫秒级就可以。有个图,大家可以看,这是升温,如果把一个样品放在样品池里,搁在同步辐射 X 光下边,同时改变温度。我刚才说毫秒级就可以收一个信号,我就可以做到时间分辨。大家可以看到,随着温度升高,能够收到很多好的图,很多好的结构,在什么地方发生相变,一目了然。跟大家介绍,这种仪器除了先进,还有个好处,用这种仪器不要钱。大家常常说,没有好的仪器,特别是烟台大学在发展中,有些仪器不全,像这种仪器,如果你有好的想法,有样品,你可以申请。那么在哪里申请呢,中国大陆有三个地方,第一个是北京,第二个是合肥,第三个是上海,张江这个地方,2009 年 4 月底,才开始服务社会,这个最先进,大家记住,将来有机会,要把这个设备给用起来。

这是我们几个旧的例子,那么有些工作天下人都在做,我们也在做,有的问题解决了,有的没解决,实际上没有解决的问题还很多。我们关注几个,这几个问题都很基本,我列出来了,大家可以看:有些相变变得比较快,有些比较慢,快慢也很重要;有些相变是可逆的,有些是不可逆的。当然还有其他问题,如分子的协同性。下面我给大家讲几个例子:

研究进展实例 1 (Wu FG, Chen L, Yu ZW, *J. Phys. Chem. B*, 113, 869-872 [2009])。

二月桂酰磷脂酰乙醇胺（DLPE）两种层状晶体相态间的转变（Lc1→Lc2）。所用方法：差示扫描量热（DSC），红外光谱（FTIR）和氢氘交换技术。磷脂相变机理的研究，新现象：Lc1→Lc2 过程中，NH_3 中的 H 被交换了，说明在这个相变过程中，水渗透到了晶体的内部。由于在干燥状态和有限的时间内观察不到 Lc1→Lc2 的变化，而且在不加热时，观察不到明显的 NH3 的 H-D 交换，可以得到结论：

(1) 水参予了 Lc1→Lc2 相变；

(2) 水起到了"催化"该物理变化的作用；

(3) 相变模型（图略）。

研究进展实例 2 (Wu FG, Wang NN, Yu ZW, *Langmuir*, 25(23): 13394-13401 [2009])。双十八烷基二甲基溴化铵（DODAB）层状液晶相向层状凝聚胶相的转变（Lα→Coagel）。所用方法：差示扫描量热（DSC），红外光谱（FTIR），同步辐射 X-光衍射（SAXS/WAXS）和透明度观察。两步变化中尾链变化都明显，但头部的变化只表现在第二步。分子不同部位在层状结构－层状结构的热致相变中存在不一致性！

研究进展实例 3 (Wu FG, Wang NN, Yu JS, Luo JJ, Yu ZW, *JPC B*, 114:2158–2164 [2010])。硬脂酰溶血卵磷脂（SLPC）层状液晶相向胶束相的转变（Lamellar→Micellar）。所用方法：差示扫描量热（DSC），红外光谱（FTIR），同步辐射小角 X-光衍射（SAXS）和二维相关光谱分析（2D-COS）。尾链的排列变化明显，界面部分（羰基）也发生了变化，但头部没有发生变化，这是第一个结论。第二个结论是要比一下，尾巴和界面部分哪一个先，哪一个后。我们仔细分析后，认为是羰基在先。怎么才能知道呢？一件事情，要比较先后，清清楚楚有个转变点，从哪儿开始，谁先开始就是谁，这是一种办法。

第二种就是说如果这个峰的位置不是突变的（突变这个点找不着），而是渐变的，那么怎么办呢？你可以找到一个初始的位置，找到一个末态的位置，然后看它变了一半的时间在哪儿？所谓的半时间，我可以比半时间。因为温度是升温的，时间和温度是一致的，比半时间或是广义的时间。那么，通过这个比较，我可以发现这个相变过程中界面部分先发生，尾巴部分后发生，头部不发生。我还可以用其他办法，这是我的二维相干光谱来分析来判断所谓先后的问题。最后，对于这一部分，我们的结论就是，尾链的排列变化在整个过程中很明显，界面部分也发生了变化，头部没变化。那么这是一个相变，头尾不同步、不一致这样一个例子。后面这个例子因为时间关系，我就很快说一下。这个是磷脂，连了一个高分子PEG2000，然后去研究它，最后发现对这个分子来讲，也是在相变过程中尾部变了，头部根本就没有变化。如果不做这个实验，我们还以为相变过程中头部尾部都要变化，但实际上不是这样的。

最后，给大家讲一个例子，就是说，要研究相变，研究磷脂的相变，研究它的细节，我们还可以用计算机模拟的办法，但计算机模拟也有缺点，就是这个结果到底可不可靠，这个需要大家努力，把它做得越来越可靠。但是，它也有好处，就是我能看出细节，能看到它的每一个分子、每一个原子在时间尺度上到底是怎么排列的，细节我们能够知道。我们用了一个叫做 Gromacs 的方法，属于分子动力学，对磷脂的相变做了一点研究。给大家看看结果，就是让大家知道我们能干什么，这是我们模拟的结果。这个红的都是水，这里有好多不同的温度，250℃、260℃、270℃、310℃等，这是一块，这是双层，这是磷脂排列的双层。这外层的红色的是水，泡在水里面；从这里头来看，你确实发现在不同的温度下，这个分子排列的样子是不一样的。那么，下边是上边的一个抽象，把它抽象出来，大家可以看到，确实是随着温度的升高，这个分子能够排列成不同的结构，用计算机模拟出来这种结构还是很有意义的。另外这个图里头说明什么，这个图的纵坐标指的是 Gauche，就是有趋势结构。大家知道，这个烷基 CH2-CH2-CH2 怎么才能最稳定呢？全反式结构最稳定，那就是全反式结构。有时候，是不是全是这样子的，在生物膜里面，尾巴是不是也是这样排列的？这是一个问题。通过模拟我们发现，在这个低温下，实际上也有 5% 到 8% 的结构不是全反式结构，即这种有趋势的结构（Gauche 结构）。那么，在温度高的时候说液晶态分子混乱，怎么叫分子混乱，就是分子有各种弯曲方式。各种弯曲方式全是全反式，还是全反式占一部分呢？我们发现也只有 30%，或者不到

30%是 Gauche 结构。意思就是说还有 70%到 80%的结构是全反式的，所以即使是在混乱的情况下，也有 70%、80%大部分是全反式结构。

还有，刚才说相变，你降低温度它就会形成比如说结晶、晶体结构。液晶相变成晶体结构，我们看看这个是怎么变的，这个成核是怎么形成的，怎么长大的。我们可以看到，随着时间，这是 1ns，50ns，这里头这个核越来越大。大家会问，你怎么知道这是一个核呢？我们有一个判断标准，每一个分子用一个球代表，假如有几个分子，它们相互之间的关系，就是它们之间的距离，如果说在一段时间内，它能够稳定存在，就把它叫做一个核。那么可以看到这个核在不断地长大。这是一件能做的事情。另外，下面这个事情也能做，这个图是什么东西呢？就是说我有一个双层膜，如果你从上往下切一刀，或者是划一条线，你就会先经过磷脂的头部，再经过尾部，然后又经过尾部，再经过头部，是这样一个过程。那么，如果要数元素的话，就是先经过磷脂分子头部的氮原子，再经过磷原子、氧原子，然后经过碳原子，最后经过 CH_2 这么一个过程，而不同部分这个分子的集团密度是不一样的。比如说，氢只有一个电子。它的电子密度不一样，实验就能把这个电子密度算出来。怎么算出来呢？实验测出来。怎么测呢？用 X 光衍射的办法，我们以前算过，通过计算机模拟就能找出来。找出来与这个结果相比较，这个图里面，相对比较高的地方，就是两个磷的地方，因为磷的电子最多。所以要说生物膜有多厚，大家会有不同的定义。一种定义是磷到磷之间的距离大概就是生物膜的厚度，这件事情我们能做。最后我们看一个例子，就是我把这个生物膜里搁一个分子，搁一个维生素 E。维生素 E 是具有水溶性的。维生素 E 进去后跑到哪了？如果说它不代谢，它到膜里面，会待在哪儿呢？在生物膜里面，它会怎么待着呢？是竖着的，还是横着的、躺着的？它是老老实实待着的，还是在那儿动来动去的？我们做了一些模拟，相当于照相吧，这是一些照相结果。关键还给大家看一个我的小电影。大家看看这个分子是怎么待着的。这个动得很厉害，而且，这个一开始在上头，但是大家会发现一会儿就跑到下层了，原来头冲上，现在是头冲下了。这个例子说明，这个维生素 E 分子，在里面不老实，跑来跑去，而且还能够从上面翻到下面，这个在生物学里面叫做 fleak-flock。这个磷脂分子也能，但是难度不一样，它和温度有关系，比如说这种体系，如果温度比较高，它就容易发生，如果降低温度，它就不能发生。给大家展示一下，我们能干什么，我们利用计算机能干什么。

最后，像我这种解释，怎么给结论呢，结论不好说。第一个，如果我们把宏观与微观，实验与计算机模拟结合起来，我们能研究得更深入，对问题的认识更深入。第二个，就算一个具体的结论，就是说我们研究这种磷脂以及磷脂的模型物质，表面活性剂，这种双极性分子是中等大小的，在研究它的相变的时候，发现这种分子的头尾，甚至是中间界面部，在相变过程中可以不一致，可以有先后顺序。这个问题，在世界上是我们首先关注、首先做起来的。在这个方面，也发了五六篇文章了。最近，我们把这部分工作写了一个综述。之前这方面的文章都是英文的,这篇文章是中文的[1]。《中国科学》B 辑应该是九月还是十月出来,有兴趣的同学可以去找来看一看。最后要感谢好多工作是学生做的，这里面好多是我的研究生，还有我的合作者，像这里写的几个缩写 BSRF，就是 Beijing S Radiation，即北京同步辐射设备，北京同步辐射实验室。SS 就是上海，这就是跟他们一块做的，确实这个大装置工作的时候需要得到他们的帮助，这样我们才能得到好的结果。当然我们还要感谢国家自然科学基金。最后感谢大家，谢谢大家。

主持人：尉老师刚才做的应该是比较前沿的报告。围绕双亲分子相变的研究以及尉老师的课题组的工作做了一个学术报告。大家知道在座的大部分同学是我们化院各个专业的同学，还没走到研究的层次，可能很多问题还是似懂非懂，是吧？但是今天是一个两校名师讲堂的报告，我们希望在这个场合请教请教尉老师，有什么问题可以提出来。接下来大家，可以提与刚才讲的有关的问题，也可以提大家关心的其他方面的问题。下面大家提提问题。什么样的问题都可

---

[1] 尉志武，吴富根．两亲性分子聚集体的相变及其协同性研究．中国科学 B，40，1210-1216（2010）

以问。

学生提问：尉老师您好，我有一个问题想问您一下，就是您开头说的关于分子相变，能不能加入一些化学物质来低温保存？

尉教授：我觉得我听清楚了，就是说现在有没有人往里加些什么东西能够实现低温保存？确实好多人在做这个研究。所谓的低温保存，液氮负196度这是一种，其实有的人也不做那么低的温度，就是温度高一点甚至在0度以上几度，也有人在做这个研究。确实往生物体系中加不加其他东西结果是不一样的。刚才提到的甘油是一种抗冻剂，还有另外一种比较著名的抗冻剂叫二甲基亚砜，有同学用二甲基亚砜吗？丙酮同学们都知道，丙酮分子把中间的碳换成硫就是二甲基亚砜了，这个分子很神奇。它是一种很好的抗冻剂，实际上李庆忠老师在我们那发的JACS就是二甲基亚砜与甲醇。干吗要研究二甲基亚砜与甲醇呢？二甲基亚砜是抗冻剂，我们正拿它来做研究，干吗与甲醇放在一起呢？因为甲醇上有一个OH，也可以把它看成是一个生物膜分子。我们看看这两个分子之间到底怎么作用。就这么一个小的体系就能发表JACS，为什么选这么简单的体系呢？简单体系说得清楚，复杂了就说不清楚。那么回答刚才的问题就是加甘油加二甲基亚砜，这是小分子有机溶剂。那么有人说，各种糖都管用，一些糖，特别是二糖，比单糖就会好一些，二糖里有一种糖叫海藻糖，就很好。在配方里加海藻糖的就很多，有不同的加法。有的人在往液氮里泡之前就往里头打，把里头的弃液给换出来，这样的话，降低温度的时候就会好一点，成功率就会高一点，有人在做这个研究。我觉得有的研究也在应用阶段，特别是小的组织。刚才我说的跟体积大小有关系，比如我刚才说的卵子跟精子吧。那大家会问：卵子的成功保存跟精子一样不一样，有没有差异？实际上是有差异的。卵子大成功率就低，精子成功率就比较高。还有很多其他区别，其实有好多人在研究。后半个问题说的是头尾一致不一致。头尾一致是我们在国际上首先想到的，我们在做这方面的探索，这个研究直接用到抗冻上的距离还比较远，但是作为基础研究，对相变规律的基础认识清楚了以后，对设计升温降温的程序也是有好处的。其实我们有一个设想：也许在升温降温的过程中某个基团要形成某种结构或要分相，它们的基团要排成那种形式，如果把它的结构搞清楚了，采取某种升降温策略，可能就不让它这个基团有时间跑到这个地方来，它的某种相态就形不成，可能就能避免某种相态的发生，避免某个分相现象的发生，也许就能避免生物体的损害。但这个设想还是比较遥远，我们做的还是比较基础的。谢谢！

刚才这个同学提了个很好的问题。

徐秀峰：我有一个问题就是，您在研究相变的过程中多次用到 DSC 实验等手段，您能做到原位跟踪吗？

尉教授：对，能够跟踪。应该是原位。就是样品放在那儿有个信号收集器，也可以说是照相，拿一个片子，光衍射后产生一个信号，就拿片子给它照下来，现在是数字化，把信号都收集了，应该是原位的。但是我的样品全是简单体系，不是真的生物膜，实际是生物膜的某个成分。

（真正的生物膜能做到吗？）这是个很好的问题，真正的生物膜应该是能做研究的，但是看回答什么问题。刚才我们说光往上面一打，信号出来了，这里有两个词，一个是散射，一个是衍射。衍射可以做散射的一个特例，衍射的图就比较漂亮。像我刚才给大家看的图实际上是衍射的，散射的话，如果生物膜只是双层，那么信号出来，不会出很好的峰。我们说 NaCl 衍射，因为有好多重复结构就比较好，如果只有 NaCl 的两个离子，肯定效果是不行的。生物膜也是，我们现在做的，实际上不是双层而是多层，相当于好多双层摞在一起。多层以后的，X 光一照峰就比较尖，但是要回答生物膜里具体的问题，就是比较贴近现实，那还是应该用生物膜。小角度我们可以自己设计，按一圈 360 度，5 度以下。为什么说要按自己的实验设计来定呢，光打过来有一束直射光，不能直接打在检测器上，那边摆一个小铅块把直射光挡住，小铅块会影响角度，到底能多小，0 度肯定是不行的，因为是直射光。用一个东西挡住，如果这个东西离样品越远，角度损失就越小，但是越远，光就发散，信号就不好。同步辐射光很强，发散很弱，所以能够做很远。一般同步辐射实验室，像上海和北京，样品和检测器距离很远，房间很大。那个东西可移动，样品到3米或者5米，一般不做到5米，小铅块是毫米级的，比如说2毫米高或者5毫米高，这样的话损失的角度是很小的。

学生提问：现在对一些病变，人们更多的关注于一些人造器官，比方说人的神经元出现了一些缺陷，能不能通过细胞移植或细胞修复来实现治疗？

尉教授：从这个角度来讲，我们输血里面混合了红细胞、白细胞等东西，实际上与这个相关的还有成分输血，不是拿了O型、B型、A型血来配上，而是某种成分，只输红细胞或者其他的，也可以归到这里。还有，我想到组织工程，给人体注入一种细胞，如果它在体内不好好长，就先用高分子材料做一个样，比方说做一个耳朵，然后把细胞放里面，最后细胞就长成了耳朵的样子，长好了，再移植。如果直接把细胞放在体内，也可能。但是对于人来说，没必要，因为它本来就在那儿呢。最后具体到神经元的修复，我觉得是很难的，是挺奇怪的，这个神经长完之后就比较稳定了，一般损坏了以后就很难恢复。按我们说的，细胞有寿命，细胞死了，给它置换，像血细胞都是这样；神经细胞呢，我不是学生物的，对神经细胞不算了解，据我所知，神经细胞是不行的。但是这个问题确实值得研究，我们实验室也想做这方面的东西，就像糖脂，神经细胞上的糖脂就比较多，我们就比较关心糖脂在里面起什么作用，为什么神经元某个地方断了之后不再长？接下来把那里恢复了，这点真不清楚，不过你提的真是个很好的问题。

学生提问：我想问一个细胞保存的问题。把血液抽出来，然后加上一些防冻液。细胞质没有那种防冻液，降温的话，会结冰，细胞会发胀吗，细胞会不会胀裂？

尉教授：你前面说的把血液抽出来，然后放上防冻液，是干什么？

学生：降温。

尉教授：人的还是动物的？

学生：动物的，因为结冰血管就会发胀。

尉教授：你是让它低温保存还是正常生活？

学生：低温保存。

尉教授：那么没血液了，不能工作了。好，谢谢提问。

低温保存的话，换体液，其实不只血液，往肌肉插针头也可以把体液抽出一点，也是可以换的。因为在体外，在实验室的烧杯里，我们可以搞各种配方，哪种配方降温或者升温过程更容易发生分相，这都可以研究的。那你把血液或者体液换成那种肯定是可以的。你说的细胞间，包括刚才说的体液，要把它全抽出来其实是不可能的。确实像你说的，那个问题是存在的。如果降低温度，如果速度不是无穷快，水分子就有足够的时间形成晶核，晶核长大，对生物体是有破坏的。所以所谓的冻伤对生物体的破坏，有一类叫做机械损伤，机械损伤就包括你说的形成冰，冰一般不是圆的，是尖的，尖的就能把血管扎破，这是你说的一类机械损伤。另外一个就是膨胀的问题。我看到过文献这样说，细胞之间形成晶核，晶核要长大，细胞外部的某些浓度就会增大，这在物理化学里叫做渗透压（Osmotic pressure）。细胞外面的水就会流出来补充，冰要长大，那么细胞就不是你说的膨胀而是瘪了，之后细胞也就坏了，作者把它叫做Osmotic Stress，渗透压压力或者破坏。这确实是个问题，但为什么外头形成晶核，而里头不形成晶核呢？这个问题文章没解释，但是我想也许里外的组成不一样，细胞里面比较复杂。应该说里面的浓度很大，各种生物质的浓度非常大，所以里头形成晶核要比细胞间的可能性要小一点。

学生提问：尉老师，您前边的报告当中使用了一些英文名词，像我们本科生在学习包括以后的深入研究中肯定会用到英文名词，我们有必要进行积累，还要阅读一些英文文献，可不可以结合您学习工作中的一些经验跟我们介绍一下，包括与其他国家学者交流过程中的中英文转换等问题。

尉教授：对本科生来讲，这是一个挺现实的问题，我的看法这非常有必要。刚才我的报告中有时候加些英文，一个原因是我脑子里先冒出来的是英文，我在外国待了六年，有些词是在那里学的，虽然回来好长时间了，但是我们在工作的时候，接触的全是英文。看的文献也是英文，写的文章也是。有些词首先冒出来的是英文，所以就直接说出英文了。这件事情反过来说也是一种趋势，因为现在英文的应用非常广泛，所以我觉得，不管你愿意不愿意——包括现在听英语，一些流行歌曲有时还要加些英语的句子——这个世界已经变成这样的世界了。如果说到科学就更是这样了。法国最保守，法国议会甚至通过一个法律，结果这个法律没执行，就得用法语作通用语言。一个教授说现在的英语就是一百年以前的拉丁语，因为科学家以前用拉丁语，现在的英语就相当于当时的拉丁语。科学家的语言不要把它简单看成英国的语言，那是科学家的语言。所以我说，如果有机会，读书时括号里有英语那就把它记住。像我刚才说 Ostmotic，就是渗透压，告诉你了，你就记住。因为刚才你也谈到国际交流，也许人家来了，也许你出国了，或者听英文报告，这时候就用上了。大家大部分是本科生，之后读研究生，发表文章，有的还可能出国，那这种国际交流肯定少不了的。烟台是十四个沿海开放城市之一，国际交流肯定有机会。如果你英语好，就可以抓住机会；如果你英语不好，来个老外你就躲一边去了，你就把机会丧失了。所以鼓励大家把英语学好。

学生提问：您认为清华大学化学院的学生四年之后毕业，和我们四年之后毕业，最大的差距在哪里？

尉教授：差别肯定是有的，我觉得任何两个群体之间都有差别。但是我认为，你得把这个差别分析一下。清华在为国家培养栋梁之才，这个是事实。清华，我们讲，诲人不倦，但也把有些人毁了，其实高考都是很棒的，但是人的发展往往很难说，到了清华之后也要排出一二三名次，有排在前头的获奖学金，也有排在后头的，他们认为自己不行，心理上一旦认为自己不行了，一旦认输了，这个人差不多就废了。实际上每年废好多人，清华毕业生里有些人实际上是不行的。在烟台大学有不行的，但是也有行的。具体说吧，我们清华大学化学系现在很牛的一位教授，发了一篇 Nature，大家都知道 Nature 是很好的杂志。

李亚栋，是一所师范大学毕业的，之后到一所中学教书，除了教化学还兼职体育。但是他这个人，干什么事就要把它干好，他教的体育特长生考上了北京体育大学，别的老师教的学生就没有考上。后来他又考上了中国科技大学的研究生，硕士完了留校，之后做博士，实际上是在职博士，按我们现在的说法是属于非正统的路径。但是他跟我讲，十年磨一剑，无机化学里的各种反应、各个知识点，他都融会贯通，琢磨里面的本质，十年他搞清楚了，后面就一发不可收拾，又研究新想法，后来做得很好。当时清华就不拘一格，把李亚栋请来做教授，并且给他经费支持，在清华大学做得非常好（注：李亚栋教授于2011年12月当选为中科院院士）。所以我说各个地方都能出人才，包括烟台大学。我再举一个国外的例子，如果我们觉得自己不行，不如清华大学的倒数第一，总这么心理暗示那你确实就不行了。但是如果你觉得我干吗不如他，做科研做什么也好，这是马拉松，中学才六年，最后谁跑到前边还不一定。莱斯大学（RICE university），有一次我到德国开会碰到莱斯大学的老师，跟他谈论一件事情，就是聘来一个新教师，工作几年不合格怎么办。大概五年到六年，如果不行就要被赶走。他说好大学，比如哈佛，那是很厉害，对于新教授淘汰率一般是大于80%，甚至在90%以上。但是莱斯大学，哈佛淘汰的教师，相当于不合格的教师，他们请来。所以看来莱斯大学在美国的地位并不高，但是$C60$是在那里研究出来的，诺贝尔奖是那里得的。这个例子说明，在美国排不上名次的大学照样能得诺贝尔奖，就是说大家在科学上都是平等的。只要你敢于追求，你往前钻研，你就是专家。讨论任何一个问题，你多看了东西了，就比别人知道得多。你们肯定都有比我知道得多的方面，我觉得千万要相信自己，要努力。相信在座的各位将来一定有成功者。

郭：由于时间关系，提问先到这。

今天特别感谢25年前来过烟台大学，25年后又来给我们作报告的尉教授。

有很多科技问题我们还不明白，还需要去探索，有很多知识还要去学习。尉教授刚才讲到我们要学专业知识，要学外语，还要学做人，要有自信。希望我们的同学一定要继续努力，不懈地努力，将来能够成功，成为我们国家的栋梁之才。

（李庆忠根据录音整理　姜丽岳编校）

社会计算有效性的影响因素 [1]

金兼斌

◎金兼斌,1968年7月生,浙江诸暨人,博士,现为清华大学新闻学院党委书记、教授、博士生导师。1991年7月毕业于清华大学材料系获得工学士学位;1992年7月在清华大学中文系获得文学士学位;1997年3月毕业于清华大学经济管理学院管理工程系获得工学硕士;1998年1月赴香港浸会大学传理学院攻读博士学位,2002年获得博士学位。2001年9月至12月赴香港城市大学英文与传播系合作研究(高级副研究员);2006年5月至2007年1月,担任牛津大学互联网研究所访问学者。[1]

主要研究方向为:(新)媒介采纳、使用和效果研究;传播学理论与研究方法;编辑出版等。

---

[1] 本文由清华大学新闻与传播学位博士后楚亚杰博士协助整理。

主要讲授"传播学研究方法"、"新媒体研究"、"媒介调查与统计"等课程。

先后主持或作为主要参与者承担"大众传播与社会发展"、"网络思想教育"、"支持北京互联网出版产业发展政策建议"、"1990年代以来我国城市居民人际交流手段的演变及其社会意义"、"互联网在澳门的采纳、扩散和影响"、"数字化背景下的媒介变革"、"面向Web的社会网络理论与方法研究"（国家自然科学基金重点课题）、"社会网络中的舆情演变机制研究"（国家社科基金2011年一般项目）等国内外研究课题。

出版专著《我国城市家庭的上网意向研究》《技术传播：创新扩散的观点》，译著《大众媒介研究导论》《大众传播研究方法》。近年来在国内外期刊、会议上发表论文数十篇。

2007年入选教育部"新世纪优秀人才支持计划"。曾获得第三届中国高校人文社会科学优秀成果奖三等奖，北京市普通高等学校教学成果一等奖，清华大学教学成果一等奖等奖励。

现为中国网络传播学会副会长、北京网络媒体协会理事、多所大学的兼职研究员、*Observatorio*（OBS★）*Journal* 编委、*Asian Journal of Communication* 编辑顾问委员会委员，并担任《传播与社会学刊》、*Technovation*、*Journal of Computer-mediated Communication, Asian Journal of Communication* 等海外学术期刊审稿人。

时间：2013 年 6 月 1 日
地点：烟台大学综合楼 318 室

引言：有效性问题为何重要？

越来越多人类行为"搬"到网络产生出海量数据，如何挖掘这笔"宝藏"成为众多学科共同关心的问题。在此背景下，一个备受关注的数据密集型交叉科学领域出现了，它被称为"社会计算"（Social Computing）、"计算社会科学"（Computational Social Science，Lazer et al., 2009）或"社会模拟"（Social Simulation）等（王国成，2014）。社会计算是"使用系统科学、人工智能、数据挖掘等科学计算理论作为研究方法，将社会科学理论与计算理论相结合，为人类更深入地认识社会、改造社会，解决政治、经济、文化等领域复杂性社会问题的一种理论和方法论体系"（孟小峰、李勇、祝建华，2013）。无独有偶，"计算社会科学"的提出，也旨在强调社会科学和计算科学融合的必要性（Watts, 2013）。

尽管这些概念相互竞争，但其首要目标都锁定在对这些人类海量数据的处理上；也正因如此，我们可以清晰地看到"社会"都是这些命名的关键词，但如何将"社会"有效地加入"计算"仍是所有关注这一领域的研究者亟须解决的问题。在令人激动的海量数据带来的可能性和现实性之间，研究者将承受巨大的风险：在这道景观中，自然科学领域的研究者似乎更有热情，以至于计算科学家被认为过于乐观，而社会科学家被认为过于谨慎。

面对海量资料，我们需要：（1）认识这种以数据形式呈现的资料具有哪些特征；(2) 审视现有方法的关键和局限；(3) 如何提出一个"好"问题，实现理论上的突破。本文将从方法入手，反思社会计算关键一环。广义地看，作为一种社会测量的社会计算，一直都是社会科学研究的重要范式，例如涂尔干利用统计数据对自杀现象的解释（Durkheim，2002），Wison 对美国黑人种族、阶级问题的探索等（Wison，1980）。在经济学、人口学等领域，测量仍是基本的研究工具，甚至在美国社会学方法论学者 Earl Babbie（2009）看来，"一切皆可测量"（Measuring anything that exists）。

社会计算的核心是通过对历时累积的群体偏好、意见或行为加以总结，来把握现实，帮助决策，它本质上是一种社会性动态反馈系统（维纳，1989）。与自然科学家处理的对象不同，社会科学测量对象的复杂性为社会测量带来了巨大的挑战。社会测量关键的问题所在是测量的有效性，换而言之也就是如何提高测量的科学性。文本将从以下六个方面剖析影响社会计算有效性的因素，即：测量对象和范围的界定；文本信息的真实性和有效性辨识；信息采集的抽样设计；采集信息的编码；关键概念的操作性定义；计算结果的可视化呈现。

一、测量对象和范围的界定

社会计算面对的海量网络数据分布在网络空间不同的平台之间，研究者既可以单独考察维基、豆瓣、淘宝等某一特定平台，也可选择新浪微博、腾讯微博、人人网等多个平台的跨平台研究。从研究关注的社会群体来看，既可以是青少年、女性等特定群体，也可以是对社会总体的考察；从考察的时间因素来看，既可以选取特定时间进行截面研究，也可以进行历时性的追踪研究。面对如此多的维度，社会计算首先需要确定自己的立足点，即界定测量的对象和范围。

以"网络舆论调查"的不同情形为例。就考察对象而言，既可以是对普通网民舆论（网民意见）的调查，也可考察网络上新闻行业的舆论。就网民意见的获取而言，我们还需界定测量对象（所有议题 VS 特定议题）、测量范围（所

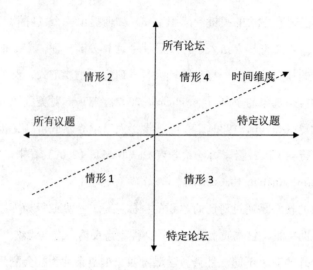

图 1　网络舆论调查的不同情形：以网民意见为例

有论坛 VS 特定论坛)、时间维度（截面 VS 历时）等维度，多个测量维度的区隔和结合将产生数种不同的情形：如图 1 所示，每个时间截面上都可以至少区分四种不同的情形。

面对如此多的情形，研究者如何确定自己的象限？首先，研究者应依据自身的理论界定选取合适的立足点，即从研究者试图回应的理论问题出发。其次，研究者还应该考虑操作策略，根据测量对象的实际状况选择可行性较强的解决路径。例如土豆网提供了该网站的"片库"，有了该网站相对完整的抽样框，研究者就有了将土豆网视频总体作为考察对象的可能性。对网络数据而言，抽样框可能呈现多种形态，例如新浪微博的"热门标签"、豆瓣"图书标签"等均可视为一种抽样框，虽然这样界定下的抽样框，和新浪微博总体、豆瓣图书评论总体等，并不完全等同，但就具体研究而言，至少提供了一种获得某种说得清楚的操作性总体（study population）的途径。

豆瓣图书标签

分类浏览 / 所有热门标签

文学······

小说(2980083)	外国文学(989991)	文学(652624)	随笔(624910)
中国文学(499657)	经典(423398)	散文(420340)	日本文学(364722)
村上春树(290683)	童话(197797)	诗歌(175299)	王小波(145163)
杂文(144423)	张爱玲(139063)	儿童文学(122644)	余华(119795)
古典文学(118829)	名著(116833)	钱钟书(67214)	当代文学(60926)
鲁迅(55825)	外国名著(52040)	诗词(42302)	茨威格(38441)
杜拉斯(34866)	米兰·昆德拉(34382)	港台(5426)	

流行······

漫画(856224)	绘本(594515)	推理(476378)	青春(405591)
言情(302043)	科幻(257595)	韩寒(217985)	武侠(216933)
悬疑(214356)	耽美(202941)	亦舒(199138)	东野圭吾(198041)

图 2 抽样框举例——豆瓣图书标签

二、文本信息的真实性和有效性辨识

大量无结构的网络数据呈现为文本的形态，而文本信息的真实性和有效性向研究者提出了新的挑战。首先，网络水军和机器人的大量存在为文本鉴别带来困难，作为意见、态度、行为信息和内容的生产者及其真实性，至今仍是包括计算科学家在内众多领域研究者未能有效解决的问题。针对Twitter上的"僵尸粉"，StatusPeople公司开发出专门的鉴定程序，将需要检测的Twitter账号输入后，该网站即可返回相关鉴定结果。鉴定通过抽样的方法将粉丝区分为三个类别："假粉丝"（fake）、"不活跃粉丝"（inactive）、"好粉丝"（good）。它可以给出"僵尸粉"在一个账户所有粉丝中的比例，但无法判定哪一个才是"僵尸粉"。

其次，网络文本承载的内容有可能受到生产者"自我审查"、自我暴露（self-disclosure）等的影响。人们在自我表达、自我暴露上具有选择性，自我暴露往往被定义为某一行动者刻意向他人透露关于自我信息的行为（Greene, et

	Total Followers	% Fake	% Inactive	% Good
Kim Kardashian	15.9m	19	38	43
Nicki Minaj	14.3m	24	39	37
Ellen DeGenerres	13m	27	40	33
Barack Obama	18.8m	30	39	31
Justin Bieber	27m	29	41	30
YouTube	15.4m	30	40	30
Lady Gaga	28.7m	27	44	29
Taylor Swift	17.7m	33	38	29
Justin Timberlake	13.3m	27	44	29
Oprah Winfrey	13.3m	31	43	26
Rihanna	24.6m	35	40	25
Katy Perry	25.4m	36	41	23
Twitter	12.7m	37	40	23
Britney Spears	19.7m	36	42	22
Shakira	17.9m	35	44	21

图 3 StatusPeople 对欧美名人 Twitter 粉丝构成的分析

al., 2006）。有研究认为，在以电脑为中介的传播环境中，由于缺乏非语言线索（nonverbal cues）和其他必要的社会情境，人们的自我暴露呈现出与线下交流迥异的特征（Tidwell & Walter, 2002）。由此看来，这种刻意的"内容控制"可能直接影响社会计算旨在通过对文本的处理总结了解社会现实的有效性。

此外，语言的使用是高度情景化的。网络上的发言普遍存在"代言现象"：大量用户作为"观棋不语者"以更为隐蔽的方式表达自己的态度和意见，他们作为"沉默的大多数"，一旦其意见已经被他人表达，通常就不再另外发帖或生产同主题文本。如此看来，不同的文本背后，其代言的程度和代表的广泛性是差别很大的，但基于数据挖掘的文本总结和计算，却并不也难以考量这种不同权重带来的"文本反映现实舆论"的偏颇。就文本生产而言，在规范性表达之外，用户可能还征用大量的"隐语"、非规范用语、符号等，为文本辨析增加难度。另外，文本生产者还存在"一体多面"现象，同一用户使用多个"马甲"，成为文本识别的另一个干扰项。

影响网络文本作为现实反映有效性的另外一个事实是，网络上的文本的留

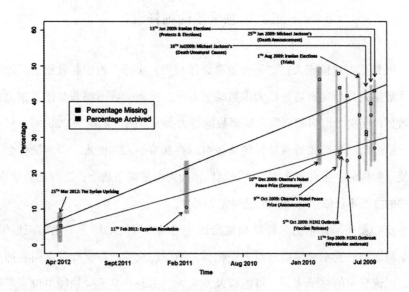

图 4 社交媒体"失忆"

存时间是不均衡的,换言之,有些网络文本的内容可能消失得很快,有些则保留时间相对较长。由此,基于对累积文本的总结而试图去勾勒社会现实,也必然面临有效性风险。对网络上留存的人类"遗迹"进行纵贯考察时,网络内容的不断消失也会制造意想不到的麻烦。消失的内容可能受审查、休眠、放弃保留等各种因素的影响。SalahEldeen 和 Nelson(2012)选取了发生在 2009 年 6 月到 2012 年 3 月间的六个文化事件(如 H1N1 病毒爆发、迈克尔·杰克逊逝世等),通过 Twitter 指向的 URL 检查这些内容是否存在或以原始形式或归档形式存在。结果发现 Twitter 指向的相当一部分网站信息已经消失,时间与消失内容的比例几乎呈线性关系,一年约有 11% 的内容消失,两年内会有 27% 的内容消失。

这一研究揭示出社交媒体世界不断"失忆"的现实,而这又可能影响下一步的抽样、编码。更重要的是,研究者无法判断哪些重要文档已经消失,也无从判断其因何消失。尤其在大量冗余信息不断稀释网络的背景之下,数据的"失忆"亟须纳入研究者的思考范围。

三、信息采集的抽样设计

网络数据规模庞大，它是否就是总体数据？实际上由于各种原因，除了少数大数据的原始拥有者，绝大多数第三方所能接触的数据都非总体数据而是局部数据。历史上很多案例显示局部数据是大而无当的（祝建华，2013）。目前看来，研究者想要获得普查那样的总体数据存在着极大的困难，而传统社会科学家使用抽样的办法有效化解了这种制约。面对海量网络数据，进行社会计算时，抽样的方法不仅依然有效，也显得尤为必要。

正如前述抽样框的多样性和复杂性，网络数据的抽样方案尤需谨慎细致。复杂问题的研究常常需要进行多层抽样，不同层级抽样可能涉及不同的抽样单位。以论坛中的帖子为例，可能涉及发帖人、主题、帖子等抽样单位；进行多级抽样时，需要确定样本框和抽样比例；还需对不同的内容赋予不同的权重，

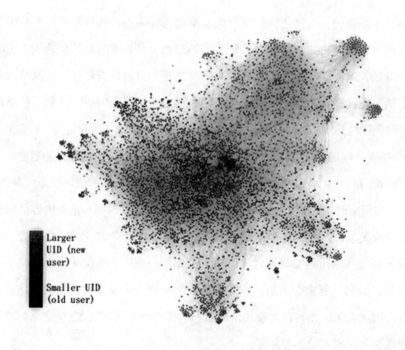

一个立意取样实例——个体中心网（N = 5001）

体现不同等级发帖人所发的帖子重要性的差异。

受数据本身的特征、研究目标等因素限制，非概率抽样往往也是研究者的选择之一。例如使用立意抽样建构个体中心网（廖望、刘于思、金兼斌，2013），该研究抽取一名人人网早期用户，将之视为"种子"，进而呈现其5001名好友之间的关联。

这种抽样方案尽管无法推及总体，但较好地契合研究目标，有利于呈现特定社会化媒体平台上特定社会网的形态、特征、变化等，至少是一个完整的、实际的自我中心网。上述抽样思路，更多地可以看做是一种个案选取的思路，这里的抽样单位就是人人网用户的自我中心网。我这里举的例子是比较特殊的情况，即只抽取了整个人人网中的一个用户的自我中心网。关于如何在诸如博客、微博、社交网站等社会媒体平台上抽样，读者可以参考祝建华等（Zhu, et al., 2011）所介绍的随机数搜寻法（random digit search, RDS）的基本思路。正如我们在很多已有研究中看到的，抽样方案的得当与否将直接影响所采集数据质量，并进而影响研究设计和研究发现的有效性。

四、采集信息的编码

在通过恰当的抽样方法获取足够的资料后，社会计算将进入编码环节。首先需要明确分析单位，分析单位是用来考察和总结同类事物、解释其中差异的单位。存在多个分析单位的情况下，研究者需谨记所得出的结论及其对应的分析单位，否则可能会面临逻辑上的生态谬误（ecological fallacy）（巴比，2005）。以学术博客内容分析为例，可将分析单位区分为博客和博文两个层级（金兼斌，2007）。

通过语义分析，研究者对资料中的信息进行编码，特别是对态度、情感进行编码。在微博用户兴趣类型的话题建模中（廖望、刘于思、金兼斌，2013），我们对转发的文本内容进行分析，提取出转发涉及的兴趣话题，并以此作为转发者和被转发者共有一种或多种兴趣、同属一个或多个社会圈的体现。从本质上，编码是一种研究者对文本内容的解读语法。只有通过编码，通常非结构化的文本信息才能转化为结构化的数据，才能进行分析和假设验证。

在大规模数据挖掘中，自然语言处理的方法也可用于文本资料的处理。作为文本内容的客观部分，文本的话题检测与跟踪（Topic Detection and Tracking, TDT）是自然语言处理和信息检索领域的传统研究问题。最初是面向新闻媒体流提出的这一研究问题，旨在发现与跟踪新闻流中的热点话题的趋势。这里，所谓话题是由一个种子事件及与其直接相关的事件组成的。在话题检测中有很多子任务，例如话题检测、话题跟踪、首次报道检测、关联检测，等等。社会计算兴起背景下，面向社会化媒体的话题检测与跟踪已经成为 TDT 的最新研究趋势。

社会计算中的 LDA（latent dirichlet allocation）模型，还可以帮助研究者理解相关词在同一文档出现的原因。具体而言，根据研究者给出的若干"语法"规则，该模型可以从既定的一组文档中，推断出若干个话题和它们的分布以及各话题的词频分布，并给出每一篇文档对应的话题分布。LDA 模型与"词袋"（bag of words）技术相关，即不考虑文档中词汇的顺序和语法关系，只关注共词现象。在忽略词汇的顺序信息前提下，仍能将共词之间的潜在结构作为话题进行测量。在 LDA 模型的帮助下，研究者可根据每个话题的词分布人工命名话题，完成辅助语义分析。

五、关键概念的操作性定义

计算科学研究者眼中社会计算的"算法"，大致相当于社会科学研究者对关键概念的操作性定义过程，即将抽象的概念逐步分解为可测量的指标。通过对组成指标进行操作化定义，勾连起社会计算的理论和材料。例如社会化媒体平台上，"声望"（Prestige）可用操作性的"累积独立访客数"来测量，"社会连接"（Social ties）用"连接的好友数"来确定，"内容贡献"（Content Contributions）以"累积发帖数"和"分享数"来测量，等等（廖望、刘于思、金兼斌，2013）。

此外，研究者还需确定指标和概念之间的函数关系。举例来说，在唐杰(Tang, et al., 2008)等使用学术研究人员社会网平台 ArnetMiner 展开的分析中，学术研究人员从事研究领域的"多样性"（Diversity）、研究者的"社交性"（Sociability）以及研究者学术影响力的"上升趋势"（Uptrend）是三个关键概念。对上述三个概念的测量，唐杰等建立的函数关系分别是：

(1) 多样性（Diversity）：

首先定义某专家研究题目涉及的领域分布函数为：

$$P_A(t) = \frac{\#papers\ of\ A\ belong\ to\ topic\ t}{\#all\ papers\ of\ A}$$

即该作者发表的论文中，属于特定领域 t 的论文数。该作者研究领域的多样性则被表示为：

$$Diversity(A) = - \sum_{t \in all\ topic\ of\ A} P_A(t) \log P_A(t)$$

(2) 社交性（Sociability）：以某一专家的合作者数量为基准，计算其 Sociability。

$$Sociability(A) = 1 + \sum_{each\ coauthor(c)} \ln(\#copaper_c)$$

(3) 上升趋势（Uptrend）：根据发表论文的日期和会议的影响因子，使用最小二乘法拟合最近 N 年发表论文曲线（近似为直线）。

$$Slope(A) = \frac{\sum_{i=1}^{N}(t_i * IM_{this\ year-N+i}(A)) - N\bar{t} * \overline{IM(A)}}{\sum_{i=1}^{N}(IM_{this\ year-N+i}(A)^2) - N\overline{IM(A)}^2}$$

根据斜率,计算出下一年的影响因子,将之视为上升趋势:

$$Uptrend(A) = Average(IM(A)) - Slope(A) * Average(t_i) + Slope(A) * (N + 1)$$

六、计算结果的可视化呈现

读图时代,社会计算的结果似乎也要加入"可视化"的潮流。"一图胜千文"似乎显示了可视化的魔力。但对数据可视化,研究者需要保持警醒,避免陷入"可视化陷阱",即本末倒置,以可视化来粉饰数据的缺陷或者掩盖了数据真正应该传达的含义和启示。在某种意义上,"可视化"可被视为一个结果的多种解读,是一种选择性呈现,不同的角度和视角将呈现差异极大甚至完全相反的结果。在可视化实现技术上也有不少操纵甚至作假的策略,例如图 6 所示,更改 Y 轴的度量单位,没有 0 点的 Y 轴极易制造误导。

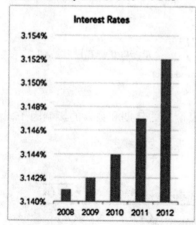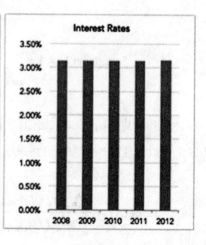

可视化的误导——相同的 X 轴,不同的 Y 轴

当然，数据可视化陷阱的制造手法之多、之高妙都远远超过上述例子。这也提醒我们反思"可视化"热，真正认识可视化的价值所在，利用可视化手法呈现和挖掘多个维度数据结果及其关联。否则将舍本逐末，危害社会计算的有效性。

除了上述六项可能影响社会计算有效性的因素，我们还应该看到以社会为考察对象的社会计算，极有可能受马太效应（the Matthew effect）、门槛效应（the Critical Mass）等的影响，而传播中"沉默的螺旋"（Spiral of Silence）也依然存在，沉默大多数的声音如何发出、如何聆听，仍是不容研究者忽视的问题。

社会计算是新闻传播研究的前沿交叉领域。本文从六个方面剖析了社会计算有效性的影响因素，本文认为，尽管社会计算为社会科学研究带来了重大的机遇，但社会测量本身的复杂性却给测量的科学性提出了巨大的挑战。面对这样一种现状，较为合适的解决对策可以有以下两个方面。第一，改进测量的科学性，追求研究设计本身较高的信度效度；第二，引入多种测量方法，通过交叉验证，确保研究结果的有效性。

参考文献

Babbie, E.（2009）. The practice of social research（12th ed.）. *Belmont*, CA: Wadsworth.

Durkheim, E.（2002）. Suicide: A Study in Sociology. Routledge.Lazer, D., et al.（2009）. Computational Social Science. Science, 323（5915）: 721-723.

Greene, K., Derlega, V. J., & Mathews, A.（2006）.Self-disclosure in personal relationships. In A. L. Vangelisti & D. Perlman（Eds.）, *The*

Cambridge handbook of personal relationships (pp. 409-427). New York: Cambridge University Press.

Lazer, D., et al. (2009). Computational Social Science. *Science*, 323 (5915) : 721-723.

SalahEldeen, H.M. & Nelson, M. L. (2012). Losing My Revolution: How Many Resources Shared on Social Media Have Been Lost? Second International Conference, TPDL 2012, Paphos, Cyprus, September 23-27.

Tidwell, L. C., & Walther, J. B. (2002). Computer-mediated communication effects on disclosure, impressions, and interpersonal evaluations: Getting to know one another a bit at a time. *Human Communication Research*, 28 (3), 317-348.

Tang, J., et al. (2008). ArnetMiner: Extraction and Mining of Academic Social Networks. Proceedings of the Fourteenth ACM SIGKDD International Conference on Knowledge Discovery and Data Mining (SIGKDD' 2008), 990-998.

Watts, D. J. (2013). Computational Social Science: Exciting Progress and Grand Challenges. *The Bridge*, 43 (4) : 5-10.

Wilson, W. J. (1980). *The declining significance of race: Blacks and changing American institutions*. Chicago : University of Chicago Press.

Zhu, J. J., Mo, Q., Wang, F. & Lu, H. (2011). A random digit search (RDS) method for sampling of blogs and other user-generated content. *Social Science Computer Review*, 29 (3) : 327-339

艾尔·巴比. 社会研究方法. 第10版. 北京：华夏出版社，2005

金兼斌. 从博客看个人化写作的社会性实现可能. 传媒透视（香港），2007. 6月号：8-9

廖望. 新浪微博转发讨论的异质性和结构平衡性. 中国网络传播研究（第五辑），杭州：浙江大学出版社，2012

廖望,刘于思,金兼斌. 社会媒体时代用户内容生产的激励机制. 新闻与传播研究,2013(12):66-81.

孟小峰,李勇,祝建华. 社会计算:大数据时代的机遇与挑战. 计算机研究与发展,2013. 50(12):2483-2491

王国成. 计算社会科学:人类自我认识的新平台. 中国社会科学报,2014年5月26日,第600期

维纳. 人有人的用处——控制论和社会. 北京:商务印书馆,1989

祝建华. 一个文科教授眼中的大数据:多、快、糙、耗?. 大数据中国,2013(1):10-12

(校对:刘春雷)

数字图书馆及其发展趋势

李广建

◎李广建，北京大学信息管理系主任，教授、博士生导师。兼任中国科学院研究生院教授、中国科学院文献情报中心博士生导师。2001年入选"中国科学院文献信息和期刊领域优秀人才引进计划"。中国科技情报学会理事，中国图书馆学会理事，国家科技图书文献中心计算机网络服务系统专家委员会委员。《图书情报工作》《现代图书情报技术》《情报科学》《数字图书馆论坛》等期刊编委。

主要研究方向为信息资源管理、网络信息管理技术与信息系统。

先后出版《图书馆信息系统:技术、实现与应用》《Web信息系统导论》《数字时代的图书馆网络信息系统》《网络竞争情报源》等专著，发表论文70余篇。

时间：2011年7月13日
地点：烟台大学逸夫图书馆报告厅

一、什么是数字图书馆

自上世纪90年代美国提出了"数字图书馆"的概念并引发世界范围的数字图书馆建设热潮以来，数字图书馆的研究和建设已经取得了令人注目的成绩，并且在持续快速地发展。

1. 数字图书馆是一个热门话题

近几年，多个行业都在如火如荼地进行有关数字图书馆的理论、技术的探讨，制订了许多标准，提出了许多的模型，还开发出了许多的数字图书馆。

2. 数字图书馆是一个跨学科的领域，迄今没有一个统一的定义，不同学科的学者站在本学科和不同的角度来定义数字图书馆。

3. 研究图书馆协会（由美国、加拿大等国家的121个主要的学术图书馆组成的一个专业协会）给出了一个要素列举式的定义：

- ◆ 数字图书馆不是一个单一的实体。
- ◆ 数字图书馆需要连接许多信息资源的技术。
- ◆ 多个数字图书馆及信息机构之间的连接对最终用户透明。
- ◆ 全球范围存取数字图书馆与信息服务是目标。

◆ 数字图书馆的收藏并不局限于文献的数字化替代品，还扩展到不能以印刷形式表示或传播的数字化人造品。

4. 总的来看，数字图书馆的发展有两条线：

◆ 以计算机和网络工作者为代表的一条线。他们认为，数字图书馆与现有的印本图书馆没有任何关系，它实质上是"信息库"的概念，数字图书馆要解决的是海量信息的存储与检索问题，特别是多媒体的检索问题。

◆ 以图书情报工作者为代表的一条线。他们认为，数字图书馆是在传统图书馆基础上发展起来的，是印本文献的数字化与数字化资源的融合。数字图书馆要解决的是收集和建立数字化资源并有效地提供信息服务。

5. 后来又有了第三种观点——复合图书馆

复合图书馆也称混合图书馆，是传统图书馆与数字图书馆的并存形式，也是从传统图书馆到数字图书馆的一个过渡阶段。在复合图书馆中，信息资源、信息载体、技术方法、服务规范、服务对象、服务手段、服务设施、服务产品等都是复合的，即传统与现代并存。

复合图书馆一词最早由英国图书馆学家苏顿（S. Sutton）于1996年提出。他将图书馆分为连续发展的四种形态，即：

传统图书馆
自动化图书馆
复合图书馆
数字图书馆

他认为在复合图书馆阶段，可以实现传统馆藏与数字馆藏的并存，但两者的平衡越来越倚重数字型，因为用户可以通过图书馆的服务器或网络自由访问跨地域的分布式数字化信息资源。

6. 复合图书馆实际上是图书情报工作者对"数字图书馆"概念的更深入的认识

数字图书馆是一个跨学科的领域,不同学科的学者站在本学科和不同的角度来定义数字图书馆,迄今没有一个统一的定义,这是正常的。

数字图书馆明显的跨学科特征,使得不同的学科在这一复杂的跨学科体系中每一部分都有自己具体的特点、要求和问题。不同的学科,如计算机、通信、图书情报、教育、经济、法律等都在这个领域中做着自己的贡献。例如:

计算机科学关注技术。

图书情报学关心系统的组织与服务。

7. 综合以上观点,数字图书馆可以这样定义:

◆ **数字图书馆实质上是一种网络信息系统。**
  ※ 支持数字资源的采集、组织、存储、提供。
  ※ 以普遍存取、分布式管理、集成化服务为特征。
◆ **数字图书馆是一种新型的图书馆形态。**
  ※ 融合了传统图书馆、档案馆、博物馆的某些功能。
◆ **数字图书馆既可依赖传统图书馆,也可单独存在。**
  ※ 可以在实体图书馆基础上构建。
  ※ 也可以与实体图书馆没有任何关系。

8. 数字图书馆产生的背景

随着网络的广泛应用,网上信息量激增,对网上内容进行控制既是非常困难的,又是完全必要的。虽然搜索引擎的出现在一定程度上缓解了这个问题,但并没有从根本上解决它。谁也不能期望某个搜索引擎能够记录所有在网上出现过的信息,出于资金考虑,多数搜索引擎只是记录当前的最新信息,而且它只索引了网上的一部分资源,很多有价值的专业数据库出于版权、接口、安全等原因,搜索引擎是无能为力的。

另一方面,作为 Internet 出现之前就已经存在的图书馆,积累了大量的知识财富(这是数字化资源的重要基础之一),同时还有比较成型的处理资源的理论、方法和经验(这是值得借鉴的技术手段)。

网络和电子资源的广泛使用,引发了社会信息资源使用的新问题,至少从现阶段来看,作为一种整合资源的手段,数字图书馆至少有以下作用:

以一种通用的格式(或可交换的格式)整合网上存在的各种信息资源,包括网页、音频、视频、各种数据库的记录、传统图书馆的书目数据,等等,并以一个统一的模型整合各种异构系统。(即资源整合)

以一个统一的接口(或可相互兼容的接口)实现对所有资源的访问,对终端用户来说,在得到信息之前,机器之间进行成千上万次交互,选择、匹配、汇总、过滤一系列的过程都是透明的。(即服务整合)

Internet 和数字资源的背后是各种各样的机构、企业、公司,包括出版商、政府部门、网络公司、高校,等等,有各自的目标和利益,需要一种资源合理管理利用的模式,在数字图书馆这个统一的大框架内,各个部门达成协议,分工合作,既维护相互的利益,又保证资源得到合理的最充分的利用。(即利益整合)

二、数字图书馆与实体图书馆

虽然数字图书馆从概念上与实体图书馆并没有必然的联系,但在实践中却与实体图书馆的联系非常密切。

※ 实体图书馆拥有大量的信息资源。
※ 图书馆工作积累了一套有效的信息资源管理的理论和方法。
※ 数字化的实体图书馆是数字图书馆的重要表现形式。

数字图书馆的理论和方法既为实体图书馆带来了机遇,也带来了挑战。

1. 传统图书馆的工作模式

    ※ 流水线式的工作。

    ※ 以目录为中心的工作模式。

    ※ 以文献为单元的工作模式。

2. 数字环境下图书馆的变革（略）

三、数字图书馆的结构和技术

目前，尚没有通用的、大家公认的体系结构。在实践中，根据各自的需求，结合数字图书馆要解决的问题，构建数字图书馆模型。

1. 数字图书馆要解决的问题

    ◆ 资源的数字化

        ※ 馆藏的数字化、外购电子资源等。

    ◆ 信息的普遍存取

        ※ 不受时间、空间限制的信息访问和服务提供。

    ◆ 分布式管理

        ※ 信息资源和服务的集成，一站式访问。

2. 人们提出了不同的体系结构模型（略）

3. 从图书馆工作角度看，数字图书馆包括资源建设、资源服务、自动化管理三个部分，包括七类子系统：

    ◆ 数字资源采集与加工子系统

※ 数字资源采集与加工子系统是实现图书馆数字资源建设的重要子系统。

※ 图书馆网络信息系统的数字资源包括电子图书、电子期刊、网络数据库、光盘、图像资源、音频资源和视频资源以及其他电子资源。

※ 数字资源采集与加工子系统主要通过馆藏资源数字化加工和管理、自建数据库、购买第三方数字资源、网络资源采集、接收所属机构内外资源提交等方式来构建自己的数字资源体系。

◆ 图书馆业务集成管理子系统

※ 图书馆业务集成管理子系统即图书馆自动化系统,它以数字资源采集与加工子系统为基础,通过元数据与数字资源进行交互,同时,支持上层服务(信息导航、信息检索服务、Web信息服务、馆际文献服务)的实现。

※ 图书馆业务集成管理子系统一般由采访模块、编目模块、流通模块、期刊管理模块、公共查询模块等构成。以书目数据为中心,涵盖现代图书馆各个业务管理环节,包括采访、编目、典藏、流通、阅览、期刊管理等,能实现多文种、多类型的实体文献著录处理,包括图书、连续出版物、视听资料、音乐文献、地图及其他混合型资料的著录处理,并对广域网环境下的联合采访、联合编目、馆际互借、原文传递等扩展功能提供支持。

※ 同时,图书馆业务集成管理子系统还可将网络资源信息作为虚拟实体进行著录管理。同时,图书馆业务集成管理子系统的各业务环节之间有着广泛的信息交换和共享,能形成完整的业务统计信息。

◆ 信息检索服务子系统

※ 信息检索服务子系统是图书馆网络信息系统所提供的信息服务的一个重要组成部分,信息检索服务也是用户服务中的主要内容。

※ 信息检索服务子系统包括图书信息检索、连续出版物信息检索、视听资料信息检索、网络信息检索、全文检索、跨库检索、个性化检

索以及与检索相关的服务,包括读者借阅查询、资源导读等。

※ 信息检索服务有 Web 方式和非 Web 方式的联机服务方式。

◆ Web 信息服务子系统

※ Web 信息服务子系统是指图书馆网络信息系统通过网络,以数字资源为基础,对用户提供的各种服务,包括数字化参考咨询服务、视频点播(VOD)服务、email 服务、FTP 服务、网上读书服务、电子教室、远程教育、视频会议、个性化信息服务,等等。

※ 虽然不同的图书馆网络信息系统由于其自身的网络速度、带宽以及服务重点等方面的不同,其 Web 信息服务子系统所包含的信息服务的类型有所不同,但用户不用到馆即可使用这些 Web 信息服务,这是传统图书馆所不具备的。

◆ 馆际文献服务子系统

※ 馆际文献服务子系统支持向用户提供馆际互借、原文传递等服务,目的在于提高信息资源的共享性。

※ 用户利用馆际文献服务子系统,从馆际互借协作单位借入文献时,系统按本馆流通政策将文献出借给最先提出请求的读者,同时馆际文献服务子系统也可按照馆内用户借阅文献的操作为馆际互借单位或个人向外单位或个人借出文献。

※ 用户还可通过馆际文献服务子系统以电子邮件或邮寄等方式获取检索到的文献原文,包括期刊论文、专利文献、学位论文、会议文献等。

◆ 信息导航子系统

※ 信息导航子系统的功能是引导用户了解并使用图书馆及其网络信息系统或者获得专题信息。

※ 信息导航子系统包括专题门户网站、多媒体导航系统等。

※ 图书馆专题门户网站将与某一专题有关所有信息资源与服务功能通过主页的形式展现出来并为用户服务。

※ 多媒体导航系统一般以多媒体为表现形式,采用触摸屏方式,内容

由声音、图像、视频构成，有些多媒体导航系统还使用了三维动画或虚拟现实技术。读者通过点击屏幕即可了解图书馆的建筑、资源、服务，为读者更好地利用图书馆及其网络信息系统起到了直观的引导作用。

◆ 管理子系统

※ 实现对整个图书馆的自动化管理功能，对馆内工作业务和图书馆网络信息系统进行管理。

◆ 主要包括办公自动化系统（电子馆务）、电子阅览室管理系统、一卡通等。

四、国外数字图书馆建设概况（略）

五、国内数字图书馆的发展现状（略）

六、数字图书馆的发展趋势

自上世纪90年代美国提出了"数字图书馆"的概念并引发世界范围的数字图书馆建设热潮以来，数字图书馆的研究和建设已经取得了令人注目的成绩，并且在持续快速地发展。

到目前为止，数字图书馆的建设已经历了三个发展阶段：

第一个阶段：以书目为中心或以图书馆自动化系统为中心。其中最为典型的成果是互联网联机联合编目系统、互联网联机情报检索系统和WebOPAC系统，这些系统基本上属于将图书馆服务搬到互联网上，将互联网作为提供图书馆服务的新工具。由于此前在联机联合编目系统、联机情报检索系统和OPAC系统建设方面积累了大量技术基础，因此这一阶段的技术成熟度较高，加之实现的功能并不复杂，所以技术难度不大。

第二个阶段：以资源数字化为中心。重点是解决非电子文档的数字化问题。这个阶段的代表性技术是扫描技术、光学字符识别（OCR）技术、海量信息存储技术、全文检索技术等。

第三个阶段：以资源集成和服务为中心。核心是解决分布式异构数字资源的互操作问题。跨库检索技术、OpenURL、门户技术、元数据收割等技术是这一阶段的代表。

近几年，随着数字信息资源的高速增长、服务内容的日益丰富以及系统功能的不断复杂，在与信息、知识有关的几个不同领域中，研究人员不约而同地提出了"下一代××系统"的研究和建设问题，如"下一代信息系统"、"下一代知识管理系统"，等等。

在这种大背景下，以美国和欧盟为代表的发达国家又提出了"下一代数字图书馆"、"虚拟数字图书馆（VDL）"、"数字图书馆服务环境"等概念，开始对数字图书馆技术和建设模式进行新的探索，提出了一些新的想法和思路，并且进一步加强了对数字图书馆新技术的研究和原型系统开发。

从近年来国外数字图书馆建设的理论和实践上看，数字图书馆有以下几个趋势：

1. 新的数字图书馆架构

德国集成出版与信息系统研究所（Integrated Publication and Information Systems Institute，IPSI）的 Ingo Frommholz 等人在《支持下一代数字图书馆架构中的信息存取》（"Supporting Information Access in Next Generation Digital Library Architectures"）一文中认为：

※ 面向服务的架构、对等网以及网格计算等新的技术和范式的发展，为数字图书馆的发展提供了更多的可能。

※ 通过提高数字图书馆的费效比和更恰当的裁减，使数字图书馆技术可以向更广泛的客户开放。

※ 可以对数字图书馆服务和 IT 技术的发展有更快的适应性。

※ 可以实现内容和服务提供的动态联盟模式，这种模式能够包括更为广泛的、分布式的内容和服务提供者。

研究表明，现有的数字图书馆并不是真正分布式的，而是一种集成

（integrated）和集中控制（centrally controlled）的系统，下一代数字图书馆的发展方向则是一种可动态配置的数字图书馆联盟。因此，必须重新定义数字图书馆的总体系统架构以及提供服务和接口的系统体系结构。

◆ **面向服务的体系架构**（Services-Oriented Architecture，SOA）

这是一种用于构建分布式系统的方法框架，其目标是实现交互系统之间的松散耦合。所谓服务是指由服务提供者实现的工作单元，这种工作单元用来为服务请求者完成预定的任务。在网络上，任何服务的请求者都可以通过标准的方式去访问一个或多个服务，并将它们连接起来，按需形成有完整功能的系统。

◆ **网格技术**

这是在网络环境中实现用户访问地理位置分布、异构的计算机系统资源的一种通用应用服务平台。其目的是对位置分布、异构和动态变化的虚拟机构的资源和服务进行集成与管理。利用网格技术，可以实现网络上各种资源的互联互通，用户能够透明地使用资源，即用户可以在任何地方访问任何网络节点上的资源。从目的上看，网格技术的目标与数字图书馆技术的目标在本质上是相同的，都是要解决广域、异构信息的共享、互联和互操作问题。因此，下一代数字图书馆的研究十分重视网格的应用，试图利用网格技术构建出新型的集成数字图书馆系统，实现网络信息资源在时间、空间和内容上进行整合，以满足社会各界对信息的需求。

◆ **P2P 技术**

全称为"Peer-to-Peer"，即对等互联网络技术（点对点网络技术），其目的是使得任何网络设备可以为其他网络设备提供服务。P2P 系统中的任何一个节点（peer）之间都能通过直接交换信息来进行信息和服务的共享，而不需要经过其他的中间实体。P2P 最根本的思想在于网络中的节点既可以获取其他节点的资源或服务，同时又是资源或服务的提供者，即兼具客户机和服务器双重身份。因此，P2P 是一种分散的、分布式的资源管理模型。

目前，国外基于 P2P 的数字图书馆系统研究主要集中在基于 P2P 架构的数字图书馆原型研究、基于 P2P 的数字图书馆的异构模式互操作和元数据整合研究、基于 P2P 的数字图书馆中的信息检索研究等三个方面。

- ◆ 典型代表
  - 面向服务的数字图书馆架构
    - ※ 美国弗吉尼亚技术大学的数字图书馆研究实验室的 DLBOX
    - ※ 美国的 NSDL（National Science Digital Library）
    - ※ 加拿大的 CSI（Canada's Scientific Infostructure）
  - 网格架构
    - ※ 欧盟资助的 DILIGENT（A DIgital Library Infrastructure on Grid ENabled Technology）
    - ※ 美国 Andrew W. Mellon 基金会资助的 Digital Library GRID
    - ※ 葡萄牙国家图书馆的数字图书馆存储项目
  - 对等网架构
    - ※ 欧盟资助的 BRICKS（Building Resources for Integrated Cultural Knowledge Services）
    - ※ 欧盟第 6 框架计划（The 6th Framework Programme）

- ◆ 美国的 NSDL（National Science Digital Library）
  - 1996—2004 年 NSDL1.0
    - ※ 由 NSF 资助，创建了一个大型的有关科学、技术、工程和数学领域的数字图书馆。
    - ※ 在技术上，用现有的技术快速地实现了元数据仓储（Metadata Repository）。
    - ※ 存在的问题：
      - 以元数据为中心
      - 没有内容，只有元数据
      - 所能体现的关系有限，只能体现出 collection 和 item 的关系
      - 在上下文、结构和访问方面有限制
      - 在协作和提交方面有很大的局限性

- 单向数据流：NSDL → Users
- NSDL 2.0（NSDL Data Repository）
  - ※ 目标：
    - 合作式的体系结构：面向服务的，而不是整体性的应用系统和单个用户的
    - 可重新组合的数据资源和数据转换
    - 能够利用集体的智慧
    - 多方面地揭示资源之间的关系
    - 双向数据流：NSDL Users
  - ※ 解决方案：Fedora-based NSDL Data Repository
- Fedora
  - ※ A Flexible, Extensible Digital Object Repository Architecture
  - ※ 2002—2007 年，米勒基金会资助的开源项目
  - ※ 资助金额 220 万美元
  - ※ 可以存储任意的内部和外部数字对象及其相互关系（包括变换和组合的形式）
  - ※ 完全以 SOAP/REST 为基础，用 URL 来标示
  - ※ 用 XML 存储数据、用 RDBMS 实现缓存（cache）、用 RDF 支持关系查询
- NSDL 2.0 实现一种全新的体系结构
  - ※ 从元数据数据库（联合目录）转向了基于 Fedora 的数字对象仓储，可以处理多种对象类型。
  - ※ 是 Web 服务和应用的交互平台，可以对内容作任意的组合及变换。
  - ※ 除了 heavy-weight OAI server，还支持许多 light-weight services 和应用。
  - ※ 分布式管理，通过授权及认证，图书馆和服务单位可以管理自己的仓储内容。

- ※ 网络化的存取：利用基于仓储（repository-based）的 URL 访问内容，不管资源是本地的，还是远程的。
- ※ NSDL 2.0 及其工具能使用户围绕高质量的科学、技术、工程和数学领域资源创建一个能够显示资源之间的关系，可以进行提交、进行相互协作的独特 Web。

◆ 加拿大的 CSI（Canada's Scientific Infostructure）
- Infostructure= information + infrastructure
- 由加拿大科学技术信息研究所（CISTI）和加拿大国家研究委员会（NRC）资助
- CISTI 2005-2010 年战略规划的重要内容
- 目标：
  - ※ 使加拿大人能够无缝地访问全文数字内容，而不管他所处的地理位置如何，属于什么样的机构。
- 容器——安全可靠的技术基础
  - ※ 灵活且适应性强的体系架构
  - ※ 能根据硬件、内容和服务等进行伸缩
  - ※ 用工业标准 SOA 方法及工具进行构建
- 内容——可信赖的数字仓储
  - ※ 国家级的数字资源
  - ※ 元数据、全文数字内容
  - ※ 用于未来情报（intelligence）挖掘的数字资源
- 发现工具——新颖的工具和服务
  - ※ 数据和文本挖掘工具
  - ※ 授权与认证服务
  - ※ 搜索和定位服务

2. 从图书馆环境到用户环境

- ◆ 数字图书馆建设取得了大量的成果,但也存在着一系列的问题:
  - 用户看到的一个个孤立的系统,是一个个的建设成果展示;
  - 服务系统自成体系,系统互连性差,不能被相互调用;
  - 系统之间的连接关系是零散、无序、任意甚至是混乱的,没有一个清晰的流程;
  - 不是从用户使用的角度出发为用户所建的服务系统。
- ◆ 读者应用方面存在着一系列实际问题
  - 不了解、不明白、不易用、不会用、不能用、不爱用……
- ◆ 用户驱动的数字图书馆环境是一种新型的数字图书馆服务组织和构建模式
  - 围绕着用户的工作流程构建相关的数字图书馆服务
  - 使用户不离开其工作环境就可使用数字图书馆资源
  - 按照用户的使用习惯组织数字图书馆的资源和服务
  - 根据用户的不同为其组织和装配不同的资源和服务
- ◆ 近年来,随着互联网的广泛应用,出现了 E-xxxxx
  - e-science
  - e-learning
  - e-administration
- ◆ 它们的共同特点是基于网络的科研、学习、管理。
- ◆ 它们对数字图书馆提出了新的要求,这些要求是:
  - build services around user workflow rather than expecting workflow to build around the library
  - mobilizing information resources in user environments
  - locally assembled material available to local users

    —— Lorcan Dempsey(OCLC 副主任)

- ◆ 用户驱动的数字图书馆建设思路
- ◆ 目前,国内外这类系统逐渐引起了人们的重视,不同单位根据用户的需求和自己的理解，开发或正在开发各有特色的系统。

- ◆ 实质
  - 以数字图书馆为依托
  - 以个性化服务为手段
- ◆ 应用场景

实例：The UK National Library for Health

- The UK National Health Service（NHS）
  - ※ 一项面向英国的医疗服务
  - ※ "Knowledge is the enemy of disease; the application of existing healthcare knowledge will have a greater impact on health and disease than any drug or technology likely to be introduced in the next decade."
  - ※ 强调知识应用的价值
- 将知识提供到医生和病人的桌面

3. 与机构信息环境相融合

- ◆ IR

Institutional Repositories 是近年来出现的一个新概念，目前国内尚没有通用一致的译法，大致可以翻译为"机构仓储"、"机构资源库"。

- ◆ 定义

一个机构向其成员提供的、用以管理和传播该机构及其成员所创造的电子资料的一系列服务。

- ◆ IR 主要解决两个问题：
  - 一个是改革学术交流系统，强调学术团体对其知识资源的控制权，削弱期刊出版商对学术资源的垄断，降低学术机构和图书馆获取文献的经济成本，方便科研人员获取学术资料。
  - 另一个是解决机构（如大学、科研机构）的评价问题，在当前的学术交流体系下，研究人员学术论文的价值和影响力在一定程度上反映了研究人员及其所在机构的科研水平，IR集中了本单位科研人员的智力作品，能较全面地揭示众多科研成果的科学、社会和经济价值，因而反映了机构的学术质量，同时提高了机构学术成果的透明度和影响力。

◆ 目前，IR解决方案主要可以分为四类：

- 专用系统，这类系统是IR研究项目的成果，如eScholarship、JISC IE、Knowledge Bank等；
- 开放源码和免费的系统，如Dspace、Fedora、Archimede、CDSware等；
- 商业系统，如Documentum、Bepress和UMI/ProQuest研制的DigitalCommons、DiMeMa公司研制的CONTENTdm、Innovative公司的DRM、BioMed中心的Open Repository等；
- 混合型的系统，如VTLS公司的Vital等。

◆ 应用方向

- 建立机构学术资源库，如大学、科研机构
- 建立社区资源库，如公共图书馆
- 机构、出版商和信息服务商之间的合作
- 为政府服务

4. 运用知识技术，走向知识服务

自然语言处理（NLP）、人类语言技术（HLT）、计算机语言学（CL）、知识工程（KE）、知识管理（KM）、语义网络（Semantic Web）、智能代理（Agent Based Computing）、Web智能（Web Intelligence）等各个领域的研究取得丰硕成果。

围绕着知识表示、知识的获取、知识的建模、知识的抽取、知识的检索、知识重用等核心知识技术，开展的一系列以"知识技术"为主题的研究已经取得很大的进展。

知识技术的进步，显示了数字资源向知识转变的可能性。

（赵海峰编校）

体育与力学二三事

武际可

◎武际可，北京大学力学与工程科学系博士生导师。曾任北京大学力学系副主任、中国首届力学学会力学史与方法论专业委员会主任委员，《力学与实践》主编，中国电机学会冷却塔委员会副主任，《力学学报》《固体力学学报》《计算力学》等杂志编委，太原理工大学、吉林大学等高校兼职教授。

出版《力学史》《近代力学在中国的传播与发展》《旋转壳的应力分析》《弹性力学引论》《弹性系统的稳定性》等著作，翻译《何为科学真理》《两门新科学的对话》，发表学术论文百余篇。

曾获国家科技进步奖两项，部级奖励七项。2002年被科技部、中宣部、科协授予全国科普先进工作者称号。从事教学与研究50余年，专长为固体力学、计算力学与应用数学，目前的兴趣集中在力学史和科普写作上。合作出版的《力学诗趣》(1998)，2001年获第4届全国优秀科普作品二等奖；新出版的《拉家常，说力学》受到广泛好评。

时间：2009 年 7 月 10 日
地点：烟台大学逸夫图书馆报告厅

奥运会的精神是更快、更高、更强，它是人体运动的速度、弹跳高度和力量角力的较量，所以体育运动与物理特别是与力学有着十分密切的关系。它既是全世界体育实力的较量，也是与体育有关的科学技术的较量。

事实上，在现代体育竞赛中，场馆建设、体育器材、纪录检测、运动员培训、兴奋剂检测、体育技巧的发展等方面，都需要现代科学技术的介入。世界体育运动的每一项纪录的刷新，不仅包含了运动员的才能和艰苦锻炼，也体现了他背后许多科学技术人员的劳动成果。体育科技已经形成一个包含十分庞杂的科学技术门类。

要在一篇短文中涉及体育运动与科学技术的方方面面是不可能的，甚至涉及体育运动与物理或力学学科的方方面面也是难以做到的。本文只选择有关运动力学的两三个方面做一个引言，以引起同学们对这些问题的兴趣。

一、运动中人体的重心

在角力和跑跳运动中，正确处理自己身体重心的位置、重心的起伏幅度、重心速度方向以及它和人体姿态的依存关系，对于提高运动成绩是很重要的。

在摔跤、柔道等准静态角力运动中，运动员要尽量保持自己的平衡而把对方摔倒。为此保持自己重心较低的姿势是有利的，所以在这类运动中，运动员多采取猫腰和半下蹲的姿势。重心较低比较稳定，这是力学上一个普遍原理。早在西汉时期刘安所著的《淮南子》中，就有"上重下轻，其覆必易"的记载。后来法国的拉格朗日在他1788年所著的《分析力学》中把这个结论一般化，总结为：力学系统在势能取极小时平衡是稳定的。

在跨栏、短跑和中长跑等项目中，运动员的重心起伏的幅度不可以太大。因为起伏过大，在运动全程中，重心所行走的曲线比起伏小的路径要长。但重心的起伏也不可能消失，因为在赛跑时，两步之间有一个短暂的两足同时离地的跳离时刻，两足同时离地必然会使身体的重心抬高，所以要完全没有重心的起伏是不可能的。研究表明，在跨栏运动中，身体重心上下起伏幅度大约为10—20厘米，而短跑运动员最大不超过8厘米。在竞走比赛时，虽然限制不能两足同时离地，重心的起伏也不可能消失，不过这时重心的起伏幅度比赛跑时要小许多。

运动生物力学、运动生物化学、运动医学多学科的理论和科学手段的联合运用和各学科的专家投入，使用先进的科技仪器（如每秒几千帧的摄影机，电子计算机定量分析的软件系统）为高水平短跑运动员进行技术诊断，提供了准确的时间、空间、步数、步长、步频、速度等运动学参数。研究表明，短跑单步技术发展趋势是，缩短支撑时间，同时又缩短腾空时间，认定增大人体重心腾起的初速度和减小人体重心的腾角是加快短跑速度技术的主要关键。重心的腾起、初速度和腾起角，会直接影响短跑每一单步的步幅和体态。正是由于这一系列的科学研究和科学训练，才有一系列新纪录和1991年美国刘易斯创造的100米世界纪录9.86秒，再到现在的9.69秒。

正确确定人体重心的位置，对于刷新跳高纪录起着非常重要的作用。

跳高时，人体的跳跃高度是由三个垂直距离的总和决定的，这就是跳高理论中的重要公式：$H = H_1 + H_2 - H_3$。

其中：H 为能够跳过的横杆高度；

H_1 为起跳时人体离地瞬间身体重心的高度；

H_2 为通过跳跃使人体重心升高的高度；

H_3 为人体重心腾起的最高点至横杆之间的距离。

上面 H1 是运动员固有的,大约是运动员身高的 0.6 倍,运动员的身高愈高 H1 也愈大,所以跳高运动员一般是高个子。H2 是和运动员弹跳能力以及助跑诸多因素有关的。而 H3 取决于越过横杆时所采用的姿势。迄今先后流行过的跳高姿势有跨越式、剪式、滚式、背越式、俯卧式等。不同姿势的 H3 的数值大致是:跨越式,H3 在 40 厘米左右;俯卧式,H3 在 10~15 厘米左右;背越式,H3 在 0~5 厘米左右。特别需要说明的是,在背越式越过横杆时,臀部、腹部位置较高,头、四肢位置较低,往往低于横杆,人呈弓形,重心在人体外,位于横杆的下方。所以成绩可以比其他姿势好。

为了说明跳高姿势对于跳高成绩的影响,我们来简略介绍近百年中流行跳高姿势的变迁。第一种有正式记载的跳高姿势是跨越式,在 1864 年牛津大学和剑桥大学的田径对抗赛上,英国运动员罗伯特·柯奇以"跨越式"创造了 1.70 米的世界纪录。

1895 年,美国人斯维尼改进了跨越式,其特点是运动员在过杆时,身体急速侧向转体,两腿交叉如剪刀,这就是"剪式"。这种技术在当时创造了 1.97 米的新纪录。1957 年 11 月 3 日我国女子跳高运动员郑凤荣在北京跳过了 1.75 米,打破世界纪录,就是用剪式创造的。

1912 年,美国运动员霍林在美国斯坦福大学田径赛上采用左侧斜向助跑,过杆时以身体左侧滚过横杆,霍林把这种技术命名为"滚式",这种技术使人类跳过了 2 米的高度。

1923 年,苏联运动员伏洛佐夫又创造出"俯卧式"跳高技术,并很快流行开来。在 1968 年第 19 届奥运会上,39 名跳高运动员中有 38 人采用这种技术,使俯卧式技术的应用达到了巅峰。1970 年,我国运动员倪志钦即用俯卧式创造了 2.29 米的世界新纪录。

然而也是在 19 届奥运会上,美国 21 岁的福斯贝里过杆动作与众不同,他越过横杆时,不是面朝下,而是面朝上,这个动作被命名为"背越式"过杆技术。在这一届奥运会上,福斯贝里以 2.24 米的成绩创造了新的奥运会纪录,背越式跳高也随之风靡全球。此后十余年间,俯卧式跳高和背越式跳高究竟哪个技术更先进，田径界一直没有定论。直至 1980 年第 22 届莫斯科奥运会上，联邦德国运动员韦希格以背越式跳高技术征服了 2.36 米的高度，战胜了所有采用俯卧式跳高的运动员后，背越式跳高才逐渐开始占据跳高技术的统治地位，俯卧式跳高技术逐渐被冷落。我国运动员朱建华，从 1983 年到 1984 年分别以 2.37 米 2.38 米和 2.39 米的成绩三次打破世界纪录，他采用的姿势就是背越式。

二、克服空气和水的阻力

在球类运动中，无论是足球、排球、网球、乒乓球还是高尔夫球，在投掷运动中，标枪和铁饼，以及在长短跑、滑冰、跳远、自行车运动中，都会遇到空气的阻力问题。在游泳和划船运动中又会遇到水的阻力。一句话，在众多的体育运动项目中，总会遇到流体的阻力问题。

从流体力学中我们知道，物体在流体中以速度 v 运动时，它所受的阻力 f 是

$$f = \frac{1}{2}\rho k S v^2$$

其中：ρ 是流体的密度；S 是物体的截面积；k 是一个依赖于物体形状的系数，在速度相对于流体中的声速很小的情形下是与速度无关的常数。

按照上面这个计算阻力的公式，阻力是和速度的平方成比例增长的。所以在速度比赛中，速度愈快，所受的阻力就更大。速度快 1 倍，阻力就会增大 4 倍。拿速度滑冰来说，最快的速度可以达到每秒十多米，而自行车比赛速度还要快些，这个速度相当于六七级大风的风速。骑自行车的人有经验，在顶着 6 级大风骑行时，已经相当困难了，何况在比赛时，即使在无风的条件下，其空气阻力也相当于受迎面 7 级风的阻力。有人研究过，自行车运动员在以 32 公里／小时左右的速度前进时，他们的能量有 90%消耗在克服空气阻力上，滑冰运动员以 48 公里／小时的速度在冰上滑行，能量的 80%用于克服空气阻力。所以运动

员要想尽一切办法减小阻力,而唯一能够做的是改变依赖于物体形状的系数 k。滑冰运动员都穿紧身衣服,自行车运动员戴流线型头盔,把自行车的辐条改为实心轮毂,把腿上的毫毛剃光,这些措施都是为了减少阻力,他们甚至不放过把鞋带藏好而不外露这样的细节。

球类的速度更是可观。最快的是羽毛球,可以达到 77 米/秒;其次为高尔夫球,可以达到 72 米/秒;再次为网球,速度可以达到 55 米/秒。对于球类,当然不是球运行速度愈快愈好。比如羽毛球,就是要使它所受的阻力大,速度才可以很快衰减。但是高尔夫球就不一样了,希望一次击球,球飞行距离愈大愈好。这就要设法减小它的阻力,即减小依赖于物体形状的系数 k 的数值。

早期西方的高尔夫球用皮革内充以羽毛来缝制。这种球有一个大缺点,就是当球被打入水中或被露水粘湿时,重量变化很大。到 1845 年开始改用橡胶或塑胶压制而成的光滑圆球。这种球优点是不会因为被水湿了而大大加重,但是却又出现了一个大问题,这就是击球后,球飞行的距离大为缩短。皮革球,比较粗糙,飞行得较远;而表面光滑了,飞行反而近了,这其中很有讲究。所以后来高尔夫球被做成麻脸的,即表面有许多凹坑。最早发现麻脸高尔夫球飞得远的事实的是苏格兰的一位教师,1930 年麻脸的高尔夫球就被接受作为正式的标准用球。光滑的高尔夫球,一杆最多飞行数十米,而麻脸的高尔夫球一杆可以飞行二百多米。可见高尔夫球麻脸的减阻效果是非常明显的。其中的道理见参考文献 [3]。

鲨鱼是一种游得较快的鱼。生物学家发现,鲨鱼皮肤表面粗糙的 v 形皱褶可大大减少水流的阻力,鲨鱼因而可以快速游动。科技人员受鲨鱼皮肤和麻脸高尔夫球的启发,并用计算机仿真来分析运动员所受的阻力和游速,最后创制出一种新的游泳衣。这种游泳衣可减少阻力 3%—4%。而这对于激烈的竞争来说已经可以提供重要的取胜因素了。

鲨鱼皮游泳衣一出现立刻便显出它的效果。2000 年悉尼奥运会游泳比赛中,澳大利亚选手伊恩·索普穿黑色连体紧身泳装,一举夺得 3 枚金牌,而他身穿的这种鲨鱼皮泳衣,也从此名震泳界。

从各方面减少阻力的研究方兴未艾。荷兰科学家亨利·克帕伊尔说，穿流线型的运动服可在 10 公里长跑中将成绩提高 16 秒，而滑雪运动员穿按动力学原理设计的服装，以近 145 公里 / 小时的速度从斜坡上飞驰而下，也能够争取到关键性的几毫秒。因此设计阻力小的运动服、提高运动成绩就成了一项体育研究的重要课题。人们把滑雪服放在风洞里，模拟运动员的角度类似真正滑行的角度，对其逆行测试以寻求减阻最有效的衣料和缝制技术。

三、使用新材料和器械以改善运动成绩

在体育运动中由于采用新材料和新的器械，运动纪录不断刷新。

首先看撑竿跳的历史。由于撑竿的改变，使撑竿跳的纪录提高了几乎一倍。早先是用沉重、没有弹性、容易折断的木杆来做撑竿，最好成绩只有 3.30 米。1910 年运动员开始使用重量较轻、有一定弹性的竹竿，最好成绩达到 4.77 米。1930 年运动员使用较为坚固的金属竿，这是一个历史性突破，因减少了撑竿折断的后顾之忧，运动员可以提高握竿点，加快助跑速度，成绩突破到 4.80 米。当材料力学与新型材料结合后，1948 年人们创造出了重量更轻、弹性更强的玻璃纤维竿，后来又有碳纤维加强的复合材料竿，人类的撑竿跳成绩一下子突破了 6 米。1994 年 7 月 31 日，在意大利塞斯特里尔的田径场上，乌克兰运动员布勃卡一举越过了 6.14 米横竿。这项室外撑竿跳纪录至今还没有被人打破，而布勃卡本人曾 35 次打破撑竿跳高的纪录。

弹性力学的发展帮助了体育器材的改进。例如，蹦极是年轻人喜爱的一项非常刺激的体育运动，悬索一端系在人体上，另一端和跳台绑在一起，它的长度和弹性决定了这项运动的刺激程度。在射箭运动中，箭飞行的速度和远近取决于弓和弦的弹性。网球在过去十年有了长足的发展。十年前最大发球球速约为 100 英里 / 小时，而现在力量型选手的球速约为 138 英里 / 小时。球速的提高并非来自选手自身力量的增强，而归功于球拍弹性行为的改进以及对球拍与

球的碰撞过程的透彻研究，这些研究都是利用有限元结构力学分析软件（例如ABAQUS）对弹性大变形过程的分析后才完成的。

利用塑胶跑道改善和打破人类运动的纪录，是新材料在体育设施上应用的一个典范。体育发展史上，石块地、泥地、沙地、草地和煤渣地（跑道）等都曾是径跑跳比赛场地。现今人们用的聚氨酯塑胶跑道，是目前国际上公认的最佳运动地面。塑胶跑道厚度一般为13毫米，具有弹性好、耐磨、防滑、色彩美观、场地清洁、易于维护管理、不受气候等条件影响、平坦均匀、可吸收震动、减轻跌跤受伤程度等优点。它使短跑技术和运动成绩产生了大的飞跃，1968年在墨西哥城举行的第19届奥运会上，运动员海因斯以9.95秒的成绩打破了联邦德国阿明·哈里斯创造并保持8年之久的10.0秒的百米世界纪录。

1938年，短跑的起跑器被正式批准使用，几十年来体育研究人员和教练员对短跑的起跑技术和起跑器进行了大量的研究和改进，还根据运动员的形态、技术和素质状况的差异设计出不同的起跑器安装方法，使运动员在起跑时能够迅速及时地摆脱静止状态，获得尽量大的起跑初速度。

利用科技手段改造运动鞋也是创造新纪录的有效手段。在1991年的东京田径世锦赛上，美国运动员刘易斯以9.86秒的成绩打破百米世界纪录，人们普遍认为他穿的跑鞋是重要的"功臣"。他那双鞋经过运动力学、医学专家和鞋匠的精心设计，只有115克重，鞋底镶着轻盈而坚固的陶瓷鞋钉。由于陶瓷耐磨而且钉子附近无任何黏附物，鞋的重量减轻了20克，这就为他打破100米世界纪录提供了一种物质基础。据说这双鞋价值十几万美元。

在体育运动的器材上使用的新材料与新设计，更是不胜枚举。球类的材质、乒乓球拍的贴面、蹼泳的蹼的材料与设计、减轻竞赛用自行车的自重、运动服装的改进，等等。总之，在运动器械与设施的改进上科学技术日益发挥着重要作用。

（赵海峰编校）

参考文献

[1] 体育院校成人教育协作组:《运动生物力学》[M],北京:人民体育出版社,1999

[2] 柳方祥:《跳高姿势的演变及对潜入式跳高的评价 [EB/OL]》,http://WWW.fw265.com / lunwen / tiyu / 3883.html.

[3] 武际可:《从麻脸的高尔夫球谈起——流体中运动物体的阻力和升力》[J],《力学与实践》,2005. 27(5),88-92

多靶点药物应用和研究

李学军

◎李学军,现为北京大学医学部基础医学院药理系教授、博士生导师。曾任基础医学院副院长、系主任等职。现兼任国际科联中国委员、中国药理学会副理事长、生化与分子药理专业委员会主任委员及国内外20余种杂志的副主编、常务编委和编委等。

主要研究方向为分子药理学。研究课题为:药物靶点的确认和新药发现、网络药理学、水通道的生物学研究和新药发现等。已培养硕博士35人,发表论文140余篇,其中SCI收录80余篇。第一作者和责任作者文章69篇。全部文章总引率为1300余次,其中单篇他引最高为141。主编及参编专著和教材70余部。

曾获科技部重大专项、国家自然科学基金重大国际合作及"863"和"973"等研究资助。并曾获国家教委科技进步奖、五洲女子科技奖等,2009年获北京市教学名师称号。

时间: 2010 年 11 月 18 日
地点: 烟台大学综合楼 114 教室

摘要: 近几十年的药物发现研究几乎均集中于寻找或设计作用于单个靶点的高选择性配体药物分子, 但是针对单个分子靶点的药物在治疗疾病时通常很难达到预期效果或者毒性很大, 很难治愈多基因疾病如肿瘤, 以及影响多个组织或细胞的疾病如糖尿病等[1]。多角度攻击疾病系统可以克服许多单靶点药物的局限性, 由此产生的多靶点药物治疗 (multi-target therapeutics) 可以同时调节疾病网络系统中的多个环节, 不易产生抗药性, 对各靶点的作用产生协同效应, 达到最佳的治疗效果。现已在很多重大疾病的治疗中开始应用[2]。本文对多靶点药物治疗的特点、分类情况、发现策略和筛选模型、已在临床使用的多靶点治疗药物进行了综述, 并探讨了中药在多靶点药物治疗应用中的潜力。

一、概述

药物发现的基础是寻找分子靶点并证明其与疾病的相关性, 靶点的确认标

---

[1] Kola I, Landis J. Can the pharmaceutical industry reduce attrition rates [J] *Nat Rev Drug Discov*, 2004, 3 (8): 711-716

[2] Bolognesi ML, Cavalli A, Melchiorre C. Memoquin: a multi-target-directed ligand as an innovative therapeutic opportunity for Alzheimer's disease [J]. *Neurotherapeutics*, 2009, 6 (1): 152-162

准是发现特异作用于该靶点的化学分子或抗体分子。与发现和优化新型靶点抑制剂相比,疾病相关分子靶点的确认仍然是十分困难的工作,常常需要数十年才能完成[1]。

现代药物研发的主要思路就是通过药物来抑制疾病发病机制中某一分子靶点而使机体恢复健康。但是,经过了近二十年对高选择性靶点配体的集中研发,候选新药经临床试验后成功上市的比例不但没有增加,反而不断下降,这一现象对现有的药物研发思路形成了极大的挑战[2]。

近年来系统生物学的出现和不断发展为药物发现提供了一种全新的思路——多靶点药物治疗。同时,对疾病网络系统的进一步研究和认识也揭示了单独对某一靶点进行调节,在复杂疾病治疗中有局限性。多靶点药物治疗,简而言之,可以同时作用于疾病网络中的多个靶点,对各靶点的作用可以产生协同效应,使总效应大于各单效应之和,达到最佳的治疗效果[3]。

多靶点药物的研究尤其适用于肿瘤治疗。肿瘤的发生发展是由多基因参与的多步骤、多阶段、体内外因素相互作用的复杂过程,且多数肿瘤有4至7个独立的突变位点,因此需要多靶点治疗来确保药物抗肿瘤作用的有效性和持久性。Gupta 等[4]报道,人乳腺癌基因表达数据分析显示,环氧合酶2(Cyclooxygenase 2,COX2)、基质金属蛋白酶1(matrix metalloproteinase 1,MMP1)、基质金属蛋白酶2(matrix metalloproteinase 2,MMP2)和外调蛋白(epiregulin)是肿瘤细胞肺转移所必需的,对这四个基因的联合抑制可以终止小鼠模型中的肿瘤细胞转移进程,基于以上四个基因的药物筛选将有助于抑制肿瘤的转移,更好地控制病情。

---

[1] Pollio G, Roncarati R, Seredenina T, et al. A reporter assay for target validation in primary neuronal cultures [J]. *J Neurosci Meth*, 2008, 172(1): 34-37

[2] Schrattenholz A, Soskic V. What does systems biology mean for drug development [J] *Curr Med Chem*, 2008, 15(15): 1520-1528

[3] Zimmermann GR, Lehar J, Keith CT. Multi-target therapeutics: when the whole is greater than the sum of the parts [J]. Drug *Discov Today*, 2007, 12: 34-42

[4] Gupta G.P, Nguyen DX, Chiang AC, et al. Mediators of vascular remodelling co-opted for sequential steps in lung metastasis [J]. *Nature*, 2007, 446(7137): 765-770

二、多靶点药物的分类及作用方式

多靶点药物治疗按药物组分的不同可以分为三种形式。第一种形式是多种药物联合用药（multidrug combination），这种形式最常见，已经成为抗艾滋病和抗肿瘤治疗的主要策略[1]。但是这种形式的缺点是所含药物彼此间容易发生相互作用而产生不良反应。为了改善上述问题并使用药更加方便，产生了第二种多靶点药物治疗形式——多组分药物（multicomponenet drug），即在一个给药单位如一个片剂或注射液中含有多种活性组分[2]。一些临床应用较好的联合用药已被制成了新的多组分药物，如抗艾滋病药 Atripla、抗哮喘药 Advair 和治疗丙型肝炎的 Rebetron 等。上述两种形式药物的研发遇到的主要挑战是在临床试验中必须证明其所含的各药物组分无论是在单独应用还是联合应用时都是安全的。第三种形式是某一单组分药物可以同时选择性作用于多个分子靶点，即严格意义上的多靶点药物（multi-target drug）[3]。单组分药物的服用在药物代谢上是优于联合用药和多组分药物的，也可以克服各组分相互作用产生的不良反应，但是优化一个多靶点药物使之同时产生多靶点选择性而不是非选择性从技术上来说难于前两种形式。

基于药物作用靶点间的关系，多靶点药物的作用方式可以分为以下三类：(1) 通过影响不同的靶点而产生组合作用，各靶点可以存在于特定组织、细胞或细胞间液中的相同或不同信号转导通路。(2) 药物对第一个靶点的作用可以对第二个靶点产生影响，例如改变药物代谢、抑制外排泵或阻断其他抗性机制。(3) 作用于某一靶分子或分子复合物（如原核细胞染色体）上的不同位点发挥联合

---

[1] Zent CS. The role of alemtuzumab in the treatment of chronic lymphocytic leukemia [J]. *Leukemia Lymphoma*, 2008, 49（2）: 175-176

[2] Hopkins AL. Network pharmacology: the next paradigm in drug discovery [J]. *Nat Chem Biol*, 2008, 4（11）: 682-690

[3] Petrelli A, Giordano S. From single- to multi-target drugs in cancer therapy: when a specificity becomes an advantage [J]. *Curr Med Chem*, 2008: 15（5）: 422-432

作用进而增强药理活性。尽管多靶点作用可以以几种不同的方式进行，但各靶点会协同发挥作用，以达到最佳的治疗效果。

三、多靶点药物的发现策略和筛选模型

尽管联合用药和多组分药物在临床上的成功应用证明了多靶点药物治疗的优势和应用前景，但是对多靶点药物治疗的系统化研究仍面临许多技术上的难题。首先，多靶点药物治疗依赖于疾病系统的整体性和复杂性，因此必须在体外细胞水平或体内水平上进行筛选。第二，由于缺乏对有协同作用的靶点配对的总结，发现可能的靶点组合的工作量是十分大的。第三，发生协同作用的有效剂量和各组分间的配比关系，需要大量实验投入对每个组合方式进行测试。基于以上问题，产生了如下的多靶点药物的发现策略和筛选模型。

1. 基于细胞的表型分析

多靶点药物发现首先需要一种合适的多靶点分析测试方法。由于高通量分子靶点筛选使用的是非细胞体系，不能模拟完整细胞的系统生物学特性，因此不能用于多靶点药物的筛选。而基于细胞的表型分析既可以保证筛选的高效性，又含有疾病相关的分子信号通路，可以增加发现潜在的协同作用的可能性，已被广泛应用于多靶点药物的研究。Mayer 等[1]用人脐静脉内皮细胞建立了三种基于细胞的表型分析，分别监测 TNF-α 诱导的 NF-κB 易位、E-selection 和 VCAM-1 的表达，用于研究炎症反应中激活的主要信号通路及多靶点药物的筛选。此外，多细胞联合培养体系可以更好地模拟生物系统的整合作用并更易发现新的多靶点作用机制。例如利用混合培养的淋巴细胞进行抗炎药物筛选，能

---

[1] Mayer T, Jagla B, Wyler MR, et al. Cell based assays using primary endothelial cells to study multiple steps in inflammation [J]. *Method Enzymol*, 2006, 414: 266-283

够更好地模拟不同细胞之间的旁分泌作用。用模式生物如斑马鱼进行的在体筛选可以利用整个机体系统在生物体内进行筛选，能够发现并证实多靶点作用的存在并在生物有机体水平整合它们的作用[1]。

2. 综合性作用的联合筛选

联合用药进行的综合性作用的筛选，可以发现存在于分子靶点或信号网络之间的相互作用和联系。这种筛选方式的原理是通过联合用药中的单一组分的处理，使系统处于一种综合的状态，进而使系统增强对第二个组分作用的敏感性，这种方式类似于经典药物发现中的协同作用研究和筛选。除了小分子药物以外，这种筛选方式也可以扩展为用一些生物制剂如 siRNA、抗体或肿瘤特异性生长因子作为诱导组分。在某些情况下，这种用于诱导综合状态的药物可能缺乏特定的分析方法检测其对系统的作用，而这种静默的效应在加入第二个组分时就可能被检测到。这种综合性作用的分析已被应用于研究乳腺癌 2 型易感基因（Breast cancer type 2 susceptibility gene，BRCA2）和多聚 ADP 核糖多聚酶 1（poly (ADP-ribose) polymerase-1，PARP1）之间的相互作用[2]。利用这种综合性作用的联合筛选来研究多靶点药物比分子靶向型筛选具有更好的选择性和更高的效率。

3. 配伍分析

多靶点药物治疗方案筛选的一个关键点是需要比较联合用药和各组分单独用药时的活性差别，并优化各组分的用量。各组分之间的协同效应需要在达到一定浓度范围时才能发生，所以系统性寻找配伍方案需要测试被试组分间一系列配比关系下产生的效应。具体地说，可以通过检测连续稀释某一组分时产生

---

[1] Crawford AD, Esguerra CV, de Witte PAM. Fishing for drugs from nature: zebrafish as a technology platform for natural product discovery [J]. *Planta Medica*, 2008, 74（6）: 624-632

[2] Bryant HE, Schultz N, Thomas HD, et al. Specific killing of BRCA2 - deficient tumours with inhibitors of poly（ADP-ribose）polymerase [J]. *Nature*, 2005, 434（7035）: 913-917

的所有可能的配伍比例进行剂量-效应矩阵分析来实现[1]。矩阵分析可以显示各配伍对的组合效应,并可以和相应浓度下每个组分单独产生的效应进行比较。矩阵分析的结果可以用无效假说参考模型,如Loewe相加法进行评价和打分,以确认各组分彼此之间是否产生了协同或拮抗作用。

4. 多靶点药物设计

多靶点药物设计的主要策略是平衡该化合物的多靶点作用产生的一系列生物效应。Morphy[2]等系统阐述了多靶点药物的设计原则。一种方式是连接配体,通过接头将独立的药效团连接起来,这种方式产生的多靶点药物的分子量往往会很大并且很难口服给药。Cashman 等[3]设计的选择性5-羟色胺再摄取抑制剂(selective serotonin re-uptake inhibitors,SSRI)和PDE4抑制剂的偶联体对5-HT再摄取产生很强的抑制作用,同时也可以抑制PDE4D2的活性,有望发展成一种新型抗抑郁药。另一种方式是重叠配体,即各个药效团之间会发生重叠或高度整合,这种方式产生的化合物更容易具有较小的分子量和药物的物理化学特性。Murugesan 等[4]基于血管紧张素1(angiotensin1,AT1)受体的配体和内皮素A(endothelin-A,ETA)受体的配体所共有的联芳核所设计的重叠配体有更好的抗高血压活性。此外,多靶点药物设计可以改善疾病系统对药物产生的耐药性,尤其是在艾滋病治疗方面。药物作用靶点有一个氨基酸残基的突

---

[1] Borisy AA, Elliott PJ, Hurst NW, et al. Systematic discovery of multicomponent therapeutics [J]. *PNAS*, 2003, 100(13): 7977-7982

[2] Morphy R, Kay C, Rankovic Z. From magic bullets to designed multiple ligands [J]. *Drug Discov Today*, 2004, 9(15): 641-651

[3] Cashman JR, Voelker T, Johnson R, et al. Stereoselective inhibition of serotonin re-uptake and phosphodiesterase by dual inhibitors as potential agents for depression [J]. *Bioorgan Med Chem*, 2009, 17(1): 337-343

[4] Murugesan N, Tellew JE, Gu ZX, et al. Discovery of N-isoxazolyl biphenylsulfonamides as potent dual angiotensin II and endothelin A receptor antagonists [J]. *J Med Chem*, 2002, 45(18): 3829-3835.

变,就有可能使患者对抗艾滋病药物如非核苷类逆转录酶抑制剂(non-nucleoside reverse transcriptase inhibitors, NNRTIs)产生耐药性。第二代 NNRTIs 的研发思路是设计可以对野生型和耐药性突变体的逆转录酶均产生抑制作用的化合物。因此,第二代 NNTRIs 如 rilpivirine 和 etravirine 需要和一系列突变的逆转录酶上的结构各异的位点结合,发挥多靶点药物作用[1]。

四、中药的多靶点作用

传统中医药理论体系强调整体性和协调性,这和系统生物学着重研究生物系统中所有组成成分的构成及相互关系有着很大的相似性。越来越多的研究表明,中药中含有的活性组分通过作用于多个靶点而共同发挥治疗作用,即系统生物学范畴的多靶点药物治疗。对中药中的有效成分或复方中各组分的多环节、多靶点系统调节作用的研究,将成为中药作用机制的重要研究方向之一。Chen 等[2] 利用中药有效成分的三维结构对其分子靶点进行搜索,并对这些靶点可能产生的生物学作用和该药的药理学活性进行了比较和分析,为中药活性成分靶点预测和发现提供了新的思路。随着系统生物学和计算生物学的不断发展,将会产生更多新的研究手段发现目前未知的中药协调各组分间的相互作用而发挥治疗效果的具体机制。此外,近年研究发现,许多从中药中提取分离得到的单体化合物也是通过多靶点作用发挥药理学活性的。姜黄中的主要活性成分姜黄素以其强抗肿瘤活性和高安全性成为最受关注的多靶点药物之一。研究表明姜黄

---

[1] Abdel-Malak M, Gallati C, Mousa SA. The rise of second-generation non-nucleoside reverse transcriptase inhibitors: etravirine, rilpivirine, UK-453061 and RDEA-806 [J]. *Drug Future*, 2008, 33(8): 691-699.

[2] Chen X, Zhou H, Liu YB, et al. Database of traditional Chinese medicine and its application to studies of mechanism and to prescription validation [J]. *Br J Pharmacol*, 2006, 149(8): 1092-1103.

素可以影响多条信号转导通路而抑制肿瘤细胞的增殖、侵袭、转移和血管新生，其临床药效学评价正在进行中[1]。

五、目前已在临床使用的多靶点治疗药物——优势与问题

随着多靶点药物发现技术的不断成熟，已经有越来越多的多靶点治疗药物进入临床应用，尤其是在癌症、糖尿病、病毒和细菌感染等复杂性疾病中。

多靶点作用在癌症治疗中的应用是十分有优势的，尤其是对单靶点抑制剂产生耐药性的癌症病人。近年来，美国食品药品管理局（FDA）先后批准了多个多靶点酪氨酸激酶抑制剂上市，包括2005年获批的索拉非尼（sorafenib）、2006年获批的达沙替尼（dasatinib）、2007年获批的苏尼替尼（sunitinib）和拉帕替尼（lapatinib）。拉帕替尼的作用靶点是表皮生长因子受体（epidermal growth factor receptor，EFGR）和人表皮生长因子受体2（human epidermal growth factor receptor 2，HER-2），可以对这两个靶点产生双重抑制作用。研究表明，拉帕替尼可以诱导曲妥珠单抗耐药的人乳腺癌细胞凋亡，并对HER-2过表达且经曲妥珠单抗治疗无效的晚期乳腺癌患者有效[2]。

随着多组分抗糖尿病药物的推出，多靶点药物治疗在2型糖尿病中的应用越来越广泛。Glucovance由二甲双胍和格列本脲两个组分组成，用于单独应用二甲双胍不能有效控制血糖的病人，促进胰岛素的释放；Avandamet由二甲双胍

---

[1] Kunnumakkara AB, Anand P, Aggarwal BB. Curcumin inhibits proliferation, invasion, angiogenesis and metastasis of different cancers through interaction with multiple cell signaling proteins [J]. *Cancer Lett*, 2008, 269（2）：199-225.

[2] Nahta R, Yuan LXH, Du Y, et al. Lapatinib induces apoptosis in trastuzumab－resistant breast cancer cells: effects on insulin-like growth factor I signaling [J]. *Mol Cancer Ther*, 2007, 6（2）：667-674.

和 PPARγ 拮抗剂罗格列酮组成,可以增加胰岛素的敏感性[1]。这些多组分药物通过对多个组织相应靶点的调节来维持体内血糖水平的稳定,使多靶点作用得到了较为合理的整合。

联合用药和多组分药物也常常用于抗感染治疗。Rebetron 含有两个组分:PEG 干扰素和利巴韦林,用于丙型肝炎的治疗。艾滋病治疗中最有效的方案就是多种逆转录酶抑制剂及蛋白酶抑制剂组合成的鸡尾酒疗法。多组分药物 Epzicom、Truvada 和 Conbivir 均含有两种核苷类逆转录酶抑制剂(nucleoside reverse-transcriptase inhibitors,NRTI),含两种 NRTI 和一种非核苷类逆转录酶抑制剂的三组分抗艾滋病药物 Atripla 也已获批上市[2]。这些多组分药物相比于其组分中单靶点药物可以更有效地控制 HIV 的感染并防止 HIV 耐药株的产生。

现有的多靶点药物面临的主要问题是,其对多个靶点的抑制作用可能导致更多潜在的不良反应。例如,多靶点酪氨酸激酶抑制剂索拉非尼和苏尼替尼发挥抗肿瘤作用的同时会产生严重的心脏毒性[3]。此外,对各靶点产生最佳作用的药物浓度往往不同,单个多靶点药物很难对其作用的每个靶点都达到最佳药理学作用,从某种程度上可能会影响多靶点药物各靶点间协同作用的发挥。

六、结语

多靶点药物治疗在癌症、抑郁症、糖尿病以及感染性疾病上的成功应用,

---

[1] Smiley D, Umpierrez G. Metformin/rosiglitazone combination pill (Avandamet) for the treatment of patients with Type 2 diabetes [J]. *Expert Opin Pharmaco*, 2007, 8 (9) : 1353-1364.

[2] Giaquinto C, Morelli E, Fregonese F, et al. Current and future antiretroviral treatment options in paediatric HIV infection [J]. *Clin Drug Invest*, 2008, 28 (6) : 375-397.

[3] Zhang X, Crespo A, Fernandez A. Turning promiscuous kinase inhibitors into safer drugs [J]. *Trends Biotechnol*, 2008, 26 (6) : 295-301.

证明了系统性治疗应用于复杂性疾病的优越性。基于细胞的表型分析进行剂量-效应矩阵筛选,提供了多靶点药物发现的基本途径。多靶点药物治疗会产生协同效应,从而使总效应大于各单效应之和,标志着系统生物学从理论研究过渡到治疗应用的第一步。

体外联合用药的系统化研究可以发现新的多靶点作用机制。活性组分的配伍筛选是非常有意义的,通过筛选可以发现潜在的协同作用,进而加速临床前和临床试验的进程。此外,靶点明确的药物的联合用药的作用机制研究,可以发现疾病相关通路间的新的相互作用方式。这种聚焦于通路的靶点研究将有助于更深入地了解疾病的发病机制。

(周莎莎根据录音整理 姜丽岳编校)

模式识别
——从石油勘探到生物信息学

张学工

◎张学工，1994年获清华大学模式识别与智能系统专业工学博士学位，随后任职于清华大学自动化系。目前为清华信息科学与技术国家实验室生物信息学部主任、清华大学生物信息学教育部重点实验室副主任、自动化系模式识别与生物信息学教授，博士生导师。曾作为访问科学家出访哈佛大学公共卫生学院生物统计系。

主要从事机器学习与模式识别的理论、方法与应用，生物信息学、计算功能基因组学与系统生物学方面的研究，共发表学术论文90余篇。曾荣获1995年国家教委科技进步二等奖，1996年茅以升北京青年科技奖，2001年获中国海洋石油总公司科技进步一等奖，2002年获国家科技进步二等奖。2004年入选教育部新世纪优秀人才支持计划，2006年获国家杰出青年基金。

时间：2011 年 7 月 13 日
地点：烟台大学逸夫图书馆报告厅

人类智慧的一个重要方面是其认识外界事物的能力。这些能力可能是从一个人的孩童时期就具备并且不断增强的。人们往往对这种能力习以为常，并意识不到它是复杂的智能活动的结果。但是，如果仔细分析我们日常所进行的很多活动，就会发现，几乎每一项活动都离不开对外界事物的分类和识别。

当我们看到一张照片时，就可能得出很多的印象和结论，这一看似简单的认知过程实际上是由一系列对事物类别的识别构成的。人们对外界事物的识别，很大部分是把事物按分类来进行的。比如，看到一张照片，我们很自然地就会知道这是一幅风景照片还是人像照片，实际上，是把各种照片分成了若干类。事实上，我们对外界对象的几乎所有认识都是对类别的认识。极端来说，我们认识每一个人其实也都是作为一个类别来认识的，因为我们此时看到的张三（即他们在我们视网膜上的成像）与彼时他的模样是不完全一样的，此时听到的他的声音和彼时听到的他的声音也是不完全一样的，之所以我们能够把这些不同的图像、不同的声音都识别为张三，就是因为我们在大脑中已经形成了关于他的一种模式，只要符合这种模式的图像和声音就会被划分为"张三"这一类。

我们对外界对象的类别的判断并不限于直接从五官获得的信号，也存在于很多更高级的智能活动中。

我们在与人交往过程中，会通过对每个人多方面特点的观察逐步形成一些对他们的看法，比如觉得某个人很聪明，某个人很可亲，某个人很难相处等，这也是一种对模式的识别，只不过这些模式的定义更模糊、更抽象。

在人来人往的公共场所,训练有素的反扒警察可以很准确地发现正在伺机作案的扒手,靠的正是对这些人与常人不同的行为模式来识别的。

模式识别一词的英文是 Pattern Recognition。在中文里,"模"和"式"的意思相近。根据《说文》,"模,法也;式,法也"。因此,模式就是一种规律。英文的 pattern 主要有两重含义,一是代表事物(个体或一组事物)的模板或原型,二是表征事物特点的特征或性状的组合。在模式识别科学中,模式可以看做是对象的组成成分或影响因素间存在的规律性关系,或者是因素间存在确定性或随机性规律的对象、过程或事件的集合。也有人把模式称为模式类,模式识别也被称作模式分类(pattern classification)。

在《说文》中:"识,知也;别,分解也。"识别就是把对象分门别类地认出来。在英文中,识别(recognition)一词的主要解释是对以前见过的对象的再认识(re-cognition)。因此,模式识别就是对模式的区分和认识,把对象根据其特征归到若干类别中适当的一类。

人类智能活动中包含大量的模式识别活动。作为一门学科,模式识别研究的重点并不是人类进行模式识别的神经生理学或生物学原理,而是研究如何通过一系列数学方法让机器(计算机)来实现类似人的模式识别能力。

模式识别的主要方法,可以归纳为基于知识的方法和基于数据的方法两大类。

所谓基于知识的方法,主要是指以专家系统为代表的方法,一般归在人工智能的范畴中。其基本思想是,根据人们已知的关于研究对象的知识,整理出若干描述特征与类别间关系的准则,建立一定的计算机推理系统,对未知样本通过这些知识推理决策类别。

对于基于数据的方法,在确定了描述样本所采用的特征之后,这些方法并不是依靠人们对所研究对象的认识来建立分类系统,而是收集一定数量的已知样本,用这些样本作为训练集(training set)来训练一定的模式识别机器,使之在训练后能够对未知样本进行分类。模式识别可以看做是基于数据的机器学习的一种特殊情况,学习的目标是离散的分类,这也是机器学习中研究最多的一个方向。

基于数据的方法是模式识别最主要的方法,在无特别说明的情况下,人们说模式识别通常就是指这一类方法,这种根据样本建立分类器的过程也称作一种学习过程。

基于数据的模式识别方法,基础是统计模式识别,即依据统计的原理来建立分类器。通常,人们所说的模式识别方法主要是指统计模式识别方法。

在要解决的模式识别问题中,我们有一个基本假定:已知要划分的类别,并且能够获得一定数量的类别已知的训练样本,这种情况下建立分类器的问题属于监督学习问题,称作监督模式识别(supervised pattern recognition),因为我们有训练样本来作为学习过程的"导师"。

在人们认知客观世界的过程中,还经常有另外一种情况的学习。在面对一堆未知的对象时,我们自然要试图通过考查这些对象之间的相似性来把它们区分开。我们事先并不知道要划分的是什么类别,更没有类别已知的样本用作训练,很多情况下我们甚至不知道有多少类别。我们要做的是根据样本特征将样本聚成几个类,使属于同一类的样本在一定意义上是相似的,而不同类之间的样本则有较大差异。这种学习过程称作非监督模式识别(unsupervised pattern recognition),在统计中通常被称作聚类(clustering),所得到的类别也称作聚类(clusters)。

从 20 世纪末到 21 世纪初,随着模式识别理论技术自身的发展及计算机数据处理能力的飞速提高,模式识别技术的应用已经开始进入各行各业,如语音识别、说话人识别、字符与文字识别、复杂图像中特定目标的识别等。

下面通过两个实例来具体说明模式识别系统的应用和构成。

实例 1:运用模式识别方法来识别油气分布

我们知道,石油往往是储藏在地下数千米深的岩层中的,由于钻探成本很高,人们大量依靠人工地震信号来对储层进行探测,这就是地震勘探。地震勘探的原理与医学上用超声波进行人体内脏的检查非常相似,人们在地面或海面设置适当的爆炸源，通过爆炸产生机械波（声波），频率较低的声波能够穿透很深的地层，而在地下地层界面处会有一部分能量被反射回来，人们在地面或海面接收这些反射信号，经过一定的信号处理流程后就能够勾画出地下地层的基本结构。

现代地球物理研究已经能较好地描述反射地震信号到达接收器的时间与地层深度的关系，但是，这种关系只能用来推算地下岩层的构造，而对于岩层的性质尤其是是否含有油气的性质却不能有很好的反映。人们已经知道，地震波穿过不同性质的岩层时会受到不同的作用，地层含油气情况的不同会对信号的能量和频谱有不同的影响；但是，人们目前尚不能认识其中的理论规律。我们早期提出的一种研究方法是，如果在同一地区有已经钻探的探井，我们可以把可能的储层性质近似成几个类别，用探井附近的地震信号提取特征作为训练样本，建立分类器，用它将其他位置上的储层进行分类；如果该地区没有探井或者探井不足以进行训练，我们仍然可以用非监督模式识别的方法对目标地层的地震勘探信号特征进行聚类，将地层进行划分，然后可以与地质学家共同讨论这种划分在地质上的合理性，结合对该地层构造、古地貌和油气运移规律等的分析对储层进行预测，指导进一步的勘探方向。我们和地质学家合作应用这一策略，以自组织映射和多层感知器神经网络为核心方法，在多个油田的实际预测应用中都取得了很好的效果。

实例 2：模式识别在生物信息学中的应用

随着人类基因组计划的完成和一系列生物技术的发展，在生物领域涌现出了一大批模式识别问题，模式识别方法的大量应用成为生物信息学这一新兴交叉学科的一个特点，但同时这些生物学问题也对模式识别的理论和方法提出了很多新的挑战。其中，利用基因芯片测得的基因表达数据进行癌症的分类研究是一个典型的例子。

人的一个细胞中包含着 2 万—3 万个基因，但是这些基因并不是总在发挥作用，而是在不同时刻、不同组织中由不同的基因按照不同的数量关系起作用。存储于 DNA 上的基因转录成 mRNA 再翻译成蛋白质的过程称作基因的表达，而同一个基因转录出的 mRNA 的多少称作基因的表达量。众多的基因是在复杂的调控系统支配下按照一定规律进行协调表达的。基因芯片就是借鉴了计算机芯片的加工原理,能够在一个很小的芯片上同时测量成千上万个基因的表达量,为人们系统研究基因调控规律提供了重要的手段。

癌症是威胁人类健康的重要疾病,但是多数癌症并不是由单个基因的变化引起的,而是与多个基因有关系,人们希望借助基因芯片来揭示这些关系。一种典型的情况是,研究者收集了一批病人的癌细胞样品,或者是既有癌细胞样品又有正常对照细胞样品,用基因芯片来观测在每一个样品上大量基因的表达。这样,对于每个病人就获得了成千上万个基因表达特征,而对每个基因也获得了它们在各个病人细胞中的表达特征。把这组芯片的数据集合起来,就形成了一个二维矩阵,其中一维是基因,另一维是病例。对于这样一个数据集,有多种模式识别问题可以去研究。

由于癌症的高度复杂性及目前技术与样本的局限,人们尚不能期望短期内会将基因芯片的模式识别技术应用于临床诊断,但是这种高通量分子生物技术和模式识别等数据分析技术的有效结合,无疑为科学家进一步揭示癌症等复杂疾病的机理提供了重要的基础。

模式识别在各个领域中的应用非常多,通过以上两个例子我们可以看到它们的共性,那就是:一个模式识别系统通常包括原始数据的获取和预处理、特征提取与选择、分类或聚类、后处理四个主要部分。

最后借用毛主席的一句话:"广阔天地,大有作为。"模式识别是一项有广阔天地、能够大有作为的技术,但在做研究工作中,一定要把理论方法与应用对象很好地结合起来,切忌把一种自己认为是好的方法不分对象地加以应用,一定要做到具体问题具体分析,准确使用。

欢迎烟台大学的师生将来有机会到清华大学来交流,也欢迎同学们有机会到清华继续学习。

(孙立民编校)

编后记

当我们编完《北大清华名师演讲录（4）》，刚好是北大、清华援建烟台大学三十周年。因此，本书的编辑出版具有特殊的纪念意义。

上世纪80年代，在党中央、国务院的关心下，在教育部、山东省委、烟台人民的支持下，北大、清华的领导、教师乃至后勤工作人员，直接来到烟台大学办学。这些令人尊敬的领导和老师们，将北大、清华的办学理念、教育模式带到了烟台大学，甚至教学办公楼馆的建筑风格也来自两校。烟台大学就这样奠定了她特殊的大学文化基础。

北大、清华的领导、教师逐渐撤离之后，我们思考的是如何寻求新的方式使援建传统继续下去，于是有了邀请北大、清华教授来烟台大学做学术报告这一称为"北大清华名师讲堂"的新模式。实践证明，这一模式深受烟台大学广大师生的欢迎，在烟台大学发展史上发挥了特殊的作用。北大、清华援建烟台大学的工作就这样与时俱进，弘扬光大。

今天，编辑出版《北大清华名师演讲录（4）》，既是对北大、清华对烟台大学既往援建的感谢，对北大、清华来烟台大学做学术报告的教授们的致敬，更是体现烟台大学对如何办好、办出特色大学的探索与思考。

本书编辑出版过程中，得到了北大出版社高秀芹编审的大力支持，责任编辑于铁红女士为之付出了大量心血，在此特别感谢！同时，要特别表扬烟台大学年轻的编委们。他们各自有繁忙的工作，对本书的编校工作都是兼职；但他们无怨无悔，认真负责，保证了本书的质量。这正是北大、清华援建精神在烟台大学年轻教师身上的体现，值得在此特别记录！

烟台大学副校长　江林昌

2014 年 8 月